MAGASIN DES ENFANS.

II.

Le Prince Tity. N° 3.

Le Prince goûta donc ces noisettes et ces nèfles.

LE

MAGASIN DES ENFANS,

OU

DIALOGUES D'UNE SAGE GOUVERNANTE

AVEC SES ÉLÈVES.

Par M.me LEPRINCE DE BEAUMONT.

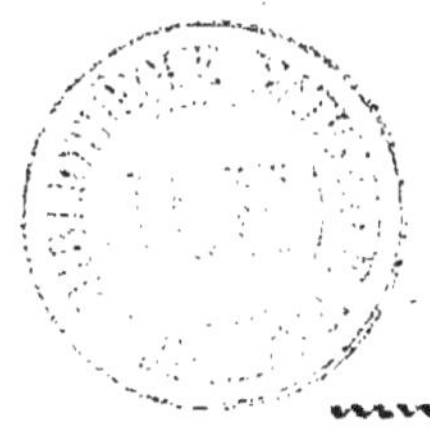

Tome Second.

Paris,
Chez Martial Ardant frères,
rue Hautefeuille, 14.

Limoges,
Chez Martial Ardant frères,
rue des Taules.

1848.

LE MAGASIN

DES ENFANS.

15e DIALOGUE.

TREIZIÈME JOURNÉE.

LADI MARY.

MA Bonne, j'ai beaucoup de choses à vous demander aujourd'hui, si vous voulez me le permettre.

MADEMOISELLE BONNE.

De tout mon cœur, ma chère.

LADI MARY.

Je voudrais savoir d'où vient la pluie.

MADEMOISELLE BONNE.

Des mers, des rivières, et de toutes les eaux qui sont sur la terre.

LADI MARY.

Vous vous moquez de moi, ma Bonne; comment est-ce que l'eau qui est dans la mer et les rivières peu monter au ciel ?

MADEMOISELLE BONNE, *découvrant la théière.*

Comment l'eau qui est dans cette théière a-t-elle monté au couvercle? vous voyez qu'il en est tout plein, quoique la théière ne soit pas à moitié remplie. Quand l'eau commence à chauffer, et surtout à bouillir, vous voyez qu'elle produit de la fumée: hé bien, ce qui vous paraît de la fumée, c'est la partie la plus délicate de l'eau, qu'on appelle *Vapeur*, et qui est fort subtile. Or la chaleur du soleil attire perpétuellement les parties de l'eau les plus délicates; elles s'élèvent en l'air, en vapeurs, et l'air les soutient quand il n'y en a guère, mais quand il y en a une grande quantité, l'air ne peut plus la supporter ; l'eau crève l'air, et retombe en pluie sur la terre.

LADI SPIRITUELLE.

Mais, ma Bonne, je ne croyais pas que l'air pût soutenir quelque chose ; l'air est comme rien ; car j'ai beau regarder autour de moi, je ne le vois pas.

Ce n'est pas la faute de l'air, ma chère, mais celle de vos yeux, qui ne sont pas assez bons pour le voir. Il y a bien des choses que nous ne voyons pas, et qui sont pourtant. Par exemple, voyez-vous une grande poussière dans cette chambre ?

LADI SPIRITUELLE.

Non, ma Bonne, je ne vois point de poussière; mais c'est qu'il n'y en a pas.

MADEMOISELLE BONNE.

Levez-vous, ma chère, et allez regarder au bout de a chambre, dans l'endroit où il fait soleil, et vous verez s'il n'y a pas de poussière.

LADI SPIRITUELLE.

Oui, ma Bonne ; il y a un grand nombre de petites choses qui remuent toujours.

MADEMOISELLE BONNE.

Ces petites choses se nomment des *atomes*. Tout l'air en est plein ; mais les parties de l'air sont beaucoup plus fines et plus petites ; c'est pour cela que vous ne les voyez pas.

LADI CHARLOTTE.

Je voudrais bien voir l'air; de quelle couleur est-il

MISS MOLLY.

Est-ce que l'air, dont les parties sont si petites peut avoir une couleur ?

MADEMOISELLE BONNE.

Oui, mes enfans. Levez les yeux au ciel : de quelle couleur est-il ?

LADI MARY.

Il est bleu.

MADEMOISELLE BONNE.

Hé bien, ma chère, ce que vous appelez le ciel, c'est l'air qui se rassemble et qui se presse là-haut. Vous ne voyez pas les atomes à l'endroit où il ne fait pas soleil, parce qu'ils sont trop éloignés les uns des autres et trop petits ; mais je vais vous en faire venir une grande quantité ; ils seront alors plus pressés, et vous les verrez. (*La Bonne prend un balai, et balaie la chambre.*)

LADI SPIRITUELLE.

Ah, ma Bonne, quelle poussière ! je ne vois plus clair, elle m'aveugle.

MADEMOISELLE BONNE.

Vous voyez pourtant la poussière ou les atomes, car c'est la même chose, parce que j'en ait fait lever une grande quantité, et que tous ces grains de poussière se touchent; de même vous ne voyez pas l'air qui nous environne, parce que ses parties ne sont pas pressées les unes contre les autres; mais les parties de l'air se rassemblent là-haut, et alors vous les voyez. Je vais vous faire comprendre cela par un exemple, en versant du vin de Porto dans un verre. Vous voyez qu'il est bien rouge : j'en vais prendre une goutte avec mon doigt, et la jeter sur mon mouchoir: regardez, mes enfans; ce vin sur mon mouchoir n'est pas si rouge que le vin qui est dans le verre, parce que dans le verre il y a une plus grande quantité de parties, et quelles sont plus pressées, plus jointes ensemble que sur mon mouchoir. Voyez aussi cette aiguillée de soie rouge ; elle paraît moins rouge toute seule que dans l'écheveau et cela par la même raison.

LADI SPIRITUELLE.

Hé bien, ma Bonne, je suppose que l'air est un corps composé d'un grand nombre de petites parties bleues; mais je ne conçois pas que ces petits corps, dont les parties sont si faibles, puissent soutenir l'eau, qui est plus pesante, puisque ses parties sont assez grosses pour que je les voie.

MADEMOISELLE BONNE.

Comment donc ! ladi Spirituelle, vous allez devenir physicienne. Un oiseau est plus lourd que l'air ; cependant l'air le soutient bien. N'avez-vous jamais été dans un jardin après une grande pluie

LADI SPIRITUELLE.

Oui, ma bonne.

MADEMOISELLE BONNE.

N'avez-vous point remarqué qu'il pend des gouttes l'eau à tous les petits bouts des branches ou des feuilles.

LADI SPIRITUELLE.

Oui, ma Bonne, et je m'arrête toujours à les regarder, surtout quand le soleil donne dessus : cela me paraît comme des diamans qui sont à toutes les feuilles.

MADEMOISELLE BONNE.

Qu'est-ce qui soutient ces diamans au bout de ces feuilles? C'est l'air, qui par conséquent est plus lourd qu'eux ; mais à la fin, la petite boule d'eau grossit ; parceque le reste de l'eau qui est sur la feuille ou la broche se joint avec la petite boule ; alors cette petite boule devient plus lourde que l'air, crève et tombe à terre.

LADI SPIRITUELLE.

Je comprends fort bien cela à présent. L'eau sans doute est plus lourde que l'air, quand il y a une égale quantité d'eau et d'air; mais cela n'empêche pas qu'une grande quantité d'air puisse porter une petite quantité d'eau. C'est comme ce vaisseau dont vous nous parliez il y a quelque temps : ce vaisseau par lui-même est plus pesant que l'eau ; mais pourtant il y a une si grande quantité d'eau sous le vaisseau, qu'elle le porte et le soutient.

MADEMOISELLE BONNE.

Justement, ma chère.

LADI MARY.

Mais, ma Bonne, vous avez dit que ladi Spirituelle allait devenir physicienne ; est-ce que les dames doivent savoir cette science? Je croyais qu'il n'y avait que les docteurs.

MADEMOISELLE BONNE.

Ma chère, le mot *physique* veut dire une science qui apprend à connaître tous les corps. Un physicien est donc un homme qui connaît la nature de l'air, du feu, de l'eau, de la terre ; il connaît aussi les corps des hommes et des animaux, les arbres, les plantes, les fleurs, les minéraux et les métaux ; et les dames peuvent savoir tout cela.

LADI CHARLOTTE.

Qu'est-ce que les minéraux et les métaux

MADEMOISELLE BONNE.

L'or, l'argent, le cuivre, et les autres choses qui viennent dans la terre.

LADI MARY.

Est-ce que l'or vient de la terre?

MADEMOISELLE BONNE.

Oui, ma chère ; mais nous avons assez parlé de physique aujourd'hui ; nous continuerons la première fois. Je veux à présent vous raconter une petite fable, après quoi nous répéterons nos histoires.

CONTE DU PÊCHEURET DU VOYAGEUR.

Il y avait une fois un homme qui n'avait pour tout bien qu'une pauvre cabane sur le bord d'une petite rivière : il gagnait sa vie à pêcher du poisson ; mais, comme il n'y en avait guère dans cette rivière, il ne gagnait pas grand chose et ne vivait guère que de pain et d'eau. Cependant il était content dans sa pauvreté, parce qu'il ne souhaitait rien que ce qu'il avait. Un jour il lui prit fantaisie de voir la ville, et il résolut d'y aller le lendemain. Comme il pensait à faire ce voyage, il rencontra un voyageur qui lui demanda s'il y avait bien loin jusqu'à un village, pour trouver une maison où il put coucher. Il y a douze milles, répondit le Pêcheur, et il est bien tard; si vous voulez passer la nuit dans ma cabane, je vous l'offre de bon cœur. Le Voyageur accepta sa proposition, et le Pêcheur, qui voulait le régaler, alluma du feu, pour faire cuire quelques petits poissons. Pendant qu'il apprêtait le souper, il riait, il chantait et paraissait de fort bonne humeur. Que vous êtes heureux, lui dit son hôte de pouvoir vous divertir! Je donnerais tout ce que je possède au monde pour être aussi gai que vous. Et qui vous en empêche? dit le Pêcheur. Ma joie ne me coûte rien, et je n'ai eu jamais sujet d'être triste. Est-ce que vous avez quelque grand chagrin qui ne vous permet pas de vous réjouir? Hélas! reprit le Voyageur, tout le monde me croit le plus heureux des hommes. J'étais marchand et je gagnais de grands biens; mais je n'avais pas un moment de repos. Je craignais toujours qu'on ne me fît banqueroute, que mes marchandises ne se gâtassent, que les vaisseaux que j'avais sur la mer ne fissent naufrage; ainsi j'ai quitté le commerce pour essayer d'être plus tranquille, et j'ai acheté une charge chez le roi. D'abord j'ai eu le bonheur de plaire au prince; je suis devenu son favori, et je croyais que j'allais être content; mais j'ai connu bientôt que j'étais plus l'esclave du prince que son favori. Il fallait renoncer à tout moment à mes inclinations pour suivre les siennes. Il aimait la chasse, et moi le repos: cependant j'étais obligé de courir avec lui les bois toute la journée; je revenais au palais bien fatigué, et avec une grande envie de me coucher. Point du tout; la maîtresse du roi donnait un bal, un festin, on me faisait l'honneur de m'en prier, pour faire sa cour au roi; j'y allais en enrageant; mais l'amitié du prince me consolait un peu. Il y a environ quinze jours qu'il s'est avisé de parler d'un air d'amitié à un des seigneurs de sa cour, il lui a donné deux commissions, et a dit qu'il le croyait un fort honnête homme. Dès ce moment j'ai bien vu que j'étais perdu, et j'ai passé plusieurs nuits sans dormir. Mais, dit le Pêcheur, en interrompant son hôte, est-ce que le roi vous faisait mauvais visage, et ne vous aimait plus? Pardonnez-moi, répondit cet homme, le roi me faisait plus d'amitié qu'à l'ordinaire; mais pensez donc qu'il ne m'aimait plus tout seul, et que tout le monde disait que ce seigneur allait devenir un second favori. Vous sentez bien que cela est insupportable; aussi ai-je manqué en mourir de chagrin. Je me retirai hier au soir dans ma chambre, tout triste, et quand je fus seul, je me mis à pleurer. Tout d'un coup je vis un grand homme, d'une physionomie fort agréable qui me dit: Azaël, j'ai pitié de ta misère; veux-tu devenir tranquille! renonce à l'amour des richesses et au désir des honneurs. Hélas, Seigneur, ai-je dit à cet homme, je le souhaiterais de tout mon cœur, mais comment y réussir? Quitte la cour, m'a-t-il dit, et marche pendant deux jours par le premier chemin qui s'offrira à ta vue; la folie d'un homme se prépare un spectacle capable de te guérir pour jamais de l'ambition. Quand tu auras marché pendant deux jours, reviens sur tes pas, et je crois fermement qu'il ne tiendra qu'à toi de vivre gai et tranquille. J'ai déjà marché un jour entier pour obéir à cet homme, et je marcherai encore demain; mais j'ai bien de la peine à espérer le repos qu'il a promis.

Le Pêcheur, ayant écouté cette histoire, ne put s'empêcher d'admirer la folie de cet ambitieux, qui faisait dépendre son bonheur des regards et des paroles du prince. Je serai charmé de vous recevoir, et d'apprendre votre guérison, dit-il au voyageur: achevez votre voyage, et dans deux jours revenez dans ma cabane; je vais voyager aussi; je n'ai jamais été à la ville, et je m'imagine que je me divertirai beaucoup de tous les fracas qu'il doit y avoir. Vous avez-là une mauvaise pensée, dit le Voyageur: puisque vous êtes heureux à présent, pourquoi cherchez-vous à vous rendre misérable? Votre cabane vous paraît suffisante aujourd'hui; mais quand vous aurez vu les palais des grands, elle vous paraîtra bien petite et bien chétive. Vous êtes content de votre habit, parce qu'il vous convre, mais il vous fera mal au cœur, quand vous aurez examiné les superbes vêtemens des riches. Monsieur, dit le Pêcheur à son hôte, vous parlez comme un livre; servez-vous de ces belles raisons, pour apprendre à ne vous pas fâcher quand on regarde les autres, ou qu'on leur parle. Le monde est plein de ces gens qui conseillent les autres, pendant qu'ils ne peuvent se gouverner eux-mêmes. Le Voyageur ne répliqua rien, parce qu'il n'est pas honnête de contredire les gens dans leur maison; et le lendemain il continua son voyage pendant que le Pêcheur commençait le sien. Au bout de deux jours, le voyageur Azaël, qui n'avait rien rencontré d'extraordinaire, revint à la cabane. Il trouva le Pêcheur assis devant sa porte, la tête appuyée dans sa main, et les yeux fixés contre terre. A quoi pensez-vous, lui demanda Azaël? Je pense que je suis fort malheureux, répondit le Pêcheur. Qu'est ce que j'ai fait à Dieu, pour m'avoir rendu si pauvre, pendant qu'il y a une grande quantité d'hommes si riches et si contens. Dans le moment, l'homme qui avait commandé à Azaël de marcher pendant deux jours, et qui était un ange, parut. Pourquoi n'as-tu pas suivi les conseils d'Azaël? dit-il au Pêcheur. La vue des magnificences de la ville a fait naître chez toi l'avarice et l'ambition; elles en ont chassé la joie et la paix. Modère tes désirs, et tu recouvreras ces précieux avantages. Cela vous est bien aisé à dire, reprit le Pêcheur; mais cela ne m'est pas possible, et je sens que je serai toujours malheureux, à moins qu'il ne plaise à Dieu de changer ma situation. Ce serait pour ta perte, lui dit l'ange. Crois-moi, ne souhaite que ce que tu as. Vous avez beau parler, reprit le Pêcheur, vous ne m'empêcherez pas de souhaiter une autre situation. Dieu exauce quelquefois les vœux de l'ambitieux, répondit l'ange, mais c'est dans sa colère, et pour le punir. Eh! que vous importe? dit le Pêcheur: s'il ne tenait qu'à souhaiter, je ne m'embarrasserais guère de vos menaces. Puisque tu veux te perdre, dit l'ange, j'y consens: Tu peux souhaiter trois choses, Dieu te les accordera. Le Pêcheur, transporté de joie souhaita que sa cabane fût changée en un palais magnifique, et aussitôt son souhait fu accompli. Le Pêcheur, après avoir admiré ce palais, souhaita que la petite rivière, qui était devant sa porte fût changée en une grande mer, et aussitôt son souhait fut accompli. Il lui en restait un troisième à faire ; il y rêva quelque temps, et ensuite il souhaita que sa petite barque fût changée en un vaisseau superbe, chargé d'or et de diamans. Aussitôt qu'il vit le vaisseau, il y courut pour admirer les richesses dont il était devenu le maître ; mais à peine y fut-il entré, qu'il s'éleva un grand orage. Le Pêcheur voulut revenir au rivage et descendre à terre, mais il n'y avait pas moyen. Ce fut alors qu'il maudit son ambition : regrets inutiles, la mer l'engloutit avec toutes ses richesses; et l'ange dit à Azaël : Que cet exemple te rende sage. La fin de cet homme est presque toujours celle de l'ambitieux. La cour où tu vis présentement est une mer fameuse par les naufrages et les tempêtes : pendant que tu le peux encore, gagne le rivage : tu le souhaiteras un jour, sans pouvoir y parvenir. Azaël, effrayé, promit d'obéir à l'ange et lui tînt parole. Il quitta la cour et vint demeurer à la campagne, où il se maria avec une fille qui avait plus de vertu que de beauté et de fortune. Au lieu de chercher à augmenter ses grandes richesses, il ne s'appliqua plus qu'à en jouir avec modération et à en distribuer le superflu aux pauvres. Il se vit alors heureux et content, et il ne passa aucun jour sans remercier Dieu de l'avoir guéri de l'avarice et de l'ambition, qui avaient jusqu'alors empoionné tout le bonheur de sa vie.

LADI SENSÉE.

Est-il possible que l'ambition rende les gens si malheureux ?

MADEMOISELLE BONNE.

Demandez à ladi Spirituelle ce qu'elle a souffert dans le temps où elle n'était occupée que du désir de plaire, de faire briller son esprit, et d'être louée.

LADI SPIRITUELLE.

Il est vrai, ma Bonne, que j'étais bien misérable

Si j'étais à l'assemblée de papa, et qu'il vint une jeune dame à qui on fit politesse, cela me mettait de mauvaise humeur ; il me semblait qu'on me volait toutes les louanges qu'on lui donnait, et je la haïssais. Savez-vous bien, ladi Sensée, que j'ai été très-fâchée contre vous ?

LADI SENSÉE.

Et pourquoi, ma chère ?

LADI SPIRITUELLE.

Parce que je ne pouvais m'empêcher de voir que vous valiez mieux que moi. Mais je vous assure qu'à présent je vous aime de tout mon cœur, et loin d'avoir de la jalousie, cela me fait grand plaisir quand on dit du bien de vous.

LADI SENSEE.

Je vous suis bien obligée, madame, mais il est vrai que vous seriez une ingrate, si vous ne m'aimiez pas ; car, pour moi, je vous ai toujours aimée de tout mon cœur.

MADEMOISELLE BONNE.

Nous n'avons pas trop de temps pour répéter notre histoire et notre géographie. Commencez, ladi Mary.

LADI MARY.

Jéthro, beau-père de Moïse, ayant appris les grands miracles que Dieu avait opérés pas le moyen de son gendre, vint le voir, et lui ramena sa femme et deux enfans qu'il avait. Or Jéthro, ayant vu que Moïse passait toute la journée à écouter les affaires du peuple, lui dit : Si vous continuez à prendre cette peine, vous tomberez malade ; croyez-moi, choisissez les plus honnêtes gens, qui écouteront le peuple, et qui vous rendront compte de toutes les affaires. Moïse suivit ce conseils, et après avoir régalé son beau-père, ils se séparèrent. Ensuite les Israélites arrivèrent près de la montagne de Sinaï, et Dieu dit à Moïse : Montez sur cettte montagne, mais que le peuple n'approche pas ; car il mourrait. Moïse monta sur le mont Sinaï, et la majesté de Dieu y parut ; car la montagne était environnée de fumée. Il en sortait un tonnerre terrible; elle était pleine de feux et d'éclairs, et ce fut au milieu de ces feux que Dieu donna à Moïse les dix commandemens qu'il faisait à son peuple, pour lui montrer qu'il était un Dieu puissant, et qu'il saurait se venger et punir les hommes qui seraient assez hardis pour lui désobéir. Et ces dix commandemens que Dieu donna aux Israélites, sont ceux qu'on nous a appris, et que nous répétons tous les jours dans nos prières.

MADEMOISELLE BONNE.

Continuez miss Molly.

MISS MOLLY.

Dieu appela Moïse sur la montagne une autre fois, et il y fut quarante jours et quarante nuits. Pendant ce temps il lui donna des lois pour son peuple, et lui commanda de bâtir une arche et un tabernacle pour lui. Il lui expliqua la façon dont cette arche devait être construite, ce qu'il fallait faire lorsqu'on lui sacrifierait quelque chose, et lui commanda de prendre Aaron et ses enfans pour être sacrificateurs et grands-prêtres. Mais, pendant que Moïse parlait à Dieu, comme un ami à son ami, les Israélites, oubliant les miracles que Dieu avait faits pour l'amour d'eux, dirent à Aaron : Faites-nous des Dieux comme ceux qui étaient en Egypte, afin qu'ils marchent devant nous ; car ce Moïse, nous ne savons ce qu'il est devenu. Aaron, craignant que le peuple ne le tuât, leur dit : Apportez-moi les pendans d'oreilles de vos filles et de vos femmes. Ils se hâtèrent d'apporter leurs bijoux, et Aaron en fit un veau d'or qu'ils adorèrent, en disant : C'est ici le Dieu qui nous a tirés de l'Egypte. Dieu dit à Moïse qui était sur la montagne : Le peuple, présentement, a commis un grand crime, c'est pourquoi je veux le faire périr, et je te donnerai un autre peuple. Mais Moïse dit : Souvenez-vous, Seigneur, d'Abraham, d'Isaac et de Jacob ; pardonnez à ce pauvre peuple, et effacez-moi du livre de vie, plutôt que de le détruire. Dieu répondit à Moïse ; Il n'y a que le méchant qui sera effacé de mon livre de vie ; toutefois je pardonne à ce peuple. Alors Moïse descendit de la montagne avec des tables de pierre, où Dieu avait lui-même écrit sa loi de tous les côtés. Quand Moïse vit les Israélites qui dansaient au tour du veau d'or, il entra dans une si grande colère, qu'il jeta ses tables contre terre, et les cassa. Ensuite il fit de grands reproches à Aaron, et ayant jeté le veau dans le feu, il le fit réduire en poussière ; puis, mêlant cette poussière avec de l'eau, il la fit boire au peuple ; ensuite il appela les enfans de Lévi, et leur dit : Je vous commande, de la part de Dieu, de prendre votre épée, et de traverser tout le camp d'un bout à l'autre, en tuant à droite et à gauche tous ceux que vous rencontrerez, sans épargner vos parens et vos amis. Les enfans de Lévi lui obéirent, et il y eut trois mille hommes de tués. Après cela Moïse dit aux enfans de Lévi : Dieu vous bénira, parce que vous avez exécuté sa sentence. Ensuite Moïse s'enferma dans son tabernacle, et la nuée où était le Seigneur était à la porte ; les Israélites tremblans se prosternaient contre terre, après avoir quitté leurs beaux habits, pour tâcher d'obtenir miséricorde de Dieu.

LADI MARY.

Ma Bonne, cela était bien terrible de tuer trois mille hommes.

MADEMOISELLE BONNE.

Mais, ma chère, tous les Israélites méritaient la mort ; ils avaient promis d'observer la loi du Seigneur qui condamnait à mort tous ceux qui adoreraient les idoles. Dieu était donc encore bien bon de ne punir que trois mille hommes. Je suis sûre qu'il permit que les enfans de Lévi ne tuassent que les plus coupables.

Continuez, ladi Charlotte.

LADI CHARLOTTE.

Les enfans d'Israël murmurèrent encore contre le Seigneur, et dirent : Pourquoi avons-nous quitté l'Egypte où nous avions de si beaux poissons pour rien, et où nous mangions de si beaux oignons? Nous sommes las de ne voir que de la Manne. Moïse fut si fâché de l'ingratitude de ce peuple envers Dieu, qu'il pria le Seigneur de lui donner la mort, pour qu'il ne vît plus leur méchanceté. Dieu le consola et envoya une grande quantité de cailles aux Israélites. D'abord ils furent fort contens, et mangèrent de ces cailles avec avidité; mais ils avaient encore la chair entre les dents, que Dieu en fit mourir un grand nombre. Moïse eut encore un sujet de chagrin : Aaron et sa sœur Marie se moquèrent de lui, à cause que sa femme était Ethiopienne; mais Dieu prit le parti de Moïse. Sa sœur devint lépreuse, et Moïse eut beau prier le Seigneur pour elle, elle resta lépreuse pendant sept jours. Ensuite Moïse envoya des espions dans le pays que Dieu avait promis à Abraham. Ils en rapportèrent une grappe de raisin qui était si grosse, qu'il fallait deux hommes pour la porter. Parmi ces espions étaient Caleb et Josué, qui exhortèrent le peuple à venir dans ce pays, qui était excellent; mais les autres espions dirent : Il est vrai que c'est une terre d'où découlent le lait et le miel; mais elle est habitée par des hommes plus forts que nous; il y a même des géans qui nous tueront, aussi bien que nos femmes et nos enfans. Alors les Israélites dirent: Pourquoi nous a-t-on tirés d'Egypte? Il faut nommer un chef pour y retourner; et comme Josué et Caleb les reprenaient, ils voulurent les tuer à coup de pierres. Moïse et Aaron se prosternèrent pour demander pardon à Dieu; mais le Seigneur leur répondit : Ce peuple a murmuré contre moi dix fois, et je jure, dans ma colère, qu'il mourra dans ce désert; il y restera pendant quarante ans : quand ils seront tous morts, leurs enfans entreront dans cette terre promise avec Caleb et Josué qui ont cru à ma parole : pour les autres, qui ont vu les miracles que j'ai faits pour eux, et qui se sont défiés de moi, ils laisseront leurs cadavres dans ce désert. Or, le nombre de ces hommes passait six cent mille.

LADI CHARLOTTE

En vérité, ma Bonne, les Israélites m'impatienten avec leurs murmures. Comment étaient-ils assez bêtes pour s'exposer à la colère de Dieu, dont ils connaissaient la puissance ? Comment pouvaient-ils adorer la figure d'un veau, et dire que c'était le Dieu qui les avait tirés d'Egypte ?

MADEMOISELLE BONNE.

Sommes-nous moins méchans et moins aveugles que les Israélites, ma chère, quand nous désobéissons à Dieu, et que nous n'accomplissons pas ses commandemens ? Car enfin il est sûr qu'il jettera les méchans dans l'enfer ; ceux qui seront menteurs, gourmands, colères, désobéissans à leurs parens, impitoyables envers les pauvres ; les jalouses, celles qui parlent mal du prochain, qui se vengent de leurs ennemis, qui se réjouissent du mal qui leur arrive. Nous savons tout cela, mes chers enfans, et nous ne prenons aucune peine pour nous corriger de nos mauvaises habitudes, qui attireront sur nous la colère de Dieu, et qui nous conduiront en enfer. Réfléchissons bien sur cela, mes chers enfans, n'épargnons rien pour détruire nos vices. Comme il est sept heures passées, nous n'aurons pas le temps de parler de géographie aujourd'hui, ce sera pour la première fois, et nous commencerons notre leçon par-là

16e DIALOGUE.

QUATORZIEME JOURNÉE.

MADEMOISELLE BONNE.

J'AI promis que nous commencerions par la géographie ; nous parlerons donc aujourd'hui des Iles Britanniques. Il y a deux îles, comme nous l'avons dit, une grande et une petite. Dans la grande, on compte deux royaumes, l'Angleterre, qui est au sud de l'île, et l'Ecosse, qui est au nord. On divise l'Angleterre en quarante provinces, et en y ajoutant douze provinces, qui sont dans la principauté de Galles, cela fait en tout cinquante-deux. La capitale de ce royaume est Londres sur la Tamise, dans la province de Midlesex, au sud-est de l'Angleterre. Ce royaume se nommait Albion dans les premiers temps, et les naturels du pays furent d'abord soumis par un peuple qui se nommait Bretons. Jules-César, ayant passé en Angleterre, soumit une partie de ce royaume, mais les Romains n'en furent absolument les maîtres que sous l'empereur Domitien. Quoique les Romains fussent maîtres de l'Angleterre, les naturels du pays vivaient selon leurs lois et leurs coutumes ; ils avaient même plusieurs rois, car l'île comprenait plusieurs royaumes, dont les rois reconnaissaient la puissance romaine. Les Ecossais, qui habitaient l'Irlande ou l'Hibernie, s'étant joints aux Pictes, s'emparèrent de la partie de l'île qui est au nord, et qu'on nomme l'Ecosse ; ils en furent chassés par les Romains ; mais les troubles de l'empire de Rome leur donnèrent le moyen de s'y établir sous un prince nommé Fergus. Depuis ce temps, il y a eu une guerre presque continuelle entre les Bretons (car on nommait ainsi le peuple de cette île) et les Ecossais unis avec les Pictes. Et pour se garantir de leur fureur, les Bretons firent une muraille qui séparait leur pays de celui de leurs ennemis, et dont on voit encore les restes; mais cela n'empêcha pas les Ecossais de les réduire à l'extrémité. Ils furent donc contraints d'appeler à leur secours les Anglo-Saxons, venus de l'île d'Angelen, qui pour lors étaient établis en Frise, qui les défendirent d'abord, et ensuite devinrent leurs maîtres; mais quelques restes des Bretons du pays se réfugièrent dans les montagnes du pays de Galles, où ils acquirent la réputation de ne pouvoir être vaincus; d'autres se retirèrent dans la petite Bretagne. Les Saxons qui avaient chassé le Bretons de l'Angleterre, furent chassés à leur tour par les Danois, qui en furent tranquilles possesseurs sous le roi Canut; mais dans la suite les Anglais remirent sur le trône Edouard, qui était du sang de leurs rois. Après la mort de ce dernier roi, Guillaume, duc de Normandie, qui prétendait être son héritier, devint maître de l'Angleterre, et commença le règne des princes normands; après les princes normands, ceux de la Maison d'Anjou, nommés Plantagenêtes, montèrent sur le trône, qui a passé ensuite dans la maison des Stuarts, et qui est aujourd'hui dans la maison de Brunswick.

LADI MARY.

Ma Bonne, cette leçon est bien difficile.

MADEMOISELLE BONNE.

Cela est vrai, ma chère; mais il faut savoir ces choses, parce qu'elles regardent votre pays, et qu'il est fort honteux de ne pas savoir parfaitement l'histoire et la géographie de son pays. Pour que nous puissions le retenir, ladi sensée va répéter ce que je viens de dire, au moins les noms des différens maîtres que l'Angleterre a eus.

LADI SENSÉE

Les Bretons ont d'abord soumis les habitans de cette île. Les Romains ont soumis les Bretons. Pendant que les Romains étaient occupés à faire la guerre autre part, les Anglo-Saxons ont soumis le pays. Ils ont été détrônés par les Danois. Ensuite les princes normands ont régné dans cette île ; après eux les Plantagenètes ; après ceux-ci les Stuarts ; après les Stuarts les princes de la maison de Brunswikc.

MADEMOISELLE BONNE.

Cela est à merveille, ma chère. Je vous ai dit que Canut, prince Danois, avait porté la couronne d'Angleterre : ladi Sensée ne sait-elle rien de ce prince ?

LADI SENSEE.

Pardonnez-moi, ma Bonne, je sais une bele histoire, que je vais raconter à ces dames.

Un jour Canut était sur le bord de la mer avec toute sa cour. Ses courtisans, qui étaient des flatteurs, comme c'est la coutume, lui dirent qu'il était le roi des rois, et le maître de la mer et de la terre. Canut, qui avait de la religion et du bon sens, voulut se moquer de ces flatteurs, et leur montrer qu'il avait trop d'esprit pour être la dupe de leurs sots discours. Pour cela, il plia son manteau et s'assit dessus ; c'était dans le temps du flux de la mer, c'est-à-dire, dans le temps où la mer sort de son lit pour venir sur la terre. Canut parlant à la mer, lui dit : *La terre où je suis est à moi, et je suis ton maître, je te commande donc de rester où tu es, et de ne point avancer pour mouiller mes pieds.* Tous ceux qui entendirent ces paroles, pensèrent que le roi était fou de s'imaginer que la mer allait lui obéir. Cependant elle s'avançait toujours, et vint mouiller les pieds du monarque. Alors Canut se levant dit aux flatteurs : *Vous voyez comment je suis maître de la mer ? Apprenez par-là que la puissance des rois est bien peu de chose. Il n'y a à la vérité point d'autres rois que Dieu, par qui le ciel, la terre et la mer sont gouvernés.*

LADI CHARLOTTE.

Ma Bonne, est-ce que la mer sort de son lit ou de sa place ?

MADEMOISELLE BONNE.

Oui, ma chère ; elle en sort deux fois par jour, et elle y rentre : cela ne manque jamais ; et l'on sait justement à qu'elle heure elle sort de sa place, et à quelle heure elle s'y remet.

LADI CHARLOTTE.

Ah ! mon Dieu, que cela est singulier ! et qu'est-ce qui la fait ainsi sortir et rentrer ?

MADEMOISELLE BONNE.

En vérité, ma chère, je ne le sais pas trop bien ; mais j'ai ouï dire à des savans que c'était la lune qui pressait l'air : cet air pressé, presse la mer à son tour, et la fait sortir de tous les côtés.

LADI MARY.

Je ne comprends pas du tout cela.

MADEMOISELLE BONNE.

Je vais tâcher de vous l'expliquer, ma chère..... Vous voyez ce bassin que j'ai empli d'eau, c'est la mer. Cette petite assiette, qui est plus petite que le bassin, et que je tiens, c'est l'air, qui se tient tout seul au-dessus de la mer. Supposez maintenant que quelque chose pousse cette assiette, et la force de toucher l'eau qui est au bassin, à peine y aura-t-elle touché, que l'eau sortira de tous côtés ; voyez mes enfans (1).

LADI MARY.

J'entends à présent. Mais, ma Bonne, comment la lune peut-elle presser la mer ? ce n'est qu'une grande lumière.

MADEMOISELLE BONNE.

Vous vous trompez, ma chère, la lune est une terre comme la nôtre : elle reçoit les rayons du soleil, c'est ce qui la fait paraître comme une grande lumière.

MISS MOLLY.

Cela est-il bien vrai, ma Bonne ? Peut-être dites-vous cela pour vous moquer de nous. La lune est si petite, elle est en l'air, elle marche ; comment peut-elle être une terre, comme celle dans laquelle nous vivons ?

(1) Elle met l'assiette dans le bassin.

MADEMOISELLE BONNE.

Vous croyez que la lune est petite, mais vos yeux vous trompent; elle est très-grande. N'avez-vous jamais vu le coq qui est sur l'église de Saint-Paul ? Il vous paraît gros comme une poule; eh bien, il est gros comme un mouton. Regardons par la fenêtre dans la campagne..... Voyez-vous cet homme qui est tout au loin ;il vous paraît petit comme un enfant; pourquoi ? parce qu'il est fort éloigné. Quand on regarde les choses de loin, elles paraissent petites. Hé bien, la lune, qui est fort éloignée, trompe vos yeux à cause de son éloignement. Vous dites que la lune est suspendue en l'air, qu'elle marche ou tourne; savez-vous bien, ma chère, que la terre où nous sommes est aussi suspendue en l'air, et qu'elle tourne toujours ?

LADI SPIRITUELLE.

Permettez-moi de vous dire, ma Bonne, que vous voulez voir si nous serons assez sottes pour croire des contes à dormir de bout. Assurément la terre ne tourne pas; car si elle tournait nous le sentirions.

MADEMOISELLE BONNE.

N'avez-vous jamais été dans un bateau? ma chère.

LADI SPIRITUELLE.

Oui, ma Bonne

MADEMOISELLE BONNE.

Et n'avez-vous pas remarqué que le bateau paraît toujours rester à la même place, et que la terre, les arbres et les maisons courent et s'enfuient ?

LADI SPIRITUELLE.

Cela est vrai, ma Bonne, mais je n'y avais pas fait pattention; quand je suis en carrosse dans la campagne, je vois aussi les arbres qui s'enfuient.

MADEMOISELLE BONNE.

C'est-à-dire que vous croyez les voir: car la terre, les arbres et les maisons restent à leur place; c'est le carrosse et le bateau qui marchent et qui vous emportent. Quand le temps est beau, vous êtes assise dans le bateau tranquillement sans remuer, et s'il était bien fermé, et qu'on vous y eût portée pendant que vous étiez endormie, vous croiriez être dans votre chambre. C'est ainsi que vous êtes sur la terre; elle tourne très-vite; mais si également, qu'elle vous emporte avec elle sans que vous le sentiez, et pendant ce voyage, vous croyez voir courir le soleil qui reste à sa place.

LADI SENSEE.

Cela est bien singulier; mais je le conçois un peu.

MADEMOISELLE BONNE.

Et voilà ce qui nous donne le jour et la nuit. La terre est vingt-quatre heures à tourner. Quand elle nous porte vis-à-vis du soleil, nous avons le jour, et quand elle nous porte de l'autre côté, nous avons la nuit.

LADI SPIRITUELLE.

Je croyais que le soleil se couchait tous les soirs dans la mer; j'ai lu cela dans les Métamorphoses.

MADEMOISELLE BONNE.

Le soleil luit toujours, ma chère; il se couche pour nous, c'est-à-dire, que nous cessons de le voir; mais en même temps il se lève pour les peuples de l'Amérique, c'est-à-dire, qu'ils commencent à le voir à leur tour : or les anciens ne connaissaient pas l'Amérique; ils ignoraient que la terre est ronde, et qu'elle est habitée tout autour comme je vais vous faire voir sur un globe.

LADI SPIRITUELLE.

Ma Bonne, ceux qui vivent sous ce globe marchent donc les pieds en haut et la tête en bas? Car enfin, si l'on perçait ce globe, leurs pieds et les nôtres se rencontreraient.

MADEMOISELLE BONNE.

Cela est vrai, nos pieds et les leurs se rencontre

raient, ce qui n'empêche pas qu'ils n'aient comme nous les pieds à terre et la tête tournée vers le ciel; la terre est comme une petite boule, grosse comme une noix, enfermée dans une grande boule, grosse comme cette chambre qui est le ciel. Supposez que cette petite boule se tienne en l'air dans le milieu de cette chambre, et qu'il y a une mouche dessus et une mouche dessous, n'est-il pas vrai que ces deux mouches auraient toutes deux la tête tournée vers la grande boule qui est le ciel? La terre est environnée du ciel, comme un jaune d'œuf est environné du blanc de l'œuf. Ce blanc d'œuf, supposez que c'est l'air, et la coquille de l'œuf le ciel. Comprenez-vous cela, mes enfans?

MISS MOLLY.

A merveille, ma Bonne : il n'y a plus qu'une chose qui m'embarrasse, c'est de savoir comment la petite boule se tient toute seule au milieu de la grande.

MADEMOISELLE BONNE.

Et comment le jaune d'œuf se tient-il tout seul au milieu de l'œuf, sans se mêler avec le blanc qui l'environne, quoiqu'il paraisse plus lourd? Voyez-vous, mes enfans, les savans ont dit beaucoup de choses pour prouver les moyens dont Dieu se sert pour soutenir ainsi la terre en l'air; mais je ne suis pas assez habile pour les bien entendre; ni vous non plus; il nous suffit de savoir que Dieu l'a voulu ainsi, et que cela est très-sûr, Nous n'en pouvons douter, car plusieurs voyageurs ont fait le tour du monde, ce qui prouve qu'il est en l'air; mais c'est assez parler de physique. Ladi Spirituelle va nous raconter une jolie histoire que je lui ai donnée avant-hier.

LADI SPIRITUELLE.

Il y avait un homme qui se promenait dans la campagne. Il regardait les chênes, qui sont de grands arbres, et qui portent un petit fruit qu'on nomme gland, et qui n'est pas plus gros que le pouce; il remarqua en même temps une plante assez petite qui touchait à la terre, et qui portait des citrouilles grosses quatre fois comme sa tête. Cet homme dit en lui-même : Il me semble que, si j'avais été en la place du bon Dieu, j'aurais mieux arrangé les choses ; j'aurais fait venir la citrouille sur ce grand arbre, et le gland sur cette petite branche. Pendant que cet homme raisonnait ainsi, il fut pris d'une grande envie de dormir ; et, comme il faisait soleil, il se coucha sous un chêne pour avoir de l'ombre. Pendant qu'il dormait, il vint un vent qui fit tomber un gland sur le bout de son nez, ce qui le réveilla. Alors cet homme s'écria : J'avoue que je ne suis qu'une bête, et que Dieu a raison d'avoir arrangé les choses comme elles sont. Que serais-je devenu si la citrouille eût été attachée au chêne ? Elle m'eût écrasé la tête en tombant. Depuis ce temps, cet homme, devenu plus sage, se contenta d'admirer la sagesse avec laquelle Dieu avait arrangé l'univers, et ne s'avisa plus de trouver à redire aux choses qui n'étaient pas faites selon ses petites lumières.

LADI SENSÉE.

Il me semble que j'aurais beaucoup de plaisir à apprendre la physique ; les personnes qui la savent ne peuvent pas s'ennuyer.

MADEMOISELLE BONNE.

Vous avez raison, ma chère ; mais auparavant il faut bien apprendre l'histoire. Voyons si ladi Mary a retenu la sienne.

LADI MARY.

Trois Israélites, qui se nommaient Coré, Dathan et Abiron, se soulevèrent contre Moïse, et engagèrent deux cent cinquante hommes dans leur révolte. Ils étaient choqués et chagrins qu'il n'y eût qu'Aaron et ses enfans qui eussent permission d'offrir l'encens au Seigneur, sans penser que c'était Dieu lui-même qui l'avait ainsi ordonné : ils firent donc de grands reproches à Moïse, mais Moïse, par ordre du Seigneur, dit à ces hommes : Prenez chacun un encensoir avec des parfums, et alors Dieu montrera ceux qu'il a choisis. Moïse fit aussi prendre l'encensoir à Aaron, et ensuite, par ordre de Dieu il dit au peuple : Séparez-vous de Coré, de Dathan et d'Abiron ; de crainte que Dieu ne vous punisse avec eux. Alors Moïse, parlant au peuple, dit : Si ces gens, qui ne veulent pas obéir au Seigneur, meurent d'une mort naturelle, vous pouvez penser que je suis un méchant, et que le Seigneur ne m'a pas envoyé ; mais si la terre s'ouvre sous eux, et qu'ils tombent tout vivans dans l'abîme, alors vous connaîtrez que je vous parle de la part du Seigneur. A peine Moïse eut-il fini ces paroles, que la terre s'ouvrit en deux, et engloutit Coré, Dathan et Abiron avec toute leur famille ; et le feu, par ordre du Seigneur, brûla les deux cent cinquante hommes qui tenaient les encensoirs. Alors Dieu commanda à Moïse de prendre ces encensoirs, et d'en faire des plaques pour couvrir l'autel, afin, dit le Seigneur, que ces plaques fassent souvenir les enfans d'Israël que nul de ceux qui ne sont point de la race d'Aaron ne doit s'approcher de l'autel pour offrir de l'encens au Seigneur. Cependant les Israélites murmurèrent contre Moïse et Aaron de ce qu'ils avaient causé la mort de ces personnes, et ces murmures ayant irrité le Seigneur, il dit à Moïse et à Aaron : Séparez-vous de ce peuple ; car je vais le faire périr. Alors Moïse dit à son frère : mettez promptement du parfum dans votre encensoir, et courez au milieu du peuple pour apaiser la colère de Dieu. Aaron obéit à son frère, et se tenant entre les vivans et ceux que Dieu venait de faire périr, il apaisa sa colère, et Dieu, dans cette dernière occasion en fit périr quatorze mille sept cents, en punition de leurs murmures.

LADI CHARLOTTE.

Mon Dieu, que cette histoire est terrible ! Je tremble de tout mon corps, ma Bonne : nous sommes bienheureuses que Dieu ne fasse plus ces terribles châtimens ; il y a de quoi mourir de frayeur.

MADEMOISELLE BONNE.

Dieu est aussi juste et aussi ennemi des méchans

qu'il l'était en ce temps-là, mes enfans, ceux qu ne veulent point obéir à ses commandemens ne sont pas, il est vrai, engloutis tout vivans dans l'enfer, mais il est sûr qu'ils y tomberont après leur mort, et cela doit bien imprimer dans nos âmes la haine du crime et la crainte de Dieu. Nous ne devons craindre que Dieu et le péché, selon cette parole de Jésus-Christ. *Ne craignez point ceux qui ne peuvent tuer que le corps; mais craignez celui qui peut perdre le corps et l'âme, et les précipiter dans l'enfer.*

MISS MOLLY.

Mais, ma Bonne, on dit que Dieu est si bon, il punit pourtant bien rigoureusement les méchans.

MADEMOISELLE BONNE.

C'est qu'il est aussi très-juste, mes enfans; Dieu montre sa bonté aux hommes, en leur donnant de bonnes pensées pour faire le bien; des remords quand ils font de mauvaises actions; il leur donne beaucoup de temps pour se repentir et se corriger; mais s'ils refusent de le faire, et s'ils veulent absolument rester toujours méchans, comme Dieu est juste il faut absolument qu'il les punisse. Le roi est bon, mes enfans, mais pourtant il consent à la mort des méchans, et il serait méchant lui-même s'il pardonnait à tous les criminels; car alors personne n'oserait plus sortir dans les rues; les pauvres tueraient les riches pour avoir leur argent; ceux à qui on aurait donné le plus petit sujet de chagrin tueraient leurs ennemis; on serait obligé d'aller vivre dans les bois; avec les bêtes; et le roi serait cause de tous ces crimes par sa fausse bonté.

LADI CHARLOTTE.

Je vous assure, ma Bonne, que je veux absolument me corriger; je n'ai été méchante jusqu'à ce jour, que parce que je ne pensais pas à toutes ces choses; j'avais pourtant lu la sainte Ecriture; mais je n'y faisais pas attention; quand on y pense bien, il faudrait être folle pour s'exposer à la colère de Dieu.

MADEMOISELLE BONNE.

Voyez combien il vous aime, ma chère : ces bonnes pensées, ces bonnes résolutions, c'est lui qui vous les donne : ne seriez-vous pas bien coupable si vous les oubliiez ? Allons, miss Molly, dites votre histoire.

MISS MOLLY.

Dieu voulant faire voir aux Israélites qu'il avait choisi Aaron pour être son prêtre, fit dire au peuple, par la bouche de Moïse : Que les chefs de toutes les tribus d'Israël apportent chacun une verge en ma présence. Ils obéirent, et le lendemain la verge d'Aaron avait poussé des fleurs, des boutons et des amandes. Alors Dieu dit : J'ai choisi Aaron et sa famille pour être mes sacrificateurs, nul autre qu'eux ne pourra m'offrir de l'encens : mais je leur donne les enfans de Lévi pour avoir soin des choses qui me seront consacrées : ils vivront des choses qui me seront offertes, et auront la dixième partie des bêtes, et des fruits de la terre. Après cela les Israélites vinrent en un lieu où il n'y avait point d'eau, et murmurèrent encore. Moïse et Aaron se prosternèrent devant le Seigneur, qui dit à Moïse : Prends ta verge et marche avec ton frère sur le rocher, devant toute l'assemblée du peuple, tu parleras au rocher, et il te donnera de l'eau. Moïse et Aaron assemblèrent le peuple, mais ils n'obéirent pas simplement au commandement du Seigneur, et au lieu de parler au rocher, ils le frappèrent de deux coups de baguette. Alors Dieu dit à Moïse et à Aaron : Parce que vous n'avez pas cru à la parole du Seigneur, vous mourrez tous les deux avant d'entrer dans la terre promise ; et Dieu commanda à Moïse de monter sur la montagne avec son frère Aaron et Eléazar son neveu, fils d'Aaron : il commanda aussi à Aaron d'ôter ses habits de grand-prêtre et de les donner à son fils, parce qu'il allait mourir. Aaron obéit à Dieu et mourut aussitôt. Une autrefois les Israélites murmurèrent encore contre Dieu, qui pour les punir, envoya contre eux des serpens brûlans ; mais le peuple s'étant repenti, Dieu commanda à Moïse de faire un serpent d'airain et de l'élever en haut ; et tous ceux qui étaient mordus et qui regardaient ce serpent étaient guéris sur-le-champ. Cependant les Israélites demandèrent aux rois qui étaient voisins la permission de passer dans leurs pays, promettant de ne leur faire aucun tort, et de payer jusqu'à l'eau qu'ils boiraient : mais ces rois ne voulurent pas leur accorder cette grâce ; et Dieu dit aux Israélites : Combattez-les, et vous les vaincrez par mon secours. Les Israélites obéirent et ils remportèrent de grandes victoires.

LADI MARY.

Moïse et Aaron n'étaient pas des méchans; cependant, ma Bonne, Dieu les punit bien sévèrement, et cela pour une bagatelle. Quel mal avaient-ils fait en frappant le rocher ?

MADEMOISELLE BONNE.

Ils avaient sans doute fait un grand mal, car ils s'étaient méfiés de la puissance de Dieu qui leur avait dit qu'ils devaient commander au rocher de leur donner de l'eau. Au lieu d'obéir tout simplement à Dieu, ils dirent en eux-mêmes : Si nous commandons au rocher de nous donner de l'eau, il n'en viendra pas; mais nous le frapperons comme nous avons déjà fait une fois, et alors il en viendra. J'avoue que cette faute n'était pas si grande que celle d'adorer le veau d'or, mais Dieu punit le péché quel qu'il soit : toute la différence qu'il y a, c'est que les méchans qui pèchent par malice, il les punit en l'autre vie en les envoyant dans l'enfer, et les bons qui pèchent par faiblesse, et qui sont fâchés d'avoir péché, il les punit en cette vie par des maladies, par la perte de leurs biens, de leurs parens, de leurs amis. Dieu fait comme un bon père, qui, pour corriger ses enfans, leur donne le fouet ou les punit.

LADI SPIRITUELLE.

Ce n'est donc pas parce que Dieu est fâché contre un homme, qu'il devient pauvre, aveugle, ou qu'il lui arrive des malheurs.

MADEMOISELLE BONNE.

Quand Dieu envoie ces malheurs aux méchans, c'est pour les punir, et en même temps pour tâcher de les corriger: car on pense à Dieu quand on est affligé. Dans ce moment Dieu dit au cœur des méchans: Voyez ce que vous gagnez à me désobéir; j'ai le pouvoir de vous rendre malheureux, en vous ôtant toutes les choses que vous aimez. Demandez du secours à votre argent, que vous aimez plus que moi; demandez du secours à vos amis, à qui vous aimez mieux plaire qu'à moi. Toutes les créatures ne peuvent m'empêcher de vous punir: ainsi laissez là les créatures, et revenez à moi qui suis votre Dieu; quoique vous soyez un méchant enfant, je suis un bon père, je ne demande pas mieux que de vous pardonner, si vous voulez vous convertir. Je frappe à votre porte, ouvrez-moi; ce malheur qui vient de vous arriver, et que vous croyez si grand, ce n'est rien en comparaison des maux que vous souffrirez en l'autre vie, si vous ne devenez meilleur. Ayez pitié de vous-même; renoncez au péché et à vos mauvaises habitudes; devenez doux, charitable; aimez la prière; soyez juste envers les autres. Je vous avertis, je vous donne le temps de vous corriger; mais bientôt vous n'aurez plus une minute, vous mourrez, et alors je ne serai plus pour vous un père plein de tendresse, mais un juge terrible. Vous pleurez, ladi Charlotte ?

LADI CHARLOTTE.

Oui, ma Bonne; Dieu m'a souvent dit tout cela, et je n'ai jamais voulu y faire attention. Je vous assure que je n'ai jamais fait une grande faute sans avoir été punie dans la journée par quelque chagrin.

MADEMOISELLE BONNE.

C'est signe que Dieu vous aime beaucoup, ma chère amie; mais n'endurcissez pas votre cœur; car après avoir été si bon pour vous, il deviendrait un juge terrible. Ladi Spirituelle me demandait tout à l'heure si c'était une marque que Dieu était fâché contre un homme, quand il lui envoyait des malheurs: je viens de vous dire qu'il en envoyait aux méchans pour le convertir; il en envoie aussi aux bons pour les corriger et pour les punir des fautes légères qui leur échappent ; et quelquefois aussi pour éprouver leur vertu, et leur donner occasion d'être meilleurs. Quand on a tout ce que l'on souhaite, il est aisé d'oublier Dieu ; mais, comme je vous l'ai dit, quand on est dans l'affliction, et qu'on reconnaît que les créatures ne peuvent nous secourir, alors on a recours à Dieu. Je me souviens, mes enfans, que, quand j'étais petite, j'avais un maître d'écriture bien méchant ; il me grondait toujours, quoique je m'appliquasse de tout mon cœur. Ce maître, c'était les verges dont Dieu se servait pour punir mes fautes. Quand je n'avais pas été sage, je disais en moi-même : Je serai bien querellée tantôt par monsieur Georges (car c'était le nom de cet homme); alors je priais Dieu de bon cœur, pour qu'il adoucit l'esprit de cet terrible homme. Quelquefois Dieu écoutait ma prière ; mais le plus souvent j'étais punie, j'écrivais tout de travers, et alors mon maître se plaignait à maman, et on me faisait garder la maison, pendant que mes sœurs allaient se promener.

LADI SENSÉE.

Et que faisiez-vous alors ? ma Bonne.

MADEMOISELLE BONNE.

Souvent, ma chère, je pleurais comme une sotte; mais quelquefois aussi, j'offrais à Dieu cette mortification ; car je savais bien que si j'étais innocente pour mon éciture, j'étais coupable pour quelque autre chose que maman ne savait pas et qu'elle aurait puni si elle l'avait su. Ladi Charlotte, vous n'avez pas dit votre histoire ; mais il est bien tard, ce sera pour la première fois.

17e DIALOGUE.

QUINZIÈME JOURNÉE.

MADEMOISELLE BONNE.

J'AI promis à ladi Charlotte que nous commencerions par son histoire. Nous allons donc l'écouter, s'il vous plaît.

LADI CHARLOTTE.

Il y avait un roi nommé *Balak*, qui régnait sur les Moabites. Ce prince ayant appris que les Israélites avaient battu tous les peuples qui s'étaient opposés à leur passage, eut beaucoup de crainte, et envoya chercher un prophète nommé *Balaam*, pour les maudire. Lorsque Balaam fut en chemin, l'ange du Seigneur lui ferma le passage. Balaam ne voyait pas l'ange, mais l'ânesse sur laquelle il était monté le voyait, et elle avait peur de l'épée que l'ange tenait à sa main. Balaam battait son ânesse pour la faire avancer, mais cette bête se coucha par terre, ce qui mit son maître si fort en colère, qu'il l'assommait à coups de bâton. Alors Dieu permit que cette ânesse parlât et dit à Balaam : Pourquoi me frappes-tu ? ne t'ai-je pas bien servi toute ma vie, et ne vois-tu pas ce qui m'empêche de passer ? Balaam fut fort étonné d'entendre parler son ânesse; mais il le fut bien davantage, quand il vit l'ange qui lui dit : Si cette pauvre bête avait avancé, je t'aurais tué; cependant continue ton chemin, tu ne feras que ce qu'il plaira au Seigneur. Balaam étant arrivé, le roi lui dit : Je vous prie de maudire les Israélites. Balaam lui répondit : Pourquoi maudirai-je ce peuple? Ma malédiction ne servira de rien, puisque Dieu l'a béni : malgré cela, le roi mena Balaam en trois différens endroits : mais le prophète, au lieu de lui obéir, bénit le peuple d'Israël.

2..

et le roi Balak dit au prophète : Je ne t'ai pas fait venir pour bénir ce peuple; ainsi, puisque tu fais le contraire de ce que je veux, je ne te donnerai point les honneurs et les richesses que je t'avais destinés. Balaam, qui était méchant dit au roi : Si vous pouvez engager les Israélites à commettre quelque grand péché, certainement Dieu les maudira ; vous n'avez qu'à envoyer vers eux les plus belles femmes qui sont parmi vous; ils en deviendront amoureux et les prendront pour femmes ; or ils commettront un péché ; car Dieu leur a défendu de prendre des femmes étrangères. Balak suivit ce conseil, et les Israélites oubliant le commandement du Seigneur, prirent ces femmes qui leur firent adorer des Idoles. Alors Dieu ordonna à Moïse de faire prendre tous les chefs de famille ; et Dieu lui-même punissait les coupables, en sorte qu'il en périt vingt-quatre mille. Mais malgré ce châtiment; il y eut un homme assez méchant pour mener dans sa tente une femme de Madian. Alors Phinée, fils du grand-prêtre Eléazar, transporté d'une sainte colère contre cet homme, qui se moquait du Seigneur, prit son épée et tua cet homme et cette femme; et cette action de justice fut si agréable à Dieu, qu'il pardonna au reste des coupables ; mais en même temps il commanda à son peuple de détruire tous les Madianites, parce qu'ils les avaient engagés à commettre le péché.

LADI SPIRITUELLE.

Cela était bien terrible pourtant de détruire tout un peuple ; peut-être qu'ils n'avaient pas tous consenti à cette mauvaise action.

MADEMOISELLE BONNE.

Dieu ne commande jamais rien qui ne soit juste, mes enfans. Dieu fit détruire non-seulement cette nation, mais aussi toutes les autres qui demeuraient dans la terre promise, parce que les peuples étaient extrêmement méchans, et qu'ils n'avaient pas profité du temps qu'il leur avait donné pour se corriger. Dieu se sert de tout pour punir ceux qui ne veulent pas se convertir. Du temps de Noé, il se servit du déluge. Du temps d'Abraham, il se servit du feu, qu'il fit tomber du ciel pour punir Sodome et Gomorrhe; dans le temps dont nous parlons, il se servit de l'épée des Israélites. Dans d'autres temps, il employa la peste, la famine, la mortalité des bestiaux, les inondations, les tremblemens de terre, car il est tout puissant : les élémens sont toujours prêts à lui obéir pour punir les pécheurs, et s'ils n'ont pas recours à sa miséricorde, il faut qu'ils éprouvent sa justice. Dites-nous votre histoire, miss Molly.

LADI MARY

Auparavant, ma Bonne, je vous prie de me dire ce que c'est que les élémens.

MADEMOISELLE BONNE.

Il y a quatre élémens, mes enfans, sans lesquels l'homme ne pourrait vivre; la terre, l'eau, l'air et le feu.

LADI MARY.

Si l'on vivait dans un lieu où il ne fît pas froid, on pourrait se passer de feu; il n'y aurait qu'à manger du lait et des fruits.

MADEMOISELLE BONNE.

Le feu, qui est un élément, n'est pas seulement le feu dont nous nous servons pour nous chauffer, mais c'est le soleil qui échauffe toute la nature, qui fait croître les herbe et les plantes. Or, les hommes ne sauraient vivre sans ce feu.

LADI MARY.

J'étais bien sotte; je n'avais jamais pensé que le soleil fût un feu, quoique je sentisse sa chaleur. Mais, dites-moi, s'il vous plaît, pourquoi le soleil est plus chaud en été qu'en hiver? Est-ce qu'en été nous sommes plus proches de lui ?

MADEMOISELLE BONNE.

Tout au contraire, ma chère; nous sommes plus éloignés du soleil en été qu'en hiver. Mais en été, il tombe plus droit sur nos têtes; en hiver, ses rayons ne nous touchent plus que par le côté. Je vais vous apprendre deux mots pour expliquer cela, et ensuite vous le faire comprendre par un exemple. Mettez votre main justement au dessus de la chandelle, mais ne l'approchez pas trop près, car vous vous brûleriez..... Hé bien, je dis que votre main est *perpendiculairement* sur la chandelle, c'est-à-dire, qu'elle est droite au-dessus. Regardez que vous êtes obligée de la tenir fort éloignée. Présentement, mettez votre main à côté de la chandelle...... je dis que votre main la regarde de côté, c'est-à-dire, *obliquement*. Or, remarquez que vous pouvez approcher votre main beaucoup plus près par le côté que par le haut : la chaleur, qui vient de côté frapper votre main est beaucoup plus faible que celle qui vient la frapper tout droit. Voilà ce qui fait l'hiver et l'été.

LADI CHARLOTTE.

J'aimerais bien qu'il fit l'été pendant toute l'année les jours sont plus longs, plus beaux, et on a le plaisir de se promener. A quoi sert l'hiver ? je vous prie. Il ne croît rien sur la terre pendant ce temps.

MADEMOISELLE BONNE.

Mais s'il n'y avait point d'hiver, il ne viendrait rien sur la terre pendant l'été. Dieu a tellement arrangé le monde, mes enfans, qu'il n'y a pas une seule chose inutile; et si les choses que Dieu a réglées se dérangeaient, tout le monde périrait. N'avez-vous jamais vu du blé? mes enfans.

LADI CHARLOTTE.

Oui, ma Bonne, j'en ai vu à la campagne.

MADEMOISELLE BONNE.

Hé bien, mes enfans, examinons comment ce blé croît. On le jette dans la terre en grains, et on fait cela un peu avant l'hiver, et dans le temps des pluies, qui ne manquent jamais dans cette saison. Alors le grain de blé se pourrit, et il en sort un petit brin d'herbe ; mais si cette herbe sortait d'abord bien grande, elle n'aurait pas assez de force, le froid de l'hiver vient, qui l'enfonce dans la terre et l'empêche de sortir afin qu'elle ait le temps de se nourrir. Si, après l'hiver, l'été venait tout de suite, cette herbe serait séchée tout d'un coup, et n'aurait pas le temps de croître. Qu'a fait le bon Dieu ? il a mis le printemps qui n'est ni chaud ni froid, entre l'hiver et l'été; pendant le printemps, l'herbe qui renferme le blé grandit tout à son aise. Il se forme au bout de cette herbe quantité de petites chambres et dans chaque chambre il y a un grain de blé qui grossit petit à petit, jusqu'à ce qu'il soit assez gros. Alors viennent les grandes chaleurs qui la mûrissent. Il change de couleur, car il était vert, et devient jaune. Chaque grain de blé est environné d'une petite peau qui est jaune, comme je viens de vous le dire; il est dur, mais sous cette peau on trouve une petite chose blanche comme la neige; on la met entre deux pierres pour la réduire en poussière, et cette poussière blanche, c'est la farine avec laquelle on fait le pain.

LADI SPIRITUELLE.

J'ai mangé le pain jusqu'à présent sans savoir comment il venait, et sans penser à toutes les précautions que Dieu a prises pour me le donner; vraiment, ma Bonne, cela est admirable. L'été prochain, quand j'irai à la campagne, j'examinerai toutes ces merveilles, cela m'amusera beaucoup.

LADI CHARLOTTE.

Mais cela doit faire autre chose que de vous amuser, ma chère enfant.

LADI SPIRITUELLE.

Quoi donc ! ma Bonne?

MADEMOISELLE BONNE.

N'admirerez-vous pas la sagesse de Dieu, qui a arrangé toutes les saisons précisément comme il faut pour faire venir ce blé? N'admirerez-vous pas sa bonté, qui a fait tout cela pour les hommes et pour vous en particulier? Ne remercierez-vous pas ce bon père, en voyant cette grande quantité d'hommes qui travaillent comme des chevaux à l'ardeur du soleil?

Ne direz-vous pas en vous-même : La providence de Dieu est grande d'avoir fait des riches et des pauvres ! Sans cela, si je voulais du pain, il faudrait que je travillasse avec ces pauvres gens. Vous penserez encore : Ces pauvres gens ont bien de la peine pour me nourrir ; ne serais je pas bien méchante, si je les maltraitais, si je les méprisais, parce qu'ils sont pauvres.

LADI SENSEE.

Voilà bien de quoi s'amuser et profiter à la campagne, ma Bonne ; je voudrais que quelques dames que je connais fussent à notre leçon, elles disent qu'elles s'ennuient quand elles sont toutes seules, vous leur apprendriez à s'occuper pour plusieurs semaines.

MADEMOISELLE BONNE.

Oh ! je vous assure, mes enfans, qu'il y aurait de quoi s'occuper toute sa vie, si on voulait examiner toutes les œuvres de Dieu dans la nature.... Vous bâillez, ladi Mary; la leçon a été bien sérieuse pour vous ; mais, pour vous réveiller, j'ai envie de vous faire un conte.

LADI MARY.

Je ne m'ennuie pas, je vous assure, ma Bonne ; je veux aussi examiner le blé quand il viendra ; mais si vous voulez nous dire un conte, je vous avoue que cela me fera beaucoup de plaisir.

MADEMOISELLE BONNE.

Volontiers, ma chère. Il y avait un jour un seigneur et une dame qui étaient mariés depuis plusieurs années sans avoir d'enfans : ils croyaient qu'il ne leur manquait que cela pour être heureux, car ils étaient riches et estimés de tout le monde. A la fin ils eurent une fille, et toutes les fées qui étaient dans le pays vinrent à son baptême pour lui faire des dons. L'une dit qu'elle serait belle comme un ange ; l'autre qu'elle danserait à ravir; une troisième, qu'elle ne serait jamais malade; une quatrième, qu'elle aurait beaucoup d'esprit. La mère était bien joyeuse de tous les dons qu'on faisait à sa fille : belle, spirituelle, une bonne santé, des talens ! qu'est-ce qu'on pouvait donner de mieux à cette enfant, qu'on nommait *Joliette* ? On se mit à table pour se divertir ; mais lorsqu'on eut à moitié soupé, on vint dire au père de Joliette que la reine des fées, qui passait par-là voulait entrer. Toutes les fées se levèrent pour aller au-devant de leur reine ; mais elle avait un visage si sévère, qu'elle les fit toutes trembler. Mes sœurs, dit-elle, lorsqu'ell fut assise, est-ce ainsi que vous employez le pouvoir que vous avez reçu du ciel ? Pas une de vous n'a pensé à douer Joliette d'un bon cœur, d'inclinations vertueuses. Je vais tâcher de remédier au mal que vous lui avez fait ; je la doue d'être muette jusqu'à l'âge de vingt ans ; plût à Dieu qu'il fût en mon pouvoir de lui ôter absolument l'usage de la langue. En même temps la fée disparut, et laissa le père et la mère de Joliette dans le plus grand désespoir du monde, car ils ne concevaient rien de plus triste que d'avoir une fille muette. Cependant Joliette devenait charmante; elle s'efforçait de parler quand elle eut deux ans, et l'on connaissait, par ses petits gestes, qu'elle entendait tout ce qu'on lui disait, et qu'elle mourait d'envie de répondre. On lui donna toutes sortes de maîtres, et elle apprenait avec une promptitude surprenante: elle avait tant d'esprit, qu'elle se faisait entendre par gestes, et rendait compte à sa mère de tout ce qu'elle voyait ou entendait. D'a- bord on admirait cela, mais le père qui était un homme de bon sens, dit à sa femme : Ma chère, vous laissez prendre une mauvaise habitude à Joliette, c'est un petit espion. Qu'avons-nous besoin de savoir tout ce qui se fait dans la ville ? On ne se méfie pas d'elle, parce qu'elle est un enfant, et qu'on sait qu'elle ne peut pas parler, et elle vous fait savoir tout ce qu'elle entend : il faut la corriger de ce défaut, il n'y a rien de plus vilain que d'être une rapporteuse.

La mère, qui idolâtrait Joliette, et qui était naturellement curieuse, dit à son mari qu'il n'aimait pas cette pauvre enfant, parce qu'elle avait le défaut d'être muette ; qu'elle était déjà assez malheureuse avec son infirmité, et qu'elle ne pouvait se résoudre à la rendre encore plus misérable en la contredisant. Le mari, qui ne se payait pas de ses mauvaises raisons, prit Joliette en particulier, et lui dit : Ma chère enfant, vous me chagrinez. La bonne fée qui vous a rendue muette avait sans doute prévu que vous seriez une rapporteuse; mais à quoi cela sert-il que vous ne puissiez parler, puisque vous vous faites entendre par signes ? savez-vous ce qu'il arrivera ? Vous vous ferez haïr de tout le monde; on vous fuira comme si vous aviez la peste, et on aura raison ; car vous causerez plus de mal que cette affreuse maladie. Un rapporteur brouille tout le monde, et cause des maux épouvantables ; pour moi, si vous ne vous corrigez pas, je souhaiterais de tout mon cœur que vous fussiez aussi aveugle et sourde. Joliette n'était pas méchante, c'était par étourderie qu'elle découvrait ce qu'elle avait vu, ainsi elle lui promit par signes qu'elle se corrigerait. Elle en avait intention; mais, deux ou trois jours après, elle entendit une dame qui se moquait d'une de ses amies : elle savait écrire alors, et elle mit sur du papier ce qu'elle avait entendu. Elle avait écrit cette conversation avec tant d'esprit, que sa mère ne put s'empêcher de rire de ce qu'il y avait de plaisant, et d'admirer le style de sa fille. Joliette avait de la vanité : elle fut si contente des louanges que sa mère lui donna, qu'elle écrivait tout ce qui se passait devant elle. Ce que son père lui avait prédit arriva ; elle se fit haïr de tout le monde. On se cachait d'elle ; on parlait bas quand elle entrait, et on craignait de se trouver dans les assemblées dont elle était priée. Malheureusement pour elle, son père mourut quand elle n'avait que douze ans ; et personne ne lui faisant plus honte de son défaut, elle prit une telle habitude de rapporter, qu'elle le faisait même sans y penser ; elle passait toute la journée à espionner les domestiques, qui la haïssaient comme la mort : si elle était dans un jardin, elle faisait semblant de dormir pour entendre les discours de ceux qui se promenaient. Mais comme plusieurs parlaient à la fois, et qu'elle n'avait pas assez de mémoire pour retenir ce que l'on disait, elle faisait dire aux uns ce que les autres avaient dit ; elle écrivait le commencement d'un discours sans attendre la fin, ou la fin sans en savoir le commencement. Il n'y avait pas de semaine qu'il n'y eût vingt tracasseries ou querelles dans la ville ; et quand on venait à examiner d'où venaient ces bruits, on découvrait que cela provenait des rapports de Joliette. Elle brouilla sa mère avec toutes ses amies, et fit battre trois ou quatre personnes.

Cela dura jusqu'au jour où elle eut vingt ans ; elle attendait ce jour avec une grande impatience, pour parler tout à son aise : il vint enfin, et la reine des fées se présentant devant elle, lui dit : Joliette, avant de vous rendre l'usage de la parole, dont certainement vous abuserez, je vais vous faire voir tous les maux que vous avez causés par vos rapports. En même temps, elle lui présenta un miroir : elle vit un homme suivi de trois enfans qui demandaient l'aumône avec leur père.

Je ne connais pas cet homme, dit Joliette, qui parlait pour la première fois ; quel mal lui ai-je causé? Cet homme était un riche marchand, lui répondit la fée : il avait dans son magasin beaucoup de marchandises ; mais il manquait d'argent comptant. Cet homme vint emprunter une somme à votre père pour payer une lettre de change ; vous écoutiez à la porte du cabinet, et vous fîtes connaître la situation de ce marchand à plusieurs personnes à qui il devait de l'argent : cela lui fit perdre son crédit ; tout le monde voulut être payé, et la justice s'étant mêlée de cette affaire, le pauvre homme et ses enfans sont réduits à l'aumône depuis neuf ans. Ah ! mon Dieu, madame! dit Joliette, je suis au désespoir d'avoir commis ce crime ; mais je suis riche, je veux réparer le mal que j'ai fait, en rendant à cet homme le bien que je lui ai fait perdre par mon imprudence.

Après cela, Joliette vit une belle femme dans une chambre dont les fenêtres étaient garnies de grilles de fer ; elle était couchée sur la paille, ayant une cruche d'eau et un morceau de pain à côté d'elle ; ses grands cheveux noirs tombaient sur ses épaules, et son visage était baigné de ses larmes. Ah, mon Dieu ! dit Joliette, je connais cette dame ; son mari l'a menée en France depuis deux ans, et il a écrit qu'elle était morte. Serait-il bien possible que je fusse la cause de l'affreuse situation de cette dame? Oui, Joliette, répondit la fée; mais ce qu'il y a de plus terrible, c'est que vous êtes encore la cause de la mort d'un homme que le mari de cette dame a tué. Vous souvenez-vous, qu'un soir, étant dans un jardin, sur un banc, vous fites semblant de dormir, pour entendre ce que disaient ces deux personnes; vous comprîtes par leurs discours qu'ils s'aimaient, et vous le fites savoir à toute la ville. Ce bruit vint jusqu'aux oreilles du mari de cette dame, qui est un homme fort jaloux; il tua ce cavalier, et a mené cette dame en France; il l'a fait passer pour morte, afin de la tourmenter plus longtemps. Cependant cette pauvre femme était innocente. Le gentilhomme lui parlait de l'amour qu'il avait pour une de ses cousines qu'il voulait épouser; mais comme ils parlaient bas, vous n'avez entendu que la moitié de leur conversation que vous avez écrite, et cela a causé ces horribles malheurs. Ah, s'écria Joliette, je suis une malheureuse; je ne mérite pas de voir le jour. Attendez avant de vous condamner, que vous ayez reconnu tous vos crimes, lui dit la fée. Regardez cet homme couché dans ce cachot, chargé de chaînes; vous avez découvert une conversation fort innoceent que tenait cet homme et comme vous ne l'aviez écouté qu'à moitié, vous avez cru entendre qu'il était d'intelligence avec les ennemis du roi. Un jeune étourdi, fort méchant homme, une femme aussi babillarde que vous, qui n'aimaient pas ce pauvre homme, qui est prisonnier, ont répété et augmenté ce que vous leur aviez fait entendre de cet homme; ils l'ont fait mettre dans ce cachot, d'où il ne sortira que pour assommer le rapporteur à coups de bâton, et vous traiter comme la dernière des femmes, si jamais il vous rencontre. Après cela, la fée montra à Joliette quantité de domestiques sur le pavé, et manquant de pain; des maris séparés de leurs femmes, des enfans déshérités de leurs pères, et tout cela à cause de ses rapports. Joliette était inconsolable et promit de se corriger. Vous êtes trop vieille pour vous corriger, lui dit la fée: des défauts qu'on a nourris jusqu'à vingt ans, ne se corrigent pas après cela quand on le veut; je ne sais qu'un remède à ce mal, c'est d'être aveugle, sourde et muette pendant dix ans, et de passer tout ce temps à réfléchir sur les malheurs que vous avez causés. Joliette n'eut pas le courage de consentir à un remède qui lui paraissait si terrible : elle promit pourtant de ne rien épargner pour devenir silencieuse, mais la fée lui tourna le dos sans vouloir l'écouter ; car elle savait bien que si elle avait eu une vraie envie de se corriger, elle en aurait pris les moyens. Le monde est plein de ces sortes de gens, qui disent : Je suis bien fâchée d'être gourmande, colère, menteuse ; je souhaiterais de tout mon cœur me corriger. Ils mentent assurément : car, si on leur dit : Pour corriger votre gourmandise il ne faut jamais manger hors de vos repas et rester toujours sur votre appétit, quand vous sortez de table ; pour vous guérir de votre colère, il faut vous imposer une bonne pénitence toutes les fois que vous vous emporterez : si on leur dit de se servir de ces moyens, ils répondent : cela est trop difficile. C'est-à-dire, qu'ils voudraient que Dieu fit un miracle pour les corriger tout d'un coup sans qu'il leur en coûtât aucune peine. Voilà précisément comment pensait Joliette; mais avec cette bonne volonté on ne se corrige de rien. Comme elle était détestée de toutes les personnes qui la connaissaient, malgré son esprit, sa bonté et ses talens, elle résolut d'aller demeurer dans un autre pays. Elle vendit donc tout son bien, et partit avec sa sotte mère. Elles arrivèrent dans une grande ville, où l'on fut d'abord charmé de Joliette. Plusieurs seigneurs la demandèrent en mariage, et elle en choisit un qu'elle aimait passionnément. Elle vécut un an fort heureuse avec lui. Comme la ville dans laquelle elle demeurait était bien grande, on ne connut pas sitôt qu'elle était une rapporteuse, parce qu'elle voyait beaucoup de gens qui ne se connaissaient pas les uns les autres. Un jour, après souper, son mari parlait de plusieurs personnes, et il vint à dire qu'un tel seigneur n'était pas un fort honnête homme, parce qu'il lui avait vu faire plusieurs mauvaises actions. Deux jours après, Joliette étant dans une grande mascarade, un homme couvert d'un *domino*, la pria de danser, et vint ensuite s'asseoir auprès d'elle. Comme elle parlait bien il s'amusa beaucoup de sa conversation, d'autant plus qu'elle savait toutes les histoires scandaleuses de la ville, et qu'elle les racontait avec beaucoup d'esprit. La femme du seigneur, dont son mari lui avait parlé, vint à danser; et Joliette dit à ce masque qui avait un *domino* : Cette femme est fort aimable, c'est bien dommage qu'elle soit mariée à un malhonnête homme. Connaissez vous le mari dont vous parlez si mal! lui demanda le masque. Non, répondit Joliette; mais mon mari, qui le connaît parfaitement, m'a raconté plusieurs vilaines histoires qui sont sur son compte, et tout de suite Joliette raconta ces histoires, qu'elle augmenta selon la mauvaise habitude qu'elle avait prise, afin d'avoir occasion de faire briller son esprit. Le masque l'écouta très-attentivement, et elle était fort aise de l'attention qu'il lui donnait, parce qu'elle pensait qu'il l'admirait Quand elle eut fini, il se leva, et un quart d'heure après, on vint dire à Joliette que son mari se mourait, parce qu'il s'était battu contre un homme auquel il avait ôté la réputation. Joliette courut tout en pleurs au lieu où était son mari, qui n'avait plus qu'un quart-d'heure à vivre. Retirez-vous, mauvaise créature, lui dit cet homme mourant; c'est votre langue et vos rapports qui m'ôtent la vie; et peu de temps après il expira. Joliette, qui l'aimait à la folie, le voyant mort, se jeta toute furieuse sur son épée, et se la passa au travers du corps. Sa mère, qui vit cet horrible spectacle, en fut si saisie, qu'elle en tomba malade de chagrin, et mourut aussi, en maudissant sa curiosité et la sotte complaisance qu'elle avait eue pour sa fille, dont elle avait causé a perte.

LADI SPIRITUELLE.

Il faut avouer que cette Joliette était une méchante créature.

MADEMOISELLE BONNE.

Point du tout, ma chère, c'était une fille étourdie, qui avait beaucoup de vanité, qui voulait montrer son esprit, et qui eut été une fort bonne fille, si sa maman lui avait donné le fouet la première fois qu'elle fit un rapport.

LADI SPIRITUELLE.

Mon Dieu ! ma Bonne, vous me faites trembler, j'ai de la vanité comme Joliette, je veux montrer de l'esprit en toutes sortes d'occasions, et je suis fort étourdie ; si j'allais comme elle causer de si grands malheurs

MADEMOISELLE BONNE.

Vous avez un bon remède, ma chèreamie ; il faut devenir sourde, aveugle et muette.

LADI MARY.

Mais cela est bien terrible, ma Bonne.

MADEMOISELLE BONNE.

Non, mesdames, cela n'est pas aussi terrible que vous le croyez. Quand vous vous trouvez dans une compagnie où l'on parle mal du prochain, devenez sourde, c'est-à-dire n'écoutez point ces mauvais discours ; si vous ne pouvez pas vous empêcher de les entendre, ne répétez jamais ce que vous avez entendu. Il faut aussi fermer les yeux sur les actions de votre prochain. Vous voyez combien cela est de conséquence. J'aimerais mieux vivre dans une forêt avec des voleurs qu'avec une rapporteuse ; je me méfierais des voleurs, mais comment se garder d'un personne qu'on croit son amie, à laquelle on n'a jamais fait de mal, et qui, à tout moment, peut vous exposer au plus grands malheurs par son indiscrétion? Je vous avoue, mesdames, que si j'avais remarqué qu'une de vous rapportât ce qui se dit ici, je la chasserais de la compagnie avec ignominie. Mais, mes enfans, je m'aperçois qu'il est déjà bien tard ; nous nous sommes amusées à parler, et je crains que nous n'ayons pas le temps de dire nos histoires. Disons un mot de la géographie. Ladi Sensée, quelles sont les principales rivières d'Angleterre?

LADI SENSÉE.

La Tamise qui est au sud-est, et qui a son embouchure à l'est dans le grand Océan ; elle passe à Londres. La Saverne, qui a sa source dans la principauté de Galles, et qui a son embouchure au sud-est. L'Humber, qui a son embouchure au nord-est de l'Angleterre, et qui est composée de deux rivières qui se joignent ; la Trente, qui vient du côté du sud, et l'Oube, qui vient du côté du nord.

LADI MARY.

Qu'est-ce qu'une embouchure et une source ? ma Bonne. Je n'entends pas ces termes.

MADEMOISELLE BONNE.

On appelle source d'une rivière l'endroit où elle commence, et embouchure l'endroit où elle se jette dans la mer ou dans une autre rivière. Continuez, ladi Sensée.

LADI SENSEE.

La rivière de Twède sépare l'Angleterre de l'Écosse, aussi bien que le mont Cheviot.

MADEMOISELLE BONNE.

Il vous reste à apprendre les noms des cinquante-deux provinces de l'Angleterre, les caps, les golfes et les îles : mais vous avez toutes vos livres de géographie; ainsi vous aurez la bonté de l'apprendre vous-mêmes. Adieu mes enfans.

18e DIALOGUE.

SEIZIÈME JOURNÉE.

MADEMOISELLE BONNE.

Miss Molly, répétez-nous votre histoire, s'il vous plaît.

MISS MOLLY.

Dieu commanda à Moïse de poser ses mains sur Josué, et de donner son esprit à cet homme, pour conduire son peuple dans la terre qu'il avait promise à Abraham. Moïse obéit à Dieu, et fit souvenir les Israélites de tous les miracles que Dieu avait faits pour l'amour deux. Il leur promit que Dieu ne les abandonnerait jamais, s'ils étaient fidèles à observer ses commandemens, et leur fit jurer qu'ils n'y manqueraient jamais. Après quoi il monta sur une haute montagne, d'où il découvrit cette terre dans laquelle il ne devait point entrer, à cause de sa désobéissance. Il mourut en cet endroit; mais on n'a jamais su où l'on avait enseveli son corps: il avait vécu cent vingt ans.

LADI MARY.

Ce grand législateur a essuyé bien des traverses pendant sa vie.

MADEMOISELLE BONNE.

Toutes ses peines sont finies; et il est heureux depuis bien long-temps. Comparez les cent vingt années qu'il a vécu avec le grand nombre de celles qui se sont passées depuis ce temps-là; ses peines ont été bien courtes en comparaison du temps qu'il a déjà été heureux, et il le sera encore pendant toute l'éternité. Vous n'auriez pas voulu être à sa place pendant qu'il avait tant de peine ; mais n'est-il pas vrai que vous voudriez bien y être à présent

LADI SENSÉE.

Oui, ma Bonne ; je pense quelquefois à cela, et je dis en moi-même : la vie est bien courte ! et après ma mort, qui arrivera bientôt, je n'aurai plus qu'à être heureuse, si j'ai bien vécu.

LADI CHARLOTTE.

Mais, ma chère amie, vous dites que votre mort arrivera bientôt, et vous n'avez que treize ans ; est-ce que vous êtes consomptive ?

MADEMOISELLE BONNE.

Non, ma chère ; ladi Sensée se porte a merveille mais quand elle devrait vivre encore cent ans, elle aurait encore raison de dire qu'elle mourra bientôt. Il y a sept ans que vous êtes au monde, ces sept années se sont écoulées comme sept jours ; le reste de votre vie passera tout aussi vite ; mais il n'est pas sûr que nous vivions encore long-temps : chaque jour peut être le dernier de notre vie.

LADI SPIRITUELLE.

Ma Bonne, si je pensais à cela, je serais toujours mélancolique ; car, je vous l'avoue, j'ai bien peur de mourir.

MADEMOISELLE BONNE.

Vous craignez apparemment de n'avoir pas encore assez fait d'efforts pour vous convertir.

LADI SPIRITUELLE.

En vérité, ma Bonne, je ne pense pas à cela ; mais j'aime la vie : je n'ai presque pas eu de plaisir jusqu'à présent, et je n'ai rendu que peu de visites, à cause que je suis trop jeune. Je voudrais donc, avant de mourir, avoir eu le temps de voir le monde et de me divertir un peu.

MADEMOISELLE BONNE.

Que diriez-vous, si le fils d'un roi était en prison

et qu'il ne voulut pas sortir de cette prison parce qu'il n'aurait pas encore été se promener dans le jardin de ce triste lieu.

LADI SPIRITUELLE.

Je dirais qu'il serait fou, parce qu'il aurait sans doute dans le royaume de son père des jardins bien plus beaux que celui de la prison.

MADEMOISELLE BONNE

Voilà pourtant ce que vous faites, ma bonne amie, quand vous dites que vous ne voudriez pas mourir encore parce que vous souhaitez de voir le monde : cela me fait souvenir d'un petit trait qu j'ai lu dans un roman spirituel.

Un prince nommé *Josaphat*, s'étant perdu à la chasse, entendit la plus belle voix du monde. Surpris d'entendre si bien chanter dans un désert, il marcha du côté qu'il entendait la voix, et fut bien surpris de voir que celui qui chantait était un pauvre lépreux dont le corps était à demi-pourri. Hé! mon Dieu! lui dit le prince, comment pouvez-vous avoir le cœur de chanter étant dans une condition si misérable? J'ai bien sujet de me réjouir, lui dit le malade; il y a quarante ans que je suis au monde, c'est-à-dire, qu'il y a quarante ans que mon âme est renfermée dans un corps de boue qui est sa prison. Les murailles de cette prison tombent par morceaux; bientôt mon âme, libre par la destruction de mon corps, va s'envoler vers mon Dieu, pour y jouir d'une félicité sans bornes; j'en ai tant de joie, que je ne puis m'empêcher d'élever ma voix vers le ciel pour célébrer ma délivrance.

LADI CHARLOTTE.

Pour moi, ma Bonne, je ne suis pas fort attachée à la vie; mais je crains la mort, parce que j'ai été bien méchante.

MADEMOISELLE BONNE.

Vous avez commencé à vous convertir, ma chère, et vous y travaillez tous les jours; cela doit vous tranquilliser. Dieu est si bon, qu'il n'en demande pas d'avantage. J'avoue que la mort est bien terrible pour ces personnes qui vivent comme si leur âme devait mourir avec leur corps ; qui ne sont occupées que de leurs plaisirs ; qui ne pensent non plus à Dieu que s'il n'y en avait point : l'enfer de ces personnes commence dès le temps de leur maladie. J'ai connu une dame de grande qualité qui avait vécu comme cela ; elle avait le foie gâté, et les médecins le lui dirent ; elle jeta un grand cri, et leur demanda sottement si on ne pouvait pas lui faire un autre foie, car elle était très-ignorante ; elle offrait pour cela tout son bien. Les médecins lui ayant dit qu'il n'y avait point de remède, elle devint comme une enragée, et priait une dame de ses amies de lui brûler la cervelle d'un coup de pistolet. Mais, mes chers enfans, continuons nos histoires.

LADI CHARLOTTE.

Josué ayant succédé à Moïse, par ordre de Dieu, envoya deux espions à une ville nommée *Jéricho*. Ils allèrent chez une femme nommée *Rachel* ; mais le roi de Jéricho envoya des soldats chez cette femme pour prendre ces espions. Ils ne les trouvèrent pas, car elle les avait cachés, et le lendemain elle leur dit, je sais que vous êtes venus de la part du vrai Dieu, et qu'il livrera cette ville entre vos mains ; mais puisque je vous ai rendu service, je vous prie de ne me point faire de mal ni à ma famille. Les espions lui dirent : Nous ne vous ferons point de mal; assemblez toute votre famille chez vous, quand nous prendrons cette ville, et mettez un cordon d'écarlate à votre fenêtre, on ne vous fera aucun mal. Ils retournèrent après cela vers Josué, qui commanda au peuple de se tenir prêt pour passer le Jourdain, qui est un grand fleuve. Les Israélites étaient fort embarrassés, car il n'y avait pas de pont sur le Jourdain ; mais Josué commanda aux prêtres de prendre l'arche du Seigneur, et d'entrer dans le fleuve. A peine leurs pieds eurent-ils touché l'eau, que le fleuve s'ouvrit en deux pour laisser passer les Israélites ; et Dieu dit à Josué : Faites prendre douze pierres à la place où les prêtres ont resté au milieu du Jourdain pendant que le peuple passait ; et de ces douze pierres vous en ferez un autel, et quand vos enfans vous demanderont ce que signifie cet autel, vous leur répondrez : C'est pour vous faire souvenir du miracle que Dieu a fait pour l'amour de vous, afin de vous fairer entrer dans la terre qu'il avait promise à Abraham, et les Israélites obéirent en tout au commandement du Seigneur, et entrèrent dans la terre promise.

LADI MARY.

Dans quelle partie du monde était cette terre pr.

MADEMOISELLE BONNE.

Je vais vous la montrer sur la carte, ma chère : elle est dans l'Asie, au sud-ouest ; et depuis que les Israélites y ont demeuré, on l'a nommée la Judée ; aujourd'hui elle est plus connue sous le nom de Palestine. Voilà le fleuve du Jourdain ; la mer Morte, à la même place où était Sodome qui fut brûlée par le feu du ciel. Allons, ladi Mary, dites votre histoire.

LADI MARY.

Aussitôt que les Israélites furent entrés dans la terre promise, ils firent du pain avec le blé du pays, et aussitôt la manne cessa de tomber. Cependant Josué vit un ange qui avait une épée à la main, pour montrer que Dieu combattait pour son peuple ; et le Seigneur dit à Josué : Que les prêtres prennent l'arche du Seigneur, et qu'ils la portent en silence au tour des murailles de Jéricho pendant six jours, le septième jour, vous ferez le tour de la ville sept fois et la septième fois les prêtres sonneront de la trompette, et le peuple jettera un cri de réjouissance ; aussitôt les murailles de la ville tomberont, et chacun entrera de son côté dans cette ville ; mais prenez bien garde à ce que je vais vous dire : Je ne veux pas qu'on pardonne à aucun des habitans de Jéricho, mais je vous commande de tuer les hommes et les bêtes, excepté Rahab et sa famille. Après cela vous détruirez cette ville, car tous ceux qui y demeurent sont des méchans, je vous défends de garder rien de ce qui sera dans Jéricho ; mais vous prendrez l'or, l'argent, le cuivre et le fer, et vous me les consacrerez, et tout le reste sera brûlé. Josué exécuta ce que Dieu lui avait ordonné. Les murailles de Jéricho tombèrent, et la seule Rahab fut sauvée avec sa famille. Cependant Josué envoya trois mille hommes pour combattre les ennemis; mais les Israélites s'enfuirent, et il y eut trente-six hommes de tués. Josué et les anciens, bien affligés, se prosternèrent la face contre terre; mais le Seigneur dit à Josué: Ne t'afflige point; ce malheur est arrivé au peuple, parce qu'il y a au milieu de vous un homme qui m'a désobéi, en gardant quelque chose de ce qu'il a pris dans Jéricho; tirez au sort et je montrerai le coupable; que vous tuerez à coups de pierres, et ensuite vous le brûlerez avec ce qu'il a volé. On écrivit donc les noms des tribus d'Israël sur des papiers, et on les plia; ensuite on les tira sans les voir; et le premier nom qui vint fut celui de la tribu de Juda: ensuite on tira les noms de toutes les familles de cette tribu, on tira le nom de la famille de Zara; enfin, dans la famille de Zara, on tira le nom d'Achan. Alors Josué dit à Achan: Mon fils, glorifie le Seigneur, en avouant ce que tu as volé. Achan répondit: J'ai péché contre l'Eternel, et je me suis laissé tenter par un beau manteau, et par de l'or et de l'argent que j'ai enterrés dans ma tente. On trouva effectivement toutes ces choses, et Achan fut lapidé, c'est-à-dire, qu'il fut tué à coups de pierres, et on le brûla ensuite, avec tout ce qui lui appartenait.

MADEMOISELLE BONNE.

Avouez, mes enfans, que voilà une histoire bien terrible. Achan s'était caché pour commettre ce vol, et il ne pensait pas que Dieu le voyait et qu'il trouverait le moyen de découvrir son crime à la face de tout le peuple. Cachez-vous tant qu'il vous plaira pour faire le mal: choisissez si vous pouvez le temps de la nuit; enfermez-vous dans une cave, dans un désert, Dieu est partout, il voit votre crime; et s'il ne le découvre pas à tout le monde, il est sûr qu'il vous le reprochera à la face de l'univers, au jugement dernier.

LADI MARY.

Qu'est-ce que le jugement dernier ? ma Bonne. Je n'ai jamais entendu parler de cela.

MADEMOISELLE BONNE.

Vous vous trompez, ma chère, vous en parlez tous les jours dans votre prière. En disant le symbole, ne dites-vous pas que Jésus-Christ *est assis à la droite de Dieu le père tout-puissant, d'où il viendra juger les vivans et les morts.*

LADI MARY.

Je dis cela tous les jours, ma Bonne ; mais je ne sais pas ce que ces paroles signifient.

MADEMOISELLE BONNE.

Je vais vous l'expliquer, ma chère : le ciel, la terre, et toutes les choses que vous voyez, ne dureront pas toujours, mes enfans. Il viendra un jour où toutes ces choses seront détruites : alors tous les hommes qui seront vivans, mourront, et ces hommes et tous ceux qui sont morts depuis le commencement du monde, ressusciteront, c'est-à-dire qu'ils reviendront vivans une seconde fois; quand l'ange du Seigneur sonnera de la trompette, en criant : *Levez-vous, morts, et venez au jugement.* Quand tous les hommes seront rassemblés, on ouvrira le livre, dit l'Ecriture, et l'on verra toutes les bonnes et mauvaises actions que les hommes ont faites pendant leur vie : après cet examen, JésusChrist dira aux bons : *Venez, les bénis de mon père, posséder le royaume que je vous ai préparé de toute éternité; car j'ai eu faim, et vous m'avez donné à manger; j'ai eu soif, et vous m'avez donné à boire ; j'ai été nu, et vous m'avez habillé : j'ai été malade, et vous m'avez donné des remèdes; j'étais en prison, et vous êtes venus me visiter pour me secour.* Les bons diront : Seigneur, comment vous avons-nous rendu tous ces services ? Et Jésus répondra : *Je vous dis en vérité que toute les fois que vous avez fait du bien à un pauvre et à un affligé pour l'amour de moi, c'est à moi que vous avez rendu ce service.* Ensuite Jésus-Christ dira aux méchans : *Retirez-vous de devant moi, maudits, allez au feu éternel qui a été préparé par le diable; car j'ai eu faim, et vous ne m'avez pas voulu donner à manger ni à boire; vous ne m'avez point aidé ni visité quand j'étais nu, malade et en prison.*

A ces paroles, les méchans tomberont dans l'enfer. Là, dit Jésus-Christ, il y aura des pleurs et des grincemens de dents.

LADI SPIRITUELLE.

Ma Bonne, je n'ai pas une goutte de sang dans mes veines, tant je suis effrayée. Mon Dieu! si je pensais souvent à ce que vous venez de dire, je serais une sainte. Allons, je veux me convertir tout de bon, et ne plus craindre la mort, puisque je ne mourrai pas pour tout-à-fait, et que je dois ressusciter un jour. Mais, dites-moi, ma Bonne, sera-ce avec nos propres corps que nous ressusciterons? Cela me paraît bien difficile à croire. Car enfin, je suppose qu'un homme tombe dans la mer et qu'il soit mangé par vingt poissons, ces poissons seront mangés par vingt hommes; comment toutes les parties du corps de cet homme noyé pourront-elles être rassemblées.

MADEMOISELLE BONNE.

Elles seront encore bien plus divisées que vous ne croyez, ma chère; car enfin, ces hommes qui auront mangé les poissons qui se seront nourris de cet homme noyé mourront à leur tour. La graisse de leurs corps fera venir de l'herbe dans les cimetières où ils seront enterrés; cette herbe sera mangée par des animaux, ces animaux par d'autres hommes. Cependant, à ces paroles de l'ange: *levez-vous, morts*, la puissance de Dieu rassemblera toutes ces parties.

LADI CHARLOTTE.

Ma Bonne, reprochera-t-il aux hommes les fautes dont ils se seront corrigés?

MADEMOISELLE BONNE.

Oui, ma chère; mais en même temps on montrera les efforts qu'ils auront faits pour se corriger, et cela sera bien glorieux.

MISS MOLLY.

Mais les méchans seront donc bien honteux, de voir que tous les hommes sauront les péchés qu'ils auront faits en cachette?

MADEMOISELLE BONNE.

Ils seront si honteux, qu'ils prieront les montagnes de tomber sur eux et de les écraser, mais leurs vœux seront inutiles; il faudra qu'ils portent la honte de leurs mauvaises actions à la face de tout l'univers.

LADI MARY.

Quant à moi, je pense qu'il est bien aisé de gagner le ciel, puisqu'il n'y a qu'à faire du bien aux pauvres; cela ne me paraît pas bien difficile. Ces gens-là me font tant de pitié, que volontiers je leur donnerais du pain de mon déjeuner, si on voulait me le permettre.

MADEMOISELLE BONNE.

Mais si vous aviez bien faim? ma bonne amie.

LADI MARY.

Hé bien, je leur en donnerais la moitié, et je mangerais l'autre. Mais, dites-moi, ma Bonne, je suppose qu'une femme fut bien méchante, qu'elle se mit toujours en colère, qu'elle aimât le vin et les liqueurs, qu'elle fut une menteuse, qu'elle parlât mal de son prochain; cette femme irait-elle au ciel avec tous se défauts, si elle faisait l'aumône?

MADEMOISELLE BONNE.

Non, ma chère; mais il n'est presque pas possible qu'une femme bien charitable ait tous ces défauts, ou du moins qu'elle ne s'en corrige pas. Mais remarquez, mes enfans, que pour être vraiment charitable, il faut l'être pour l'amour de Dieu. Il y a des gens qui font l'aumône par vanité; d'autres, par imitation, pour faire comme les autres, et d'autres pour se débarrasser de l'importunité des pauvres. Vous sentez bien que de pareilles aumônes ne sont pas celles dont parle Jésus-Christ.

LADI SPIRITUELLE.

Mais, ma Bonne, quand on n'a pas beaucoup d'argent, et qu'on a une grosse famille, on ne peut pas ire beaucoup d'aumônes.

MADEMOISELLE BONNE.

Cela est vrai, ma chère ; mais si l'on ne peut pas donner de l'argent aux pauvres, on peut exercer la charité comme si l'on était riche en pratiquant les autres œuvres de miséricorde. Si une personne vous expose sa pauvreté, vous la consolerez, vous l'exhorterez à prendre son mal en patience ; vous la recommanderez aux personnes riches, et vous ferez ainsi la charité ; car, consoler les affligés, est une œuvre de miséricorde. C'en est une aussi de reprendre les pécheurs avec douceur et charité ; de prier pour eux, et de s'attacher à rendre aux autres tous les petits services que l'on peut. En un mot, mes enfans, une personne vraiment charitable trouve mille moyens de faire la charité, quoiqu'elle soit pauvre. Disons maintenant un mot de la géographie. Ladi Sensée, comment partage-t-on l'Ecosse ?

LADI SENSÉE.

En deux parties ; celle qu'on nomme méridionale, et la septentrionale : la rivière du Tay les sépare. La capitale de l'Ecosse est Edimbourg, dans la partie méridionale, à l'est.

MADEMOISELLE BONNE.

Et comment divisez-vous l'Irlande ?

LADI SENSÉE.

En quatre parties, qui étaient autrefois quatre royaumes. On trouve au sud, le Mounster ; à l'ouest, le Leinster ; au nord, l'Ulter ; et à l'ouest, le Connaught. Dublin, capitale de l'Irlande, est dans le Leinster. Voulez-vous, ma Bonne, que je répète à ces dames ces vers que vous m'avez appris pour m'aider à retenir la géographie.

MADEMOISELLE BONNE.

Ils sont mauvais, ma chère; mais n'importe; cela aide la mémoire: ainsi vous pouvez les répéter.

LADI SENSÉE.

L'Angleterre, l'Irlande et le peuple Ecossois
Ne sont qu'un seul Etat, jadis en faisant trois,
Gouvernés par différens princes.
Dans le premier on voit quarante-deux provinces.
On voit douze provinces aux pays des Gallois.
Londres sur la Tamise, est le séjour des rois :
Twéde coule à son nord, et ce fleuve sépare
L'Anglais de l'Ecossais, qui fut jadis barbare.
Le Tay se trouve au même lieu,
Et coupe l'Ecosse au milieu
Edimbourg, ville capitale,
Est dans la part méridionale.

Pourquoi dites-vous que ces vers sont mauvais ? ma Bonne. Il me semble qu'ils sont bons.

MADEMOISELLE BONNE.

C'est que vous ignorez ce qu'il faut pour rendre les vers passables. Il y a, par exemple, une grande faute dans les deux premiers vers, car *Ecossois* se prononce autrement que *trois* : mais, comme je vous l'ai déjà dit, ces vers ne sont que pour aider la mémoire; il n'est guère possible d'en faire de bons sur ce sujet. Mais ladi Sensée ne nous a rien dit pour l'Irlande.

LADI SENSÉE.

Voici les quatre vers qu'on a faits pour ce royaume
L'Irlande comptait autrefois
Quatre royaumes, quatre rois
Ce pays pauvre, mais fertile,
Voit Dublin la première entre toutes ses villes.

MADEMOISELLE BONNE.

Voilà encore une grande faute dans ces deux derniers vers : *fertile* est au singulier, et le mot *villes*, qui lui sert de rime, est au pluriel, ce qui ne se trouve jamais dans de bons vers.

LADI CHARLOTTE.

Ma Bonne, je retiens les vers plus aisément qu'autre chose; ainsi je prierai ladi Sensée de me copier ceux qu'elle vient de répéter. 3..

LADI SENSÉE.

Volontiers, ma chère; je vous les enverrai demain matin.

MADEMOISELLE BONNE.

Et vous les apprendrez pour la première leçon. Adieu, mes enfans.

19e DIALOGUE.

DIX-SEPTIÈME JOURNÉE.

LADI SPIRITUELLE.

Ma Bonne, mon papa ma prêté un livre, où j'ai lu un joli conte; voulez-vous que je le répète à ces dames?

MADEMOISELLE BONNE.

Volontiers, ma chère.

LADI SPIRITUELLE.

Il y avait un prince, nommé *Roland*, qui était amoureux d'une princesse nommée *Angélique*. Roland était un fort honnête homme; mais malgré cela Angélique ne pouvait le souffrir. Il allait à la guerre, et faisait les plus belles actions du monde pour plaire à sa maîtresse. Quand il faisait des prisonniers, il leur disait: Je vous donne la liberté, à condition que vous irez trouver Angélique de ma part, et que vous lui direz que je vous ai donné la liberté pour l'amour d'elle. Quand il prenait des diamans et d'autres choses précieuses aux ennemis, il les envoyait à cette princesse: mais rien de tout cela ne touchait son cœur, parce qu'elle était une sotte; elle aimait mieux un bel homme qu'un honnête homme qui avait beaucoup de courage; et Roland n'était pas beau, ainsi elle ne voulait pas l'épouser. Un jour qu'elle se promenait dans un bois, elle vit un homme à terre qui était perce de plusieurs coups d'épée ; d'abord elle crut qu'il était mort, mais l'ayant regardé de plus près, elle connut qu'il respirait encore, et remarqua qu'il était beau comme le jour. Elle pria les bergers, qui étaient proche de là, de porter ce jeune homme dans leur cabane ; et quand il y fut, Angélique e prit soin, mais ce n'était pas par charité, c'est qu'elle aimait ce jeune homme. Quand il fut guéri, elle s'enfuit avec lui, et Roland fut si fâché de cela, qu'il devint fou. Une grande fée eut pitié de lui, et fut trouver un de ses cousins, nommé *Astolphe* ; elle lui donna un cheval qui avait des ailes, et lui dit : Montez sur ce cheval ; il vous mènera dans le royaume de la lune, et vous y trouverez la raison de Roland, que vous rapporterez. Astolphe monta sur ce cheval ailé, qui le porta jusqu'à la lune. Alors il vit trois vieille femmes qui filaient ensemble. L'une, qui se nommait *Clotho*, tenait le fil ; la seconde, qui s'appelait *Lachésis*, le tournait dans le fuseau, et *Atropos*, la plus vieille, le coupait. Elles dirent à Astolphe : Nous sommes trois sœurs qu'on appelle les *Parques* ; nous filons la vie des mortels : quand un homme vient au monde, l'une de nous prend le fil, l'autre le tourne ; mais quand nous le coupons, il faut qu'il meure. Astolphe, qui était fort attaché à la vie, dit aux Parques : Mesdames, je suis charmé d'avoir l'honneur de vous faire ma révérence ; j'avais entendu parler de vous, mais on ne vous rend pas justice. Les poète disent que vous êtes vieilles, ils mentent : je vou trouve encore très-aimables ; et quand je serai retourné sur la terre, je ferai punir sévèrement les auteurs qui ne vous rendront pas justice ; car je veux être un de vos plus zélés serviteurs. On voit bien que vous venez de la cour, dit Clotho à Astolphe ; vous mentez avec une effronterie admirable, et vous flattez de fort bonne grâce ; mais, mon pauvre garçon, vous perdez vos peines ; nous savons que nous sommes vieilles, très-vieilles, et nous ne sommes pas comme les femmes de votre monde, qui sont assez stupides pour ne pas voir que les hommes se moquent d'elles ordinairement quand ils les louent avec exagération. Je vois bien ce qui vous engage à nous dire des douceurs ; vous voriez bien que ma sœur Atropos oubliât de couper le fil de votre vie ; mais cela ne dépend pas d'elle : le destin conduit nos ciseaux, et toutes les puissances du ciel, de la terre et des enfers, ne peuvent l'empêcher d'exécuter ses arrêts. Vous mourrez quand il l'ordonnera ; ne vous embarrassez pas du moment ; et tâchez seulement de vivre assez bien pour ne pas craindre la mort. Adieu, pensez à faire votre commission. Vous n'avez qu'à suivre le chemin qui est devant vous ; vous trouverez une grande maison, dans laquelle vous entrerez, et l'un de nos domestiques vous enseignera où vous devez chercher la raison de Roland.. Astolphe un peu honteux d'avoir été trouvé flatteur, prit congé des Parques, et trouva la maison dont Clotho lui avait parlé. Le domestique qui gardait cette maison lui dit : Seigneur, entrez dans cette chambre avec moi, vous trouverez ce que vous cherchez. Astolphe entra dans une grande chambre, qui était garnie de planches tout au tour, et sur ces planches il y avait un grand nombre de petites bouteilles rangées, avec des papiers écrits dessus, comme dans la boutique d'un apothicaire. Chacune de ces bouteilles renferme la raison d'un homme : cherchez celle du seigneur Roland, dit le valet ; il y a des étiquettes sur toutes les bouteilles. Mais, mon ami, dit Astolphe à ce domestique, je suis tout étonné du grand nombre de bouteilles que je vois ici ; je ne croyais pas qu'il y eût tant de fous sur la terre. Vous ne voyez presque rien, lui répondit ce domestique ; cette chambre-ci ne renferme que les raisons des fous qui sont à la cour de Charlemagne, votre empereur ; mais dépêchez-vous de chercher celle dont vous avez besoin. Astolphe lut les étiquettes, et trouva d'abord : *Raison de la jeune Elise.* Vous n'y pensez pas, dit-il au gardien de cette maison ; Elise n'est point folle, elle fait l'ornement de la cour de Charlemagne, et moi, qui la connais particulièrement, je puis vous assurer qu'elle a beaucoup d'esprit. Et point de raison, ajouta le gardien ; est-on raisonnable, quand on sacrifie de sang-froid sa jeunesse, sa santé, sa réputation, au désir de se divertir ? Elise, livrée à la dissipation, avance la vieillesse pour elle, et mourra à la moitié de sa vie ; elle fait du jour la nuit, et de la nuit le jour. Elle craint si fort de se trouver avec elle-même, qu'elle court de tous côtés pour fuir sa propre compagnie; vous la voyez partout, elle est de toutes les parties, et tout cela parce qu'elle craint de trouver un moment pour réfléchir sur elle-même, ce qui la rendrait trop honteuse. Cependant Elise était née avec une raison extraordinaire: remarquez que sa bouteille est beaucoup plus grande que les autres. Permettez-moi de prendre cette bouteille, avec celle de Roland, dit Astolphe. Vous le feriez inutilement, répondit le gardien : j'ai descendu plusieurs fois dans votre monde, pour offrir cette bouteille à Elise, elle m'a remercié de fort bonne grâce ; elle n'a pu se résoudre à la recevoir. Elle aime le plaisir, elle veut briller dans les compagnies, et elle sait bien que, si elle reprenait sa raison, il faudrait renoncer à ce genre de vie, et briser les chaînes qui l'y retiennent; elle aime ces chaînes, et m'a prié de lui garder sa bouteille jusqu'à ce qu'elle ait quarante ans; elle jura qu'alors elle la prendrait jusqu'à la dernière goutte; mais hélas! elle la prendra alors pour son désespoir. Infirme, méprisée, personne ne lui saura gré d'abandonner des plaisirs prêts à la quitter; et sa raison, qui pourrait aujourd'hui lui servir à se corriger, ne servira dans ce temps qu'à la désespérer. Mais passons à d'autres bouteilles. Astolphe lut encore quelques étiquettes. Mais quel fut son étonnement, lorsqu'on trouva une bouteille sur laquelle était écrit : *Raison d'Astolphe*. Ah! parbleu, ceci est singulier, s'écria-t-il; me prend-on pour un fou? Apprenez, lui dit son guide, que tous les plus grands fous ne sont pas ceux qui courent les champs comme Roland : tous ceux qui se laissent gouverner par une passion sont extravagans. Le riche avare, qui se laisse manquer du nécessaire, qui s'attire le mépris des honnêtes gens, et tout cela pour serrer écus sur écus, et les laisser à des héritiers qui les dépenseront en se moquant de lui, n'est-il pas un fou ? Cet homme entêté de sa noblesse, qui périrait plutôt que de céder le pas à un autre qu'il croit son égal, n'est-il pas un fou? Vous-même, seigneur Astolphe, qui courez à la guerre, et qui vous exposez tous les jours à vous faire casser la tête, les bras ou les jambes, et cela pour faire parler de vous, n'êtes vous pas un fou? Non, répondit Astolphe. Un homme de mon rang est fait pour aller à la guerre, et la raison me dit qu'il faut sacrifier ma vie pour mon pays et pour mon prince. Vous avez raison, lui dit son guide; mais en sacrifiant votre vie, vous n'avez jamais pensé ni à votre prince, ni à votre pays, et voilà la folie: vous n'avez eu d'autres pensées que de faire parler de vous, d'acquérir une dignité, de l'emporter sur vos camarades, et voilà l'extravagance. Croyez-moi, prenez votre bouteille jusqu'à la dernière goutte. Il me reste assez de raison pour suivre votre conseil, dit Astolphe; et aussitôt ouvrant sa bouteille, il respira tout ce qui était de dans, et fut fort honteux quand il examina avec sa raison toutes les sottises qu'il avait faites. Il trouva enfin la bouteille de Roland, et après avoir remercié son guide, il revint sur la terre. On eut bien de la peine à attraper Roland pour lui faire respirer sa raison; mais enfin on en vint à bout. A peine l'eut il reprise, qu'il regarda de tous les côtés, et, surpris de se voir tout nu, il demanda qui l'avait mis dans cette situation. On lui dit que c'était le chagrin qu'il avait conçu de la perte d'Angélique. Angélique! dit Roland tout étonné; cette coquette qui écoutait tous les hommes, qui était toute occupée de sa beauté, qui n'aimait que les louanges, qui recevait les présens que les hommes lui donnaient, qui, oubliant qu'elle était une princesse, a épousé un jeune aventurier, seulement parce qu'il était beau; est-il possible que je sois devenu fou pour une personne si méprisable? Ensuite Roland, réfléchissant, dit encore: Après tout, c'est un grand bonheur pour moi d'être devenu furieux, cette folie était moins grande que celle qui me rendait amoureux d'Angélique, et elle était bien moins dangereuse; car le plus grand malheur qui puisse arriver à un honnête homme, c'est d'épouser une femme coquette. Tout le monde fut bien surpris d'entendre parler Roland d'une manière si raisonnable. Plusieurs personnes attaquées de la même maladie prièrent Astolphe de recommencer le voyage en leur faveur; mais la fée n'était plus d'humeur de prêter tous les jours sa voiture. Ainsi, depuis Roland, personne n'a pu parvenir à cette demeure bienheureuse, et ce n'est qu'en faisant les plus grands efforts qu'on peut parvenir à retrouver sa raison, quand on l'a perdue en cédant lâchement à quelque passion.

LADI SENSEE.

Ma Bonne, n'ai-je pas entendu parler de ce Roland dans l'histoire ?

MADEMOISELLE BONNE.

Oui, ma chère ; c'était un des gouverneurs de la Bretagne sous Charlemagne, et apparemment un grand capitaine, car les faiseurs de romans, qui conservent pour l'ordinaire le vrai caractère des héros, nous le dépeignent comme un homme d'une valeur extraordinaire ; mais tout ce que l'histoire nous apprend de lui, c'est qu'il mourut à Ronceveaux, au sortir de l'Espagne, ou son maître avait remporté de grands avantages sur les Maures.

LADI SPIRITUELLE

En vérité, ma Bonne, je suis fâchée d'apprendre que tout ce qu'on écrit de Roland n'est pas vrai, je l'aimais beaucoup, malgré sa folie.

MADEMOISELLE BONNE.

C'est que vous avez du goût pour tout ce qui est extraordinaire ; mais, dans le fond, ces sortes de lecture ne valent pas grand chose : on peut s'en amuser quelques momens pour se délasser ; mais il ne faudrait pas en faires on occupation ordinaire : on accoutume par-là son esprit à aimer le faux, et puis cela prend beaucoup de temps, et à votre âge c'est une chose bien précieuse. Vous pouvez d'autant mieux vous passer de ces lectures, que vous trouverez dans l'Histoire sain- te, et même dans l'Histoire profane, des faits véritables et plus intéressans que tous ceux qu'on trouve dans les contes et les histoires fabuleuses.

LADI CHARLOTTE.

Mais pourtant, ma Bonne, vous nous dites des contes.

MADEMOISELLE BONNE.

Cela est vrai, ma chère; mais c'est que vous êtes encore une petite fille, et qu'il faut bien vous amuser un peu, mais à mesure que vous deviendrez plus raisonnable, je vous dirai moins de contes, et plus d'histoires. Commencez à nous répéter celle que vous avez apprise.

LADI CHARLOTTE.

Les Israélites avaient déjà détruit, par ordre de Dieu, la ville de Jéricho et celle de Haï; mais les rois de ce pays, au lieu de se soumettre au Seigneur, s'assemblèrent pour détruire les Israélites en leur faisant la guerre. Il y avait parmi ces nations un peuple qu'on appelait les Gabaonites : ce peuple, ayant vu les grandes choses que Dieu avait faites pour les Israélites, vit bien qu'il était inutile de leur résister, puisque le Seigneur des armées combattait pour eux; mais, comme ils savaient que Dieu avait défendu aux Israélites de faire alliance avec aucun des peuples de ce pays, ils résolurent de les tromper. Pour cela, ils envoyèrent vers eux des ambassadeurs qui avaient des souliers tout déchirés; ils leur donnèrent des pains qui étaient cuits depuis plusieurs jours, en sorte qu'ils étaient fort durs, et les outres où ils mirent leur vin étaient usées et pleines de pièces. Ces ambassadeurs, étant arrivés au camp des Israélites, dirent à Josué : Nous demeurons bien loin d'ici, et nos peuples ayant appris les merveilles que Dieu a faites pour vous tirer d'Egypte, nous ont envoyés pour faire alliance avec vous, afin que, quand vous serez les maîtres de tout ce pays, vous ne nous fassiez point de mal : il y a long-temps que nous sommes en chemin, c'est pourquoi nos souliers sont tout usés, et le pain que nous avons emporté avec nous est dur comme du biscuit. Josué et les principaux d'Israël ne consultèrent point le Seigneur pour savoir ce qu'ils devaient faire, et jurèrent la paix avec les Gabaonites. Quelques jours après, ils approchèrent de leurs villes pour les prendre, et ils furent bien étonnés lorsque ce peuple leur dit : Vous ne pouvez nous faire aucun mal, car vous avez juré par le nom du Seigneur l'alliance avec nous. Quoique Josué fut bien fâché d'avoir été trompé, il ne voulut pas manquer à son serment et dit aux Gabaonites : Puisque nous avons juré par le nom du Seigneur de ne vous point tuer, vous vivrez parmi nous ; mais parce que vous avez sauvé votre vie par un mensonge, vous serez esclaves, et vous travaillerez à fournir l'eau et le bois pour le service du Seigneur. Les Gabaonites dirent à Josué : Nous voulons bien être vos esclaves, nous servirons à tout ce que vous nous commanderez. Ainsi les Israélites pardonnèrent aux Gabaonites pour garder leur serment.

MISS MOLLY.

Ces pauvres gens ! je mourrais de peur qu'on ne les fit mourir. Mais dites-moi, ma Bonne, d'où vient que Dieu a pardonné à ceux-là, et point aux autres ?

MADEMOISELLE BONNE.

Je pourrais vous répondre qu'il est le maître d'accorder le pardon à qui il lui plaît ; mais, ma chère, je vais vous dire ce que je pense là-dessus. Dieu ne fait rien par caprice ; puisqu'il a permis que les Gabaonites trouvassent le moyen de sauver leur vie, je crois que c'est parce qu'ils n'étaient pas si méchans que les autres peuples, et qu'ils avaient dessein de se convertir.

LADI MARY.

Et moi, ma Bonne, je pense qu'ils avaient déjà commencé à se convertir. Ils croyaient au Dieu des Israélites, puisqu'ils étaient assurés que ce qu'il avait ordonné ne pouvait manquer d'arriver. Or, croire en Dieu, c'est avoir commencé à se convertir.

MADEMOISELLE BONNE.

Je suis de votre sentiment, ma chère : car Dieu qui est infiniment juste, punit chacun selon le degré de sa méchanceté : les Gabaonites commençaient à le croire et à le craindre ; il change la peine de mort qu'il avait portée contre eux, en celle de l'esclavage, et leur donne par-là le moyen de le connaître et de se convertir tout-à-fait. Allons, ladi Mary, continuez l'histoire de l'entrée des Israélites dans la terre promise.

LADI MARY.

Cinq rois s'étant assemblés pour punir les Gabaonites, qui s'étaient soumis aux enfans d'Israël, Josué marcha au secours de ses alliés, et donna une grande bataille. Le Seigneur combattit visiblement pour lui, en envoyant une grêle de pierres, qui tua plus d'ennemis que le fer des Israélites. Comme il y avait encore un grand nombre d'ennemis à vaincre, et que la nuit était proche, Josué parla au soleil et lui commanda de rester à sa place jusqu'à ce que les Israélites eussent remporté une entière victoire. Le soleil obéit à Josué, car le jour dura beaucoup plus qu'à l'ordinaire, et la nuit ne vint que quand la bataille fut tout-à-fait finie. Josué emporta encore un grand nombre d'autres victoires : ensuite il partagea les pays qu'il avait conquis aux tribus des enfans d'Israël, puis il les fit souvenir des miracles que Dieu avait faits en leur faveur : il leur demanda s'ils voulaient servir ce Dieu tout puissant qui les avait tirés d'Egypte, ou les dieux des peuples qu'ils venaient de détruire. Le peuple répondit avec de grands cris, qu'il ne voulait d'autre Dieu que l'Eternel ; Josué ayant reçu son serment, mourut âgé de cent dix ans.

MADEMOISELLE BONNE.

C'est à vous de parler, miss Molly.

MISS MOLLY.

Les enfans d'Israël n'obéirent point au Seigneur ; car ils se contentèrent de faire payer un tribut à plusieurs des peuples qui habitaient la terre promise, et ne les détruisirent point ; or ces peuples adoraient les Idoles, et ne voulaient pas adorer le vrai Dieu. Le Seigneur dit donc aux Israélites : Parce que vous avez épargné ces peuples contre ma défense, désormais vous ne pourrez plus les détruire ; ils vous engageront à adorer leurs idoles, et je me servirai d'eux pour vous punir. Ce que Dieu avait prédit arriva ; les Israélites épousèrent des femmes de ces peuples ; et il adorèrent leurs dieux ; aussi furent-ils plusieurs fois esclaves de ces peuples. Quand ils étaient bien misérables, ils levaient les mains au ciel et demandaient miséricorde, alors Dieu avait pitié d'eux, et leur envoyait des juges pour les gouverner et les délivrer de leurs ennemis; mais ils retombaient bientôt dans le crime par le mauvais exemple de leurs voisins. Une fois le Seigneur leur donna une femme nommée *Débora*, pour les conduire, et elle dit à un homme nommé *Barac* : Prends dix mille hommes, et va combattre les ennemis du Seigneur. Barac refusa d'aller à la guerre, à moins que Débora ne marchât avec lui contre le roi Sisara, qui avait une armée formidable. Débora lui dit : Je marcherai avec toi, mais une autre femme que moi aura l'honneur de la victoire. En effet, Dieu effraya l'armée de Sisara, qui prit lui-même la fuite. Comme il se sauvait, il entra dans la tente d'une femme nommée *Jahel*, qui descendait du beau-père de Moïse : cette femme le tua, et les enfans d'Israël furent délivrés par cette mort.

LADI SPIRITUELLE.

Je vois bien présentement pourquoi Dieu avait condamné tous ces peuples; c'est qu'ils étaient incorrigibles, et qu'ils faisaient tous leurs efforts pour engager les Israélites à devenir idolâtres.

MADEMOISELLE BONNE.

Vos réflexions sont fort justes, ma chère. Dieu est si bon, qu'il ne condamne jamais que les méchans. Or, il ne faut jamais balancer à lui sacrifier les occasions de pécher, sans quoi il est sûr qu'on deviendra bientôt criminel. Je suppose, par exemple, une jeune dame qui aime beaucoup le monde, les assemblées, qui y passe tout son temps sans penser à prier Dieu, et sans prendre soin de ses enfans; cette dame dira : Je sais bien que j'offense Dieu en négligeant mes devoirs; mais je ne puis me corriger; quand je prends la résolution de rester à la maison, je reçois des invitations, mes amies me viennent chercher, et je n'ai pas la force de résister. Allez à la campagne, dirais-je à cette dame ; quittez ces amies qui ne pensent comme vous qu'à se divertir; faites connaissance avec quelques dames raisonnables qui aiment à s'occuper de choses utiles. Oh ! mais, me dira cette dame, si je restais dans ma campagne, je m'ennuierais à mourir, je ne saurais me résoudre à quitter la compagnie de cet autre dame, elle m'amuse; et moi je lui dis : Vous êtes une menteuse quand vous dites que vous voulez vous corriger; vous faites comme les Israélites; vous ne voulez pas sacrifier les occasions du péché, vous pécherez. Un autre aura la mauvaise coutume de se mettre en colère, elle perdra au jeu; elle vous dira qu'elle voudrait bien se corriger de sa colère; et moi je dirai qu'elle est une menteuse, si elle ne veut pas quitter le jeu, qui est pour elle une occasion de colère. C'est une chose absolument nécessaire pour être bon, de s'éloigner des occasions d'être méchant. Retenez-le bien, mes enfans.

LADI MARY.

Ma Bonne, vous nous avez dit, il y a quelque temps, que c'était la terre qui tourne, et non pas le soleil : cependant Josué commanda au soleil de s'arrêter, et non pas à la terre; est-ce qu'il ne savait pas que le soleil ne marchait pas.

MADEMOISELLE BONNE.

Josué pouvait fort bien ne pas savoir que c'était la terre qui tourne, et non pas le soleil, parce que les savans de ce temps-là le croyaient ainsi. Il est vrai que Josué était inspiré du ciel; mais c'était pour conduire les Israélites dans la terre promise, pour les exhorter à demeurer fidèles au Seigneur, et non pas pour leur apprendre les sciences humaines; mais quand Dieu même eut révélé à Josué que c'était la terre qui tourne, je crois qu'il aurait toujours dit au soleil de s'arrêter; car, s'il eût fait ce commandement à la terre, les Israélites eussent cru qu'il était fou; puisqu'ils étaient persuadés qu'elle reste immobile, il eût fallu leur faire de grands discours pour leur faire comprendre cela. Or Dieu a abandonné la nature aux hommes, pour en découvrir eux-mêmes les secrets; il se contente de leur révéler ce qui peut les rendre sages. Nous allons dire un mot de la géographie. Ladi Sensée, quels royaumes trouve-t-on à l'est des Iles-Britanniques.

LADI SENSÉE.

On trouve le Danemarck, qui a la Norwége au nord, ce dernier royaume a la Suède à l'est; à l'est de la Suède, on trouve la grande Russie ou la Moscovie. Ce sont là les cinq parties qu'on trouve au nord de l'Europe, et que je vais répéter de suite : 1 Grande-Bretagne; 2 Danemarck; 3 Norwége; 4 Suède; 5 Moscovie. Je vais vous répéter quelques vers qui regardent les quatre dernières.

Le peuple de Norwége et le peuple Danois
Avaient jadis différens princes.
Marguerite soumit la Norwége à ses lois :
Depuis, du Danemarck elle est une province.
Sous Marguerite, les Suédois
Voulurent s'unir aux Danois.
Christiern dans le sang fit nager leurs contrées ;
Mais par Gustave délivrées,
Elles sont libres en ce jour ;
Stockholm est capitale, et l'on y voit la cour.
La Moscovie et ses vastes contrées,
Avant Pierre-le-Grand, étaient presque ignorées
Ce prince y fit fleurir le commerce et les arts ;
Il bâtit Pétersbourg, où résident les czars :
C'est aujourd'hui sa ville principale,
Avant elle, Moscow était la capitale.

LADI SPIRITUELLE.

Ma Bonne, je voudrais bien savoir ce que c'était que cette *Marguerite?*

MADEMOISELLE BONNE.

Cette histoire ennuierait de petits enfans, elle est trop difficile; mais si vous voulez venir de bonne heure la première fois, je vous l'a raconterai.

LADI MARY.

Je vous assure, ma Bonne, que cette histoire ne m'ennuiera pas, quoique je sois la plus petite : dites-la présentement, je vous prie.

MADEMOISELLE BONNE.

Je le veux bien, mes enfans; mais, comme je vous l'ai dit, elle pourra vous ennuyer.

HISTOIRE DE MARGUERITE.

Un roi de Danemarck maria sa seconde fille, nommée Marguerite, à un prince de Norwège. Elle eut un fils de ce prince; et son mari et son père étant morts, elle eut le crédit de faire nommer son fils roi, au préjudice de sa sœur aînée, et elle fut régente du royaume. Marguerite était si habile, qu'on l'a appelée la Sémiramis du nord. Son fils mourut et elle avait si bien établi son autorité, qu'on n'osa lui refuser la couronne. Il est vrai qu'elle gouvernait avec tant de sagesse, que tous ses sujets étaient heureux. Les Suédois n'étaient pas si tranquilles; ils voulaient que leurs rois n'eussent aucune autorité ; les rois voulaient être les maîtres ; cela occasionait des guerres continuelles. Ils prirent la résolution de se soumettre à Marguerite, mais ils se donnèrent à elle, à certaines conditions qui assuraient leur liberté et leurs lois. Marguerite promit tout ce qu'on voulut ; mais quand elle fut reine de Suède, elle ne tint pas ses promesses, et se moqua des Suédois qui voulurent l'en faire ressouvenir. Les rois qui régnèrent après Marguerite, traitèrent les Suédois encore plus mal, en sorte qu'ils se révoltèrent. Un roi de Danemark, qui se nommait *Christierne*, et qui était bien méchant, déclara la guerre aux Suédois, pour les forcer à le reconnaître pour roi ; et comme ils avaient parmi eux un jeune homme, nommé *Gustave*, qui avait beaucoup de valeur, Christierne le prit par trahison et l'envoya en Danemarck. Ce méchant prince, étant devenu maître de la Suède, fit mourir tous les hommes de qualité qu'il avait priés à dîner, et parmi ceux qu'il tua était le père de Gustave. Ce jeune homme, ayant su cela, se sauva et vint dans les montagnes qui sont en Suède; et, parce que Christierne avait promis une grosse somme d'argent à ceux qui le tueraient, il fut obligé, pour se cacher, d prendre un pauvre habit et de travailler à la journée. Il fut découvert par une femme qui vit que l collet de sa chemise était brodé; et il se sauva chez un gentilhomme qu'il croyait de ses amis. Ce genlihomme le pria de rester chez lui, pendant qu'il rait lui chercher des troupes pour faire la guerre à Christierne. Gustave y consentit; mais quand cet homme fut sorti, sa femme dit à Gustave, que son mari étai allé chercher des soldats pour le faire prisonnier. Cette dame l'envoya chez un curé qui était de ses amis, et ce curé cacha Gustave dans une armoire qui était dans son église, et toutes les nuits il lui portait à manger. Ensute ce curé engagea un grand nombre de paysans à faire la guerre avec Gustave contre Christierne. Les paysans le voulurent bien; et, après bien des fatigues, Gustave rendit la liberté aux Suédois, qui, pour le récompenser le firent leur roi.

MISS MOLLY.

Je vous assure, ma Bonne, que cette histoire ne m'a pas ennuyée, et que je l'ai fort bien comprise; je m'en souviendrai en répétant les vers, quand ladi Sensée aura eu la bonté de me les donner par écrit.

20e DIALOGUE.

DIX-HUITIÈME JOURNEE.

LADI MARY.

Ma Bonne, il est de bonne heure, n'aurons-nous pas un conte aujourd'hui ?

MADEMOISELLE BONNE.

Vous aimez terriblememt les contes; mais puisque vous apprenez si bien vos histoires je ne puis vous refuser. En voici un; il sera un peu long.

LADI CHARLOTTE.

Tant mieux, ma Bonne.

MADEMOISELLE BONNE.

Il y avait une fois un roi nommé *Guinguet*, qui était fort avare. Il voulut se marier; mais il ne se souciait pas d'avoir une belle princesse; il voulut seulement qu'elle eût beaucoup d'argent et qu'elle fût plus avare que lui. Il en trouva une telle qu'il la souhaitait. Elle eut un fils qu'on nomma *Tity*; et une autre année, elle accoucha d'un second fils, qu'on nomma *Mirtil*. Tity était bien plus beau que son frère; mais le roi et la reine ne le pouvaient souffrir, parce qu'il aimait à partager tout ce qu'on lui donnait avec les autres enfans qui venaient jouer avec lui. Pour Mirtil, il aimait mieux laisser gâter ses bonbons que d'en donner à personne. Il enfermait ses jouets, crainte de les user; et quand il tenait quelque chose dans sa main, il le serrait si fort, qu'on ne pouvait le lui arracher, même pendant qu'il dormait. Le roi et sa femme étaient fous de cet enfant, parce qu'il leur ressemblait. Les princes devinrent grands; et, de peur que Tity ne dépensât son argent, on ne lui donnait pas un sou. Un jour que Tity était à la chasse, un des écuyers qui courait à cheval passa au près d'une vieille femme et la jeta dans la boue : la vieille criait qu'elle avait la jambe cassée ; mais l'écuyer n'en faisait que rire. Tity, qui avait un bon cœur, gronda son écuyer, et s'approchant de la vieille avec l'Eveillé, qui était son page favori, il aida la vieille à se relever, et l'ayant prise chacun par un bras, ils la conduisirent dans une petite cabane où elle demeurait. Le prince alors fut au désespoir de n'avoir point d'argent pour donner à cette femme. A quoi me sert-il d'être prince, disait-il, puisque je n'ai pas la liberté de pouvoir faire du bien ? Il n'y a de plaisir à être grand seigneur, que parce qu'on a le pouvoir de soulager les misérables. L'Eveillé, qui entendit le prince parler ainsi, lui dit : J'ai un écu pour tout bien, il est à votre service. Je vous récompenserai quand je serai roi, dit Tyti ; j'accepte votre écu pour donner à cette pauvre femme. Tity étant retourné à la cour, la reine le gronda de ce qu'il avait aidé cette pauvre femme à se relever. Le grand malheur quand cette vieille femme serait morte ! dit-elle à son fils (car les avares sont impitoyables), il fait beau voir un prince s'abaisser jusqu'à secourir une misérable gueuse ! Madame, lui dit Tity, je croyais que les princes n'étaient jamais plus grands que quand ils faisaient du bien. Allez, lui dit la reine, vous êtes un extravagant, avec cette belle façon de parler. Le lendemain Tity fut encore à la chasse : mais c'était pour voir comment cette femme se portait. Il la trouva guérie, et elle le remercia de la charité qu'il avait eue pour elle. J'ai encore une prière à vous faire, lui dit-elle : j'ai des noisettes et des nèfles qui sont excellentes, faites-moi la grâce d'en manger quelques-unes. Le prince ne voulut pas refuser cette femme, de crainte qu'elle crût que c'était par mépris : il goûta donc ces noisettes et ces nèfles, il les trouva excellentes. Puisque vous les trouvez si bonnes, dit la vieille, faites-moi le plaisir d'emporter le reste pour votre dessert. Pendant qu'elle disait cela, une poule qu'elle avait se mit à chanter, et pondit un œuf : la vieille pria le prince de si bonne grâce d'emporter aussi cet œuf, qu'il le prit par com plaisance; mais en même temps il donna quatre guinées à la vieille; car l'Eveillé lui avait donné cette somme qu'il avait empruntée de son père, qui était un gentilhomme de campagne. Quand le prince fut à son palais, il commanda de lui donner l'œuf, les nèfles et les noisettes de la bonne femme pour son souper; mais quand il eut cassé l'œuf, il fut bien étonné de trouver dedans un gros diamant; les nèfles et les noisettes étaient aussi remplies de diamans. Quelqu'un fut dire cela à la reine, qui courut d'abord à l'appartement de Tity, et qui fut si charmée de voir ces diamans, qu'elle l'embrassa et l'appela son cher fils pour la première fois de sa vie. Voulez-vous bien me donner ces diamans? dit-elle à son fils. Tout ce que j'ai est à votre service, lui dit le prince. Allez, vous êtes un bon garçon, lui dit la reine, je vous récompenserai. Elle emporta donc ces trésors, et elle envoya au prince quatre guinées pliées bien proprement dans un petit morçeau de papier. Ceux qui virent ce présent, voulurent se moquer de la reine qui n'était pas honteuse d'envoyer cette somme pour des diamans qui valaient plus de cinq cent mille guinées; mais le prince les chassa de sa chambre, en leur disant qu'ils étaient bien hardis de manquer de respect à sa mère. Cependant la reine dit à Guinguet: Apparemment que la vieille que Tity a relevée est une grande fée; il faut l'aller voir demain; mais au lieu d'y mener Tity nous y mènerons son frère; car je ne veux pas qu'elle s'attache trop à ce benêt qui n'a pas eu l'esprit de garder ses diamans. En même temps elle ordonna qu'on nettoyât les carrosses, et qu'on louât des chevaux; car elle avait fait vendre ceux du roi, parce qu'ils coûtaient trop à nourrir. On fit remplir deux de ses carrosses de médecins, chirurgiens, apothicaires, et la famille royale se mit dans l'autre.

Quand ils furent arrivés à la cabane de la vieille, la reine lui dit qu'elle venait lui demander excuse de l'étourderie de l'écuyer de Tity. C'est que mon fils n'a pas l'esprit de choisir de bons domestiques, dit-elle à la bonne femme; mais je le forcerai de chasser ce brutal. Ensuite elle dit à la vieille qu'elle avait amené avec elle les plus habiles gens de son royaume pour guérir son pied. Mais la bonne femme lui dit que son pied allait fort bien, et qu'elle lui était obligée de la charité qu'elle avait de visiter une pauvre femme comme elle. Oh ! vraiment, lui dit la reine, nous savons bien que vous êtes une grande fée, car vous avez donné au prince Tity une grande quantité de diamans. Je vous assure, madame, dit la vieille, que je n'ai donné au prince qu'un œuf, des nèfles et des noisettes; j'en ai encore au service de votre majesté. Je les accepte de bon cœur, dit la reine, qui était charmée de l'espérance d'avoir des diamans. Elle reçut le présent, caressa la vieille, la pria de la venir voir: et tous les courtisans, à l'exemple du roi et de la reine, donnèrent de grandes louanges à cette bonne femme. La reine lui demanda quel âge elle avait. J'ai soixante ans, répondit-elle. Vous n'en paraissez pas quarante, lui dit la reine, et vous pouvez encore penser à vous marier, car vous êtes fort aimable. A ce discours, le prince Mirtil, qui était très-mal élevé, se mit à rire au nez de la vieille, et lui dit qu'il aurait bien du plaisir de danser à sa noce: mais la bonne femme ne fit pas semblant de voir qu'il se moquait d'elle. Toute la cour partit, et la reine ne fut pas plutôt arrivée dans son palais; qu'elle fit cuire l'œuf, et cassa les noisettes et les nèfles; mais au lieu de trouver un diamant dans l'œuf, elle n'y trouva qu'un petit poulet, et les noisettes et les nèfles étaient remplies de vers. Aussitôt la voilà dans une colère épouvantable. Cette vieille est une sorcière, dit-elle, qui a voulu se moquer de moi; je veux la faire mourir. Elle assembla donc les juges pour faire le procès à la vieille femme; mais l'Eveillé, qui avait entendu tout cela, courut à la cabane pour lui dire de se sauver. Bon jour, le page aux vieilles, lui dit-elle; car on lui donnait ce nom depuis qu'il l'avait aidée à se tirer de la boue. Ah! ma bonne mère, lui dit l'Eveillé, hâtez-vous de vous sauver dans la maison de mon père? c'est un très-honnête homme, il vous cachera de bon cœur; car si vous demeurez dans votre cabane, on enverra des soldats pour vous prendre et vous faire mourir. Je vous ai bien de l'obligation, lui dit la vieille; mais je ne crains pas la méchanceté de la reine. En même temps, quittant la forme d'une vieille, elle parut à l'Eveillé sous sa figure naturelle, et il fut ébloui de sa beauté. Il voulut se jeter à ses pieds; mais elle l'en empêcha, et lui dit : Je vous défends de dire au prince ni à personne au monde ce que vous venez de voir. Je veux récompenser votre charité : demandez-moi un don. Madame, lui dit l'Eveillé, j'aime beaucoup le prince mon maître, et je souhaite de tout mon cœur de lui être utile; ainsi je vous demande d'être invisible quand je le souhaiterai, afin de pouvoir connaître quels sont les courtisans qui aiment véritablement mon prince. Je vous accorde ce don, reprit la fée; mais il faut encore que je paye les dettes de Tity. N'a-t-il pas emprunté quatre guinées à votre père? Il les a rendues, reprit l'Eveillé : il sait bien qu'il est honteux aux princes de ne pas payer leurs dettes; ainsi il m'a remis les quatre guinées que la reine lui a envoyées. Je sais bien cela, dit la fée, mais je sais aussi que le prince a été au désespoir de ne pouvoir rendre davantage, car il sait qu'un prince doit récompenser noblement, et c'est cette dette que je veux payer. Prenez cette bourse qui est pleine d'or et portez-la à votre père : il y trouvera toujours la même somme, pourvu qu'il n'y prenne que pour de bonnes actions. En même temps la fée disparut, et l'Eveillé fut porter cette bourse à son père, auquel il recommanda le secret. Cependant les juges que la reine avait assemblés pour condamner la vieille étaient fort embarrassés, et ils dirent à cette princesse : Comment voulez-vous que nous condamnions cette femme? Elle n'a point trompé votre majesté, elle lui a dit : Je ne suis qu'une pauvre femme, et je n'ai pas de diamans. La reine se mit fort en colère, et leur dit : Si vous ne condamnez pas cette malheureuse qui s'est moquée de moi et qui m'a fait dépenser inutilement beaucoup d'argent pour louer des chevaux et payer des médecins, vous aurez sujet de vous en repentir. Les juges dirent en eux-mêmes : La reine est une méchante femme; si nous lui désobéissons, elle trouvera le moyen de nous faire périr; il vaut mieux que la vieille périsse que nous. Tous les juges condamnèrent donc la vieille à être brûlée toute vive comme une sorcière. Il n'y en eut qu'un seul qui dit qu'il aimait mieux être brûlé lui même, que de condamner une innocente. Quelques jours après, la reine trouva de faux témoins, qui dirent que ce juge avait mal parlé d'elle. On lui ôta sa charge, t il allait être réduit à demander l'aumône avec sa femme et ses enfans. L'Eveillé prit une grosse somme dans la bourse de son père, et la donnant à ce juge, il lui conseilla de passer dans un autre pays. Cependant l'Eveillé se trouvait partout, depuis qu'il pouvait se rendre invisible : il apprit beaucoup de secrets ; mais comme c'était un honnête garçon, jamais il ne rapportait rien qui pût faire mal à personne, excepté ce qui pouvait servir son maître. Comme il allait souvent dans le cabinet du roi, il entendit que la reine disait à son mari : Ne sommes-nous pas bien malheureux que Tity soit l'aîné? Nous amassons beaucoup de trésors qu'il dissipera aussitôt qu'il sera roi, et Mirtil, qui est bon ménager, au lieu de toucher à ces trésors, les aurait augmentés : n'y aurait-il pas moyen de le déshériter ? Il faudra voir, lui répondit le roi ; et si nous ne pouvons réussir, il faudra enterrer ces trésors, crainte qu'il ne les dissipe. L'Eveillé entendait aussi tous les courtisans, qui, pour plaire au roi et à la reine, leur disaient du mal de Tity, et louaient Mirtil : puis au sortir de chez le roi, ils venaient chez le prince, et lui disaient qu'ils avaient pris son parti devant le roi et la reine ; mais le prince, qui savait la vérité par le moyen de l'Eveillé, se moquait d'eux dans son cœur, et les méprisait. Il y avait à la cour quatre seigneurs qui étaient fort honnêtes gens ; ceux-là prenaient le parti de Tity, mais ils ne s'en vantaient pas ; au contraire, ils l'exhortaient toujours à aimer le roi et la reine, et à leur être fort obéissant.

Il y avait un roi voisin qui envoya des ambassadeurs à Guinguet pour une affaire de conséquence. La reine, selon sa bonne coutume, ne voulut pas que Tity parût devant les ambassadeurs. Elle lui dit d'aller dans une belle maison de campagne qui appartenait au roi, parce que, ajouta-t-elle, les ambassadeurs voudront sans doute voir cette maison, et il faudra que vous en fassiez le honneurs. Quand Tity fut parti, la reine prépara tout pour recevoir les am bassadeurs, sans qu'il lui en coûtât beaucoup. Elle prit une jupe de velours et la donna aux tailleurs, pour faire les deux derrières d'un habit à Guinguet et à Mirtil; on fit les devants de cet habit de velours neuf; car la reine pensait, que le roi et le prince étant assis, on ne verrait pas le derrière de leurs habits. Pour les rendre magnifiques, elle prit les diamans qu'on avait trouvés dans les nèfles, pour servir de boutons à l'habit du roi; elle tacha à son chapeau le diaman qui avait été trouvé dans l'œuf, et les petits qui étaient sortis des noisettes furent employés, à faire des boutons à l'habit de Mirtil, et une pièce, un collier et des nœuds d. manches à la reine. Véritablement ils éblouissaient avec tous ces diamans. Guinguet et sa femme se mirent sur le trône, et Mirtil se mit à leurs pieds; mais à peine les ambassadeurs furent-ils dans la chambre, que les diamans disparurent, et il n'y eut plus que des nèfles, des noisette et un œuf. Les ambassadeurs crurent que Guinguet s'était habillé d'une manière si ridicule, pour faire affront à leur maître; ils sortirent tout en colère, et dirent que leur maître leur apprendrait qu'il n'était pas un roi de nèfles. On eut beau les rappeler, ils ne voulurent rien écouter et s'en retournèrent dans leur pays. Guinguet et sa femme restèrent fort honteux et fort en colère. C'est Tity, qui nous a joué ce tour; dit-elle au roi, quand il fut seul avec elle; il faut le déshériter et laisser notre couronne à Mirtil. J'y consens de tout mon cœur, dit le roi. En même temps ils entendirent une voix qui leur dit : Si vous êtes assez méchans pour le faire, je vous casserai tous les os les uns après les autres. Ils eurent une grande peur d'entendre cette voix, car ils ne savaient pas que l'Eveillé était dans leur cabinet, et qu'il avait entendu leur conversation. Ils n'osèrent donc faire aucun mal à Tity; mais ils faisaient chercher la vieille de tous les côtés pour la faire mourir, et ils étaient au désespoir de ce qu'on ne pouvait la trouver. Cependant le roi Violent, qui était celui qui avait envoyé des ambassadeurs à Guinguet, crut que véritablement on avait voulu se moquer de lui, et résolut de se venger, en déclarant la guerre à Guinguet. Ce dernier en fut d'abord bien fâché, car il n'avait pas de courage et craignait d'être tué; mais la reine lui dit : Ne vous affligez point ; nous enverrons Tity commander notre armée, sous prétexte de lui faire honneur ; c'est un étourdi qui se fera tuer, et alors nous aurons le plaisir de laisser la couronne à Mirtil. Le roi trouva cette invention admirable, et ayant fait venir Tity de la campagne, il le nomma généralissime des troupes; et pour lui donner plus d'occasions d'exposer sa vie, il lui donna aussi plein pouvoir pour faire la guerre ou la paix

Comme ce conte est encore fort long, mes enfans, et que nous n'avons pas le temps de dire nos histoires, je le garderai pour la première fois.

LADI MARY.

Je vous assure, ma Bonne, que je ne dormirai pas tranquillement jusqu'à ce temps-là : achevez-le aujourd'hui, s'il vous plaît.

MADEMOISELLE BONNE.

Ma chère amie, il faut savoir se priver d'un plaisir quand il est question de faire son devoir. Je finirai ce conte si vous le voulez absolument ; mais nous manquerons à des choses plus nécessaires, et cela ne sera pas bien ; pour être bonne, il ne faut pas s'accoutumer à suivre ses fantaisies : je vous conseille donc de faire ce petit sacrifice ; autrement, je penserai que vous n'aurez jamais le courage de sacrifier le plaisir au devoir.

LADI MARY.

Hé bien, disons donc nos histoires ; mais je vous assure que cela me coûte un peu.

MADEMOISELLE BONNE.

Il en coûte souvent quelque chose pour faire ce que l'on doit; mais c'est pourtant de l'habitude à se vaincre dans ces petites choses que dépend votre bonheur pendant toute votre vie. Quand vous serez grande, ma bonne amie, si vous n'êtes point accoutumée à vous gêner un peu, vous ne ferez jamais rien à propos Vous aurez envie de vous promener quand il faudra rester à la maison. vous voudrez lire quand il sera nécessaire de sortir; et toujours vous serez dans le dérangement. Il faut se faire une règle, et quand elle est arrangée, il ne faut jamais l'abandonner par fantaisie, sans une grande nécessité. Voyons donc l'histoire de ladi Charlotte.

LADI CHARLOTTE.

Les enfans d'Israël ayant encore adoré des idoles Dieu les abandonna aux Madianites, qui les tourmentèrent. Ces peuples venaient dans le temps de la moisson; ils gâtaient les fruits et les blés, et prenaient tous les troupeaux. Alors le peuple reconnut sa faute, et demanda pardon au Seigneur. Dieu, touché de son repentir, envoya son ange à un homme nommé Gédéon, et l'ange lui dit : *Très-fort et très-vaillant homme, le Seigneur est avec toi*; il a écouté les pleurs d'Israël, marchez contre les Madianites, et vous les vaincrez. Ensuite l'Eternel lui apparut et lui commanda de détruire l'autel de Baal qui était à son père. Gédéon obéit : le peuple voulut le faire mourir; mais le père de Gédéon dit au peuple : Ne prenez point parti de Baal ; s'il est Dieu, qu'il se venge lui-même. Cependant les Madianites, les Amalécites et les Orientaux assemblèrent une armée innombrable contre Israël. Gédéon, sonnant de la trompette, assembla aussi une grande armée d'Israélites ; mais Dieu dit à Gédéon : Vous avez une trop grande armée ; si vous battiez les ennemis avec ces troupes, le peuple dirait : C'est moi qui ai remporté la victoire, et ce n'est pas la main du Seigneur qui a détruit nos ennemis. Gédéon choisit alors trois cents soldats des plus braves ; il les divisa en trois bandes ; ils prirent chacun une trompette d'une main et une cruche vide de l'autre, dans laquelle ils mirent un flambeau. Etant arrivés au camp de ennemis, ils sonnèrent tous de la trompette et cassèrent leurs cruches en criant : *L'épée du Seigneur et de Gédéon.* A ces paroles, les ennemis s'enfuirent, et, tournant leurs épées les uns contre les autres, ils s'entre-tuèrent.

MADEMOISELLE BONNE.

Continuez, miss Molly.

MISS MOLLY.

Alors Gédéon fit dire à tous les Israélites de poursuivre les ennemis, et ils en tuèrent cent vingt mille. Le peuple dit à Gédéon après la victoire : Soyez notre roi, et votre fils après vous; mais Gédéon leur répondit: Vous ne devez pas avoir d'autre roi que Dieu. Gédéon mourut dans une grande vieillesse, et laissa après sa mort soixante et dix fils légitimes et un bâtard. Après la mort de Gédéon, les Israélites obéirent à ses fils; mais oubliant bientôt les obligations qu'ils avaient à Gédéon, ils écoutèrent les mauvais discours de son bâtard, qui se nommait Abimélec, et le reconnurent pour maître. Ce méchant homme fit mourir tous ses frères, à la réserve du plus jeune, qui se nommait Joathan, et qui s'était caché. Celui-ci reprocha au peuple son ingratitude, et lui prédit qu'Abimélec leur ferait beaucoup de mal. Cela arriva comme il l'avait prédit. Abimélec fit mourir un grand nombre de personnes, et comme il allait mettre le feu à une tour pour la brûler avec ceux qui étaient dedans, une femme lui jeta sur la tête une pierre de meule qui le blessa mortellement. Alors Abimélec commanda à son écuyer de lui passer son épée au travers du corps, afin qu'il ne fût pas dit qu'il était mort de la main d'une femme.

MADEMOISELLE BONNE.

Remarquez, mes enfans, le soin que Dieu a de punir les crimes. Les enfans d'Israël furent ingrats envers les enfans de Gédéon; il se sert d'Abimélec pour les punir, et ensuite il punit Abimélec lui-même. Continuez, ladi Mary.

LADI MARY.

Une autre fois, les enfans d'Israël abandonnèrent encore le Seigneur pour adorer les faux dieux, et il les abandonna aux Ammonites et aux Philistins. Alors ils demandèrent du secours au Seigneur, qui leur dit: Demandez du secours aux dieux que vous avez servi. A la fin pourtant Dieu eut pitié d'eux et leur inspira de choisir Jephté pour leur chef. Ce Jephté était un bâtard, et les enfans légitimes l'avaient chassé de la maison de son père. Toutefois il leur pardonna et se mit à leur tête pour combattre les ennemis. Avant le combat, il dit tout haut : Seigneur, si vous me donnez la victoire, je promets de vous sacrifier la première personne qui paraîtra à mes yeux quand je rentrerai dans la ville. Il remporta la victoire ; et sa fille ayant appris cette bonne nouvelle, vint au-devant de lui avec ses compagnes qui jouaient des instrumens, elle marchait la première. Quand Jephté vit sa fille unique, il détourna ses yeux et déchira sa robe ; car il n'avait que cette fille, qui était fort bonne, et il l'aimait beaucoup. Elle fut fort surprise de voir la douleur de son père dans un jour de réjouissance ; mais quand il eut dit qu'il était affligé à cause d'elle, parce qu'il était obligé de la sacrifier au Seigneur, à cause de son vœu, elle lui dit : Ne vous affligez pas, je consens de mourir, puisque vous l'avez promis à Dieu. Elle demanda deux mois pour pleurer avec ses compagnes, parce qu'elle n'avait point d'enfans; car c'était une honte dans ce temps-là de n'en point avoir ; et au bout de deux mois, elle revint trouver son père qui la sacrifia au Seigneur.

LADI SPIRITUELLE.

Mais, ma Bonne, est-ce que Jephté aurait fait un péché, s'il n'avait pas sacrifié sa pauvre fille? Le bon Dieu peut-il aimer de tels sacrifices ?

MADEMOISELLE BONNE.

Non, ma chère ; Dieu a en horreur le sang des hommes. Jephté avait fait un serment imprudent, et il eut tort de l'exécuter. Les Israélites, qui avaient commerce avec les peuples qu'ils avaient laissé subsister contre l'ordre du Seigneur, prirent leurs mauvaises coutumes ; or les peuples de Tyr et de Sidon immolaient des hommes à un de leurs dieux, qu'on nommait Saturne. Jephté qui avait été chassé trop jeune de la maison de son père, n'était pas instruit dans la loi de Dieu ; il crut donc faire une merveille en offrant à Dieu un sacrifice pareil à celui que les Tyriens offraient à Saturne. Son intention était bonne, et son action mauvaise ; mais j'admire le courage de sa fille qui se soumet sans murmurer à la volonté de son père, et cela au moment qu'il était devenu un grand seigneur, et qu'elle allait être honorée comme la fille de celui qui avait sauvé le peuple.

LADI CHARLOTTE.

Mais, ma Bonne, pourquoi était-il honteux de mourir sans enfans ?

MADEMOISELLE BONNE.

Pour vous expliquer ce que je pense là-dessus, mes enfans, il faut que je vous rappelle ce que Dieu dit au serpent avant de chasser Adam et Eve du paradis terrestre : *Tu as vaincu la femme, et la femme t'écrasera la tête.* Ce serpent, c'était le diable, et Dieu voulait dire qu'un jour son fils, Dieu comme lui, se ferait homme, et naîtrait d'une femme ; je pense donc que toutes les femmes juives prétendaient à l'honneur de voir naître le Messie dans leur famille, et que c'était pour cela qu'elles souhaitaient d'avoir des enfans.

LADI MARY.

Ma Bonne, permettez-moi de vous faire une question sur une chose qui me tient à l'esprit depuis une heure. Dans le conte du prince Tity, vous nous avez dit que la reine avait trouvé un poulet, au lieu d'un diamant dans l'œuf que la fée lui avait donné, comment pouvait-il être venu un poulet dans cet œuf ?

MADEMOISELLE BONNE.

C'est qu'il y a un poulet dans les œufs, ma chère; je vais sonner pour en demander un, et je vous ferai voir un poulet dedans... Voyez-vous cette petite chose blanche qui tient à ce jaune ? Il y a un poulet enfermé dedans.

MISS MOLLY.

Cela est admirable, ma Bonne. Est-ce que tous les poulets que nous mangeons viennent d'une petite chose blanche commecelle-là ?

MADEMOISELLE BONNE.

Oui, ma chère : cette petite chose s'appelle germe. Quand la poule veut avoir des poulets, elle reste sur ses œufs pendant quarante jours, et, en les échauffant, elle fait sortir le poulet de ce germe. Quand il est sorti, il se nourrit d'abord du blanc et du jaune de cet œuf; et quand il n'y a plus rien à manger, et quand il est assez fort, il casse la coquille de l'œuf avec son petit bec, et il sort.

LADI SPIRITUELLE.

J'ai remarqué cela à la campagne, et j'admire la patience de la poule. Cette pauvre bête ne sortait point de là ; elle était sèche comme un bâton, et on était obligé de lui apporter à manger, sans quoi, je crois qu'elle serait morte de faim.

MADEMOISELLE BONNE.

Admirez la Providence qui permet que cette pauvre bête ait tant d'attachement pour sa famille qui n'est pas encore venue. Quand ses poulets sont sortis de la coquille, quelle est son inquiétude pour les défendre ! La poule est fort timide, elle a peur de tout ; cependant si on attaque ses poulets, elle devient hardie comme un lion, elle attaque un chien ; elle sauterait à la face d'un homme.

LADI SPIRITUELLE.

J'ai vu une poule à qui on avait fait couver des œufs de canards ; quand ils furent grands, ils se jetèrent dans l'eau, et la pauvre poule, qui ne pouvait pas les suivre, se désespérait.

MADEMOISELLE BONNE.

Admirez encore la Providence. Vous voyez combien cette poule est attachée à ses petits poulets tant qu'ils ont besoin d'elle ; mais, aussitôt qu'ils sont grands, et qu'ils peuvent se passer d'elle, elle les abandonne et ne les connaît même pas. D'où vient que ce prodigieux attachement disparaît tout d'un coup dans tous les animaux ? C'est qu'il n'est point nécessaire à la conservation de l'espèce. Rien d'inutile dans la nature, tout y est à sa place, et l'on aurait beau imaginer, on ne pourrait jamais rien trouver de plus parfait. Par exemple, mes enfans, croirez-vous bien qu'il n'y a pas dans tout l'univers deux choses qui soit absolument semblables ?

LADI SENSÉE.

Quoi ! ma Bonne ; dans toutes les feuilles qui sont sur cet arbre il n'y en a pas deux semblables ?

MADEMOISELLE BONNE.

Non, ma chère ; ni même dans tout le monde. Un grand philosophe, qui se promenait dans un parc avec une princesse, fit un jour cette proposition. On se moqua de lui, et tous les seigneurs qui étaient à la suite de cette princesse passèrent toute la journée à mettre des feuilles à côté l'une de l'autre, ils ne purent jamais en trouver deux semblables. Mais, mes enfans, il y a une autre chose à laquelle vous ne faites pas attention. Tous les hommes ont un visage, un nez, deux yeux, une bouche, un menton, des sourcils, des joues ; cependant ces mêmes parties, presque faites toutes de la même manière, sont si différentes qu'il n'y a pas deux hommes qui se ressemblent parfaitement. Où est l'ouvrier qui pourrait mettre une telle diversité dans ses ouvrages ?

LADI SPIRITUELLE.

En vérité, ma Bonne, vous avez raison de dire que nous sommes environnés de miracles auxquels nous ne pensons pas. Et les esprits sont-ils aussi différens que les visages ?

MADEMOISELLE BONNE.

Oui, ma chère. L'ouvrier qui a fait toutes ces choses pourrait en faire d'autres sans nombre qui ne se ressembleraient pas. Mais il est temps de nous quitter, mes enfans ; réfléchisez quelquefois à toutes ces choses, cela vous donnera occasion d'admirer la sagesse et la science du Créateur.

21e DIALOGUE.

DIX-NEUVIÈME JOURNÉE.

LADI MARY.

Ma Bonne, vous nous avez promis d'achever le conte du prince Tity.

MADEMOISELLE BONNE.

Oui, mes enfans: nous en sommes restées à l'endroit où le roi lui donna le commandement de son armée pour le faire périr.

Tity, étant arrivé sur les frontières du royaume de son père, résolut d'attendre l'ennemi, et s'occupa à faire bâtir une forteresse dans un petit passage dans lequel il fallait entrer. Un jour qu'il regardait travailler les soldats, il eut soif, et voyant une maison sur une montagne voisine, il y monta pour demander à boire. Le maître de la maison, qui se nommait Abor, lui en donna ; et comme le prince allait se retirer, il vit entrer dans cette maison, une fille si belle, qu'il en fut ébloui. C'était Biby, fille d'Abor; et le prince, charmé de cette belle fille, retourna souvent à cette maison, sous différens prétextes. Il parla souvent à Biby, et trouvant qu'elle était fort sage et qu'elle avait beaucoup d'esprit, il disait en lui-même : Si j'étais mon maître, j'épouserais Biby; elle n'est pas née princesse; mais elle a tant de vertus, qu'elle est digne de devenir reine. Tous les jours il devenait plus amoureux do cette fille, et enfin, il prit la résolution de lui écrire. Biby, qui savait qu'une honnête fille ne reçoit point de lettre des hommes, porta celle du prince à son père sans l'avoir décachetée. Abor, voyant que le prince était amoureux de sa fille, demanda à Biby si elle aimait Tity. Biby, qui n'avait jamais menti dans toute sa vie, dit à son pére que le prince lui avait paru si honnête homme, qu'elle n'avait pu s'empêcher ne l'aimer; mais, ajouta-t-elle, je sais bien qu'il ne peut m'épouser, parce que je ne suis qu'une bergère; ainsi je vous prie de m'envoyer chez ma tante, qui demeure bien loin d'ici. Son père la fit partir le même jour; et le prince fut si chagrin de l'avoir perdue, qu'il en tomba malade. Abor lui dit : Mon prince, je suis bien fâché de vous chagriner; mais puisque vous aimez ma fille, vous ne voudriez pas la rendre malheureuse; vous savez bien qu'on méprise comme la boue, une fille qui reçoit les visites d'un homme qui l'aime, qui ne veut pas l'épouser. Ecoutez, Abor, dit le prince, j'aimerais mieux mourir que de manquer de respect à mon père, en me mariant sans sa permission; mais promettez-moi de me garder votre fille, et je vous promets de l'épouser quand je serai roi, je consens à ne point la voir jusqu'à ce temps-là. En même temps la fée parut dans la chambre, et surprit beaucoup le prince, car il ne l'avait jamais vue sous cette figure. Je suis la vieille que vous avez secourue, dit-elle au prince. Vous êtes si honnête homme, et Biby est si sage, que je vous prends tous les deux sous ma protection. Vous l'épouserez dans deux ans; mais, jusqu'à ce temps, vous aurez encore bien des traverses. Au reste, je vous promets de vous rendre une visite tous les mois, et je mènerai Biby avec moi. Le prince fut enchanté de cette promesse, et résolut d'acquérir beaucoup de gloire pour plaire à Biby. Le roi Violent vint lui offrir la bataille, et Tity non-seulement la gagna mais encore Violent fut fait prisonnier. On conseilla à Tity de lui ôter tout son royaume, mais il dit : Je ne veux pas faire cela : ses sujets, qui aimeraient toujours mieux leur roi qu'un étranger, se révolteraient et lui rendraient la couronne; Violent n'oublierait jamais sa prison, et ce serait une guerre continuelle qui rendrait deux peuples malheureux : je veux au contraire rendre la liberté à Violent, et ne lui rien demander pour cela ; je sais qu'il est généreux, il deviendra mon ami, et son amitié vaudra mieux pour nous que son royaume qui ne nous appartient pas ; et j'éviterai par-là une guerre qui coûterait la vie à plusieurs milliers d'hommes. Ce que Tity avait prévu arriva. Violent fut si charmé de sa générosité, qu'il jura une alliance éternelle avec le roi Guinguet et avec son fils.

Cependant Guinguet fut fort en colère quand il apprit que son fils avait rendu la liberté à Violent sans lui faire payer beaucoup d'argent : ce prince avait beau lui représenter qu'il lui avait donné ordre d'agir comme il le voudrait, il ne pouvait lui pardonner. Tity, qui aimait et respectait son père, tomba malade de chagrin de lui avoir déplu. Un jour qu'il était seul dans son lit sans penser que c'était le premier jour du mois, il vit entrer par la fenêtre deux jolis serins, et fut fort surpris lorsque ces deux serins, reprenant leurs formes naturelles, lui présentèrent la fée et sa chère Biby. Il allait remercier la bonne fée, quand la reine entra dans son appartement, tenant dans ses bras un gros chat qu'elle aimait beaucoup, parce qu'il prenait les souris qui mangeaient ses provisions, et qu'il ne lui coûtait rien à nourrir. D'abord que la reine vit les serins, elle se fâcha de ce qu'on les laissait courir, parce que cela gâtait les meubles. Le prince lui dit qu'il les ferait mettre dans une cage ; mais elle répondit qu'elle voulait qu'on les prît dans le moment, qu'elle les aimait beaucoup, et qu'elle les mangerait à son dîner : le prince désespéré, eut beau crier, tous les courtisans et les domestiques couraient après les serins, et on ne l'écoutait pas. Un valet prit un balai, et fit tomber à terre le pauvre Biby. Le prince se jeta hors de son lit pour la secourir ; mais il serait arrivé trop tard ; car le chat de la reine s'était échappé de ses bras, et allait la tuer d'un coup de griffe, lorsque la fée, reprenant tout d'un coup la figure d'un gros chien, sauta sur le chat et l'étrangla; et ensuite elle prit aussi bien que Biby, la figure d'une petite souris, et elles s'enfuirent toutes deux par un petit trou qui était dans un coin de la chambre. Le prince était tombé évanoui à la vue du danger qu'avait couru sa chère Biby; mais la reine n'y fit pas d'attention, elle n'était occupée que de la mort de son chat, pour lequel elle jetait des cris horribles : elle dit au roi qu'elle se tuerait s'il ne vengeait pas la mort de ce pauvre animal; que Tity avait commerce avec des sorciers pour lui donner du chagrin, et qu'elle n'aurait pas un moment de repos qu'il ne l'eût déshérité pour donner la couronne à son frère. Le roi y consentit, et lui dit que le lendemain il ferait arrêter le prince, et qu'on lui ferait son procès. Le fidèle l'Eveillé ne s'était pas endormi dans cette occasion, il s'était glissé dans le cabinet du roi, et vint tout de suite avertir le prince. La peur qu'il avait eue lui avait ôté la fièvre, et il se disposait à monter à cheval pour se sauver, lorsqu'il vit la fée qui lui dit: Je suis lasse des méchancetés de votre mère et de la faiblesse de votre père; je vais vous donner une bonne armée, allez les prendre dans leur palais, vous les mettrez dans une prison avec leur fils Mirtil; vous monterez sur le trône et vous épouserez Biby tout de suite. Madame, dit le prince à la fée, vous savez que j'aime Biby plus que ma vie; mais le désir de l'épouser ne me fera jamais oublier ce que je dois à mon père et à ma mère, et j'aimerais mieux périr tout à l'heure que de prendre les armes contre eux. Venez que je vous embrasse, lui dit la fée; j'ai voulu éprouver votre vertu; si vous aviez accepté mes offres, je vous aurais abandonné; mais, puisque vous avez le courage d'y résister, je serai toujours de vos amis; je vais vous en donner la preuve. Prenez la forme d'un vieillard, et sûr de ne pouvoir être reconnu sous cette figure, parcourez votre royaume; instruisez-vous de toutes les injustices qu'on commet contre vos pauvres sujets, afin de les réparer quand vous serez roi; l'Eveillé qui restera à la cour, vous rendra compte de tout ce qui arrivera pendant votre absence. Le prince obéit à la fée, et il vit des choses qui le fesaient frémir. On vendait la justice, les gouverneurs pillaient le peuple, les grands maltraitaient les petits, et tout cela se faisait au nom du roi. Au bout de deux ans l'Eveillé lui écrivit que son père était mort, et que la reine avait voulu faire couronner son frère; mais que les quatre seigneurs, qui étaient honnêtes gens s'y étaient opposés, parce qu'il les avait avertis qu'il était vivant, qu'ainsi la reine s'était sauvée avec son fils, dans une province qu'elle avait fait révolter. Tity, qui avait repris sa figure, alla dans sa capitale, et fut reconnu roi; après quoi il écrivit une lettre fort respectueuse à la reine pour la prier de ne point causer de révolte; il lui offrit aussi une bonne pension pour elle et pour son frère Mirtil. La reine, qui avait une grosse armée, lui écrivit qu'elle voulait la couronne, et qu'elle viendrait la lui arracher de dessus la tête. Cette lettre ne fut pas capable de porter Tity à sortir du respect qu'il devait à la reine; mais cette méchante femme ayant appris que le roi Violent venait au secours de son ami Tity avec un grand nombre de soldats, fut forcée d'accepter les propositions de son fils. Ce prince se vit donc paisible possesseur de son royaume, et il épousa la belle Biby, au contentement de tous ses sujets, qui furent charmés d'avoir une si belle reine.

LADI SPIRITUELLE.

Ma Bonne, ce prince répara-t-il le mal qu'on avait fait à ses sujets ?

MADEMOISELLE BONNE.

C'est ce que je vous dirai la première fois, mes enfans; il nous reste à parler de la vie de Tity quand il fut roi, mais cela serait trop long pour cette fois.

LADI MARY.

Et verrons-nous aussi ce que devint l'Eveillé ? Je l'aime bien; c'était un bon garçon.

MADEMOISELLE BONNE.

Oui, ma chère, présentement dites votre histoire.

ADI MARY.

Après avoir eu plusieurs autres juges, les enfans d'Israël retournèrent à l'idolâtrie, et Dieu permit aux Philistins de les tourmenter : quand ils eurent beaucoup souffert ils demandèrent pardon à Dieu, qui, touchés de leurs larmes, résolut de leur envoyer un libérateur. Pour cela, l'ange du Seigneur apparut à une femme qui était stérile ; et lui dit : Je te déclare que tu auras un fils qui délivrera Israël, et sera consacré au Seigneur pour perdre les Philistins, c'est pourquoi tu ne boiras point de vin, ni aucune chose qui puisse enivrer, jusqu'à ce qu'il soit venu au monde. Cet enfant sera Nazaréen, c'est-à-dire, qu'il sera au Seigneur, qu'il ne boira pas de liqueur qui puisse enivrer, et qu'il ne coupera jamais ses cheveux. Cette femme dit donc à son mari qu'elle avait vu un grand homme qui lui avait promis un fils de la part de Dieu ; car elle ne savait pas que c'était un ange. Son mari eut bien voulu voir cet homme ; et comme l'ange apparut à sa femme une seconde fois, elle le pria de rester un moment, et fut appeler son mari. Il demanda à l'ange comment il s'appelait, et le pria de leur faire l'honneur de manger un chevreau avec eux, mais l'ange lui répondit : Mon nom est Merveilleux; mais quand tu m'apprêterais un chevreau, je ne mangerais pas avec toi ; il faut plutôt l'offrir en holocauste au Seigneur. L'homme obéit à l'ange, et lorsque la flamme de l'holocauste commença à monter vers le ciel, l'ange s'enveloppa dans cette flamme, et monta avec elle. Alors cet homme dit à sa femme: Certainement nous mourrons, car nous avons vu la face du Seigneur; mais elle lui répondit : si l'Eternel eût voulu nous faire mourir, il n'aurait pas reçu votre holocauste. Quelque temps après, cette femme eut un fils qu'elle nomma *Samson*.

MADEMOISELLE BONNE.

Continuez, miss Molly.

MISS MOLLY.

Lorsque Samson fut grand, il devint amoureux d'une fille des Philistins, et demanda à son père la permission de l'épouser. Son père lui dit : N'y a-t-il pas assez de filles en Israël ? Pourquoi veux-tu épouser une étrangère ? Samson lui répondit : J'aime cette fille ; et comme c'était la volonté de Dieu qu'il l'épousât, son père y consentit. Un jour Samson allant voir sa maîtresse, rencontra un jeune lion ; il le prit avec ses mains et le déchira en deux, car il était extrêmement fort. Deux jours après, il regarda le corps de ce lion mort, et il vit que des mouches avaient fait du miel dans sa gueule. Il prit ce miel, et le porta à son père et à sa mère ; mais il ne leur dit pas où il l'avait pris. Quelques jours après il se maria, et donna aux jeunes Philistins un festin qui dura sept jours. Le premier jour il leur dit : Je veux vous donner une énigme à deviner, et je vous donne sept jours pour cela. Si vous la devinez, je vous donnerai trente robes ; mais si vous ne la devinez pas, vous me donnerez trente robes. Voici mon énigme : *De celui qui mangeait est sortie la viande ; du fort est sortie la douceur.* Les jeunes gens qui étaient à ses noces n'avaient garde de deviner cette énigme; car ils ne savaient pas que Samson avait trouvé du miel dans la gueule du lion. Ils furent donc trouver la femme de Samson, et lui dirent : Si vous ne faites pas en sorte que votre mari vous explique cette énigme, nous vous brûlerons toute vive dans votre maison avec votre père. Cette femme fut donc trouver son mari le septième jour, et lui dit : Assurément vous ne m'aimez pas, car vous m'auriez dit ce que c'est que cette énigme que vous avez donnée à deviner. Samson lui répondit : Je n'en ai pas parlé à mon père et à ma mère, mais je vais vous la dire. Aussitôt cette femme fut trouver les jeunes gens, et leur dit ce que c'était que l'énigme. Le soir ils dirent à Samson : Qu'y a-t-il de plus doux que le miel, et de plus fort que le lion ? Samson vit bien qu'on avait séduit sa femme, et comme il voulait se venger, il tua trente Philistins, et donna leurs robes à ceux qui avait deviné l'énigme. Il s'était retiré dans sa maison ; mais quelques jours après il voulut aller voir sa femme, qu'il aimait malgré son infidélité ; mais le père de cette fille lui dit : Je croyais que vous aviez abandonné votre femme, c'est pourquoi je l'ai donnée à un autre homme. Voici deux grandes injures des Philistins, dit Samson : après avoir séduit ma femme, ils me l'ont encore ôtée; c'est pourquoi je leur déclare une guerre éternelle. Samson, voulant donc se venger, prit trois cents renards et les attacha ensemble par la queue ;il mit un flambeau allumé entre les queues de ces renards, et les ayant chassés devant lui, ils mirent le feu aux vignes, aux oliviers et aux blés des Philistins. Ceux-ci ayant appris que Samson avait commis cette action pour se venger de ce qu'on lui avait ôté sa femme, la brûlèrent dans sa maison avec toute sa famille; ensuite ayant pris les armes, Samson les battit. Les Philistins descendirent vers les Israélites de la tribu de Juda, et leur dirent : Nous sommes venus pour prendre Samson, livrez-le entre nos mains, sinon nous vous exterminerons. Trois mille hommes de cette tribu s'avancèrent vers Samson, et lui dirent : Ne sais-tu pas que les Philistins sont nos maîtres ? Pourquoi les as-tu traités ainsi ? Samson leur répondit : Ce n'est pas moi qui ai commencé la querelle ; ils m'ont attaqué, et il m'est permis de me défendre contre eux. Je vois que vous voulez me livrer à eux, j'y consens; vous pouvez même me lier aussi fort qu'il vous plaira. Lorsque les Philistins virent leur ennemi lié avec de bonnes cordes neuves, ils jetèrent de grands cris de joie; mais l'esprit du Seigneur s'emparant de Samson, il brisa les cordes comme si elles eussent été un fil fin; et comme il n'avait point d'armes, il se saisit d'une mâchoire d'âne qu'il trouva à terre, et tua mille Philistins. Après cette victoire il eut une grande soif, et comme il n'y avait point d'eau dans cet endroit, il cria au Seigneur: C'est inutilement que vous m'avez tiré des mains des Philistins, puisque je vais mourir de soif. Dieu écouta la voix de Samson ; une des dents de cette mâchoire d'âne qu'il tenait à la main s'ouvrit, et il en sortit assez d'eau pour paiser la soif de ce vaillant homme.

MADEMOISELLE BONNE.

Finissez cette histoire, ladi Charlotte.

LADI CHARLOTTE.

Un jour Samson fut dans la ville de Gaza, et les Philistins mirent des gardes aux murailles et fermèrent toutes les portes de la ville. Samson s'étant levé à minuit pour s'en retourner, trouva les portes de la ville fermées; mais cela ne l'embarrassa pas beaucoup; car ayant toute sa force, il arracha les gonds de fer qui tenaient une des portes, et l'ayant mise sur ses épaules, il l'emporta sur une des montagnes voisines, au grand étonnement des Philistins, qui disaient : Jamais nous ne pourrons nous débarrasser de cet homme. Ils apprirent que Samson était amoureux d'une fille de leur pays, et les chefs des Philistins furent la trouver, et lui dirent : Nous te donnerons une grande somme d'argent, si tu peux nous livrer Samson. Cette fille qui se nommait Dalila, et qui était méchante et avaricieuse, résolut de trahir son amant pour gagner cet argent. Elle dit à Samson : Dites-moi, je vous prie, comment êtes vous si fort, et ce qu'il faudrait faire pour vous ôter votre force? Samson connut fort bien qu'elle voulait le trahir; et il résolut de se moquer d'elle; il lui dit donc, si l'on me lie avec sept cordes mouillées, je perdrai toute ma force. Dalila prit donc sept cordes mouillées, et lia Samson pendant qu'il dormait. Elle avait fait cacher des Philistins dans sa chambre, et quand, Samson fut lié, elle l'éveilla, en disant : Voici les Philistins qui viennent pour vous prendre : Samson étant éveillé, cassa les sept cordes, et les Philistins s'enfuirent. Il trompa encore Dalila deux autres fois, et cette femme pleurant, lui dit : Je vois bien que vous ne m'aimez pas, car vous vous moquez toujours de moi. Elle tourmentait Samson depuis le matin jusqu'au soir, ce qui la rendait mélancolique. Enfin, fatigué des importunités de cette femme, il lui avoua et lui dit : J'ai été consacré au Seigneur avant de venir au monde, en qualité de Nazaréen; c'est pourquoi on ne m'a jamais coupé les cheveux, et, dès le moment qu'ils seront coupés, je perdrai toute ma force. Dalila profita de cette connaisance; et ayant endormi Samson sur ses genoux, elle fit venir un homme qui le rasa ;

alors elle lui dit : Samson, voici les Philistins. Il crut qu'il pourrait les tuer comme les autres fois ; mais le Seigneur l'avait abandonné, et il était faible comme le reste des hommes. Les Philistins le prirent donc, et, lui ayant crevé les deux yeux, ils le condamnèrent à tourner une meule de moulin, comme s'il eût été un cheval. Quelque temps après, les Philistins firent une grande fête en l'honneur de leur dieu Dagon ; et comme tous le chefs du peuple et les personnes de qualité étaient dans une grande salle à faire un festin, ils commandèrent qu'on fît venir Samson pour les divertir. Quand il fut venu, ils lui dirent : Fais le bouffon devant nous, pour nous divertir. Le peuple ayant su que Samson faisait le bouffon, vint à la salle pour le voir; et ceux qui ne purent pas entrer montèrent sur le toit et aux fenêtrès ; or les cheveux de Samson commençaient à revenir. Il dit à l'homme qui le conduisait, car il était aveugle : Conduis-moi à l'endroit où sont les deux plus grands piliers qui soutiennent la salle. Cet homme lui obéit, et quand Samson fut dans cette place, il éleva son cœur à Dieu et lui dit : Seigneur, rends-moi ton secours ; je serai content de mourir en cet endroit, pourvu que je fasse périr les Philistins qui sont ici. En même temps il embrassa avec force les deux piliers qui soutenaient la salle, et les secouant, il les fit tomber, aussi bien que la salle, sur les Philistins. Il y en eut en cette occasion trois mille d'écrasés : ainsi Samson en mourant, en tua plus qu'il n'avait fait pendant sa vie.

LADI SPIRITUELLE.

Ma Bonne, je ne conçois pas comment Samson n'abandonna pas cette méchante Dalila, dès la première fois qu'il vit qu'elle cherchait à le trahir. Comment pouvait-il l'aimer encore, en connaissant qu'elle voudrait le faire périr ? Il fallait qu'il eût perdu l'esprit.

LADI SENSEE.

Il aurait eu besoin qu'Astolphe eût fait le voyage du royaume de la lune pour y chercher sa bouteille.

MADEMOISELLE BONNE.

Assurément, mesdames ; car, comme je vous l'ai fait remarquer, les passions renversent la cervelle. Nous en avons un grand exemple dans la personne de Samson ; et si nous avions la connaissance de tout ce qui se passe dans le monde, nous verrions qu'il y a encore un grand nombre de femmes aussi traîtresses que Dalila, qui trouvent des hommes aussi extravagans que Samson, qui connaissent leur méchanceté, et qui ne laissent pas de les aimer.

LADI MARY.

Ma Bonne, est-ce que les mouches font le miel ? Je ne savais pas cela.

MADEMOISELLE BONNE.

Oui, ma chère ; ce sont les mouches qui font le miel et la cire.

LADI CHARLOTTE.

Est-ce qu'elles ont dans leurs corps de la cire et le miel ?

MADEMOISELLE BONNE.

Non, ma chère ; mais elles vont sucer les fleurs, et avec ce suc elles font du miel et de la cire.

MISS MOLLY.

Comment cela se peut-il ? ma Bonne. Quelquefois je m'amuse à manger les bouquets qu'on me donne ; ils sont bien amers, et le miel est si doux !

MADEMOISELLE BONNE.

Cela est vrai, ma chère; le suc des fleurs est amer ; mais l'abeille, en le travaillant, et en le mêlant avec sa propre substance, le rend doux comme vous le voyez.

LADI MARY.

J'ai vu souvent de grosses mouches jaunes sur les fleurs ; mais je ne me serais jamais doutée qu'elles vinssent y chercher du miel.

MADEMOISELLE BONNE.

Rien de plus admirable que le petit royaume des mouches à miel, qu'on appelle abeilles : je dis qu'elles composent un royaume ; car dans chacune de leurs maisons, qu'on nomme ruches, elles ont une reine, qui ne travaille point comme les autres, et qu'on nourrit à rien faire. Il n'y a qu'elle qui ait la permission de ne point travailler ; si d'autres voulaient faire les paresseuses, on les tuerait sans miséricorde. Chacune a son emploi. Les unes sont chargées de nettoyer la ruche, les autres veillent sur les ouvrières. Celles-ci courent dès le matin sur les fleurs, et font souvent de grands voyages pour en trouver. Quand elles ont leur charge, elles reconnaissent fort bien le chemin de leur maison, et ne vont pas dans une autre ; elles prennent ensuite du jus des fleurs la partie qui est propre à faire la cire, et elles en font comme un petit panier dans lequel elles serrent le miel ; car sans cela, il ne serait pas proprement.

LADI MARY

Ma Bonne, qu'est-ce qui apprend aux mouches à miel à faire tout cela ?

MADEMOISELLE BONNE.

Celui qui apprend aux oiseaux à faire leurs nids si promptement ; celui qui apprend à la poule qu'il faut rester long-temps sur ses œufs, si elle veut avoir des poulets ; celui qui apprend aux chats à faire semblant de dormir pour attraper des souris. Dieu a instruit toutes les créatures, auxquelles il a refusé la raison, précisément de ce qu'elles doivent faire, et elles n'y manquent jamais.

MISS MOLLY.

En vérité, ma Bonne, j'ai bien de la peine à croire que mon chien n'ait pas de raison : il m'entend comme si c'était une personne.

LADI SENSÉE.

Pour moi, ma Bonne, j'ai toujours pensé que les bêtes n'avaient pas une raison faite comme celle des hommes ; mais pourtant je ne pourrais pas dire en quoi consiste la différence qu'il y a d'elles à nous : je vous serais bien obligée si vous vouliez me la faire voir

MADEMOISELLE BONNE.

Je vais vous dire ce que je pense. Examinons premièrement ce que c'est que la raison. Voyons ce que vous en pensez, ladi Spirituelle.

LADI SPIRITUELLE.

Cela est fort singulier, j'ai une raison et je ne sais pas ce que c'est ; il faut avouer que je suis bien sotte. Attendez pourtant ; on dit qu'une personne est raisonnable quand elle se conduit comme il faut, et quand elle remplit tous les devoirs de son état. La raison consiste donc à se bien conduire.

MADEMOISELLE BONNE.

A merveille, ma chère ; mais pour mieux comprendre cela, voyons toutes les choses que notre âme est capable de faire. Je regarde au bout de cette chambre, et je vois une fenêtre et une porte ; je m'approche, et je remarque qu'à côté de cette porte il y a un escalier par lequel je puis descendre petit à petit dans la cour, au lieu que si je sortais de la chambre par la fenêtre, j'y descendrais tout d'un coup. Comment est-ce que je remarque cette différence ? En pensant. Or cette faculté de penser, qui est mon âme, je l'appellerai entendement, et je dirai toutes les fois que mes yeux ou mes oreilles me montreront un objet: C'est mon entendement qui le connaît. Entendez-vous cela ? mes enfans.

MISS MOLLY.

A merveille, ma Bonne. Je vois par mes yeux que vous êtes une femme, et qu'une femme n'est pas faite comme un lit ; c'est mon entendement qui conçoit cela. Je vous entends parler, et j'entends siffler mon oiseau. Ces deux voix, qui entrent par mes oreilles, vont trouver mon entendement ; et il décide que votre voix est la voix d'une femme, et que l'autre est celle d'un oiseau.

MADEMOISELLE BONNE.

Miss Molly explique cela comme un docteur. Reprenons notre première comparaison, mes enfans. Je veux sortir de cette chambre ; mon entendement m'a fait voir la différence qu'il y a entre sortir par la fenêtre ou par l'escalier, et il dit : Si je sors par la fenêtre, je serai tout d'un coup dans la cour : mais peut-être qu'en descendant mon corps tournera de façon que je tomberai la tête la première, et je me la casserai ; ou bien je tomberai sur un bras ou sur une jambe, et je me les romprai. Si au contraire je descends par l'escalier, je serai un peu plus long-temps, mais je resterai toujours sur mes pieds, et ne serai point en danger de me fendre la tête. L'entendement fait tout ce raisonnement ; l'âme écoute ; et alors une autre chose qui est en elle, et que j'appellerai la volonté, dit : J'aime mieux aller plus doucement, et ne pas m'exposer à quelque malheur ; ainsi je prendrai mon chemin par l'escalier, et non par la fenêtre. Ainsi l'entendement examine, pèse les choses, et la volonté choisit. Je me trouve ce soir dans cette chambre, et je n'ai pas de lumière ; par conséquent je ne vois plus la différence qu'il y a entre la fenêtre et la porte ; mais je me ressouviens de cette différence que je ne vois plus ; comment est-ce que mon âme se rappelle et se rend présente cette différence ? C'est qu'elle a une troisième puissance, ou faculté, que je nommerai mémoire. Répétons cela. Combien notre âme a-t-elle de facultés ? ladi Charlotte.

LADI CHARLOTTE.

Trois : l'*entendement*, qui nous sert à connaître les choses : la *volonté*, qui nous fait choisir une chose plutôt qu'une autre, à cause des différences que l'entendement y a remarquées, et la *mémoire*, qui nous fait souvenir de ces différences, quand même nous ne verrions plus les objets que nos yeux montreraient à notre entendement, s'il faisait clair.

MADEMOISELLE BONNE.

Vous comprenez cela on ne peut pas mieux, ma chère. Mais remarquez que la volonté est une aveugle qui ne connaît rien : si elle était sage, elle demanderait toujours conseil à l'entendement, et lui donnerait le temps d'examiner ce qui serait le mieux ; mais elle se presse de choisir avant l'examen, comme une étourdie ; d'où il arrive qu'elle choisit tout de ravers, et qu'elle est ainsi la cause de toutes les sottises que nous faisons. Voyons présentement ce que c'est qu'une personne raisonnable. C'est une personne qui fait un bon usage de son entendement ; qui s'accoutume à ne rien faire qu'après avoir pris du temps pour laisser examiner à l'entendement ce qui est le plus convenable : par conséquent, la raison n'est autre chose que la justesse de l'entendement pour examiner, et la soumission de la volonté aux lumières de l'entendement pour choisir. Pour avoir de la raison, une raison telle qu'est la nôtre, et celle de tous les hommes, il faut donc deux choses : un entendement pour examiner, et une volonté pour se déterminer. Une de ces choses serait inutile sans l'autre ; m'en diriez-vous bien la raison, ladi Sensée ?

LADI SENSÉE.

Je pense que oui, ma Bonne. A quoi me servirait-il que mon entendement m'apprît qu'il vaut mieux sortir de la chambre par la porte que par la fenêtre, si je n'avais pas la liberté de choisir entre ces deux chemins, et si une force à laquelle je ne pourrais résister me poussait à me jeter par la fenêtre ? Mon entendement loin de m'être utile, ne servirait qu'à me rendre malheureuse, puisqu'il me découvrirait à tout moment mille dangers que je ne serais pas la maîtresse d'éviter.

MADEMOISELLE BONNE.

Ce que vous avez répondu est parfaitement vrai, ma chère. L'entendement, qui ne fait qu'examiner, et qui ne peut vouloir, serait inutile sans la volonté ; et Dieu, qui ne fait rien d'inutile, ne peut pas donner un entendement sans volonté. Si je ne puis donc vous prouver que les bêtes n'ont point de volonté, il sera vrai de dire qu'elles n'ont point d'entendement, puisque l'une ne va pas sans l'a[illegible]. Si les animaux n'ont ni entendement, ni volonté, il faut donc dire qu'ils n'ont pas de raison, puisque nous avons décidé que la raison est une volonté, qui se conduit par les lumières de l'entendement.

LADI SPIRITUELLE.

Je vous avoue, ma Bonne, qu'il ne m'est pas possible de croire que les bêtes n'ont point de volonté et de raison. J'ai eu un joli petit singe à qui l'on donna un jour du vin de Canarie, il en but beaucoup, et la pauvre petite bête fut bien malade : depuis ce temps, elle n'a jamais voulu boire du vin. Mon singe pensait donc : Ce vin est bien bon, mais il m'a fait mal, et je me garde d'en boire une autre fois, de peur d'être encore malade. Vous voyez qu'il raisonnait, et que sa volonté obéissait à la raison.

MADEMOISELLE BONNE.

Ladi Spirituelle est toute glorieuse de sa preuve. Mais, ma chère, j'en conclus tout le contraire ; et l'exemple des hommes prouve ce que je dis. Dites-moi, mes enfans, n'avez-vous jamais rien mangé qui vous ai rendues malades ?

LADI CHARLOTTE.

Plus de quatre fois, ma Bonne ; j'aime beaucoup le fruit, et toutes les fois que j'en peux attraper, j'en mange tant, que je suis malade.

LADI MARY.

Et moi j'aime le thé : on dit que cela fait mal aux petites filles, et maman ne veut pas que j'en boive ; mais je prie tant ma servante, qu'elle m'en donne toujours une demi-tasse.

MADEMOISELLE BONNE.

Et n'avez-vous pas vu aussi de gentilshommes qui meurent très-jeunes à force de boire ; des dames qui se fatiguent tant à danser, qu'elles s'échauffent le sang et tombent malades ; d'autres qui se ruinent au jeu, et qui pourtant jouent et dansent encore tous les jours ?

LADI SENSÉE.

Oui, ma Bonne ; mais toutes ces personnes n'ont pas de raison.

MADEMOISELLE BONNE.

Et pourquoi n'ont-elles pas de raison ? C'est qu'elles ont une volonté qui ne veut pas obéir à leur entendement. Les sottises que font les hommes prouvent qu'ils sont libres ; et quand nous voyons les bêtes agir raisonnablement, nous devons penser qu'elles ne sont pas maîtresses de faire autrement ; car, si elles avaient une volonté comme les hommes, elles feraient des sottises comme eux. Le singe de ladi Spirituelle aurait bu du vin une autre fois, s'il avait été le maître de le faire, comme le lord qui a été malade aujourd'hui pour avoir trop bu hier, et qui ne laissera pas de boire encore demain.

LADI SENSÉE.

Mais, ma Bonne, qu'est-ce donc qui fait agir les animaux, s'ils n'ont ni entendement ni volonté ?

MADEMOISELLE BONNE.

Dieu, qui les a créés, leur a donné, au lieu de la raison, un instinct qui les force à faire toutes les choses qu'il a voulu qu'ils fissent. Il vous a donné un petit chien pour vous amuser et vous garder. Ce petit chien n'a pas la liberté de ne vous point aimer, si vous lui donnez tous les jours à manger : il n'a pas la liberté de se taire, s'il entre dans votre chambre une personne qu'il ne connaît pas il aboie malgré lui, afin de vous avertir de prendre garde à cette personne, qui est peut être entrée pour vous tuer ou vous voler.

LADI CHARLOTTE.

Ma Bonne, que je serais heureuse, et tous les hommes aussi, si, au lieu de la raison, Dieu nous eût donné, comme aux animaux, un instinct qui nous eût forcés à faire ce que nous devons ! je ne ferais pas tant de sottises, ni les autres non plus.

MADEMOISELLE BONNE.

Il est vrai, ma fille, que nous ne sommes méch-

que parce que nous avons une volonté qui ne veut pas obéir à l'entendement; mais remarquez aussi que, sans la volonté, nous ne pourrions être vertueux. Dieu voulait être servi par des créatures qui l'aimassent volontairement, et sans y être forcées. Quand vous me faites du bien, je ne vous en ai obligation que parce que je sais que vous n'avez pas été forcée de le faire, et que vous avez voulu me faire du bien. En détruisant la volonté de l'homme, vous ôteriez tous les vices ; mais vous ôteriez aussi toutes les vertus. Les bêtes n'ont pas besoin d'être vertueuses, parce qu'elles n'ont ni châtiment à craindre, ni récompenses à espérer pour l'autre vie. Quand leur corps meurt, tout meurt avec elles; mais Dieu ayant créé l'homme pour vivre heureux pendant toute l'éternité, et ce Dieu étant infiniment juste, il fallait qu'il laissât à l'homme les moyens de gagner ce bonheur en pratiquant la vertu; et pour cela, qu'il lui laissât la liberté de faire les choses en quoi consiste la vertu. Mais mes enfans, nous nous sommes amusées à philosopher, sans penser qu'il est bien tard ; nous n'aurons pas le temps de dire un seul mot de la géographie, il faudra commencer par-là la première fois.

LADI MARY.

Et le prince Tity ? ma Bonne.

MADEMOISELLE BONNE.

Vous avez raison, ma chère, nous le finirons, et ensuite nous parlerons de la France ; c'est la première partie qu'on trouve au milieu de l'Europe, en commençant à l'ouest.

22e DIALOGUE.

VINGTIEME JOURNÉE.

MADEMOISELLE BONNE.

J'AI promis de vous achever aujourd'hui le conte du prince Tity, je veux tenir ma promesse.

Tity, étant monté sur le trône, commença par rétablir le bon ordre dans ses Etats; et, pour y parvenir, il ordonna que tous ceux qui voudraient se plaindre à lui de toutes les injustices qu'on leur aurait faites seraient les bien-venus, et il défendit aux gardes de renvoyer une seule personne qui aurait à lui parler, quand même ce serait un homme qui demanderait l'aumône; car, disait ce bon prince, je suis le père de tous mes sujets, des pauvres comme des riches. D'abord les courtisans ne s'effrayaient point de ce discours; ils disaient : Le roi est jeune, cela ne durera pas long-temps; il prendra du goût pour les plaisirs, et sera forcé d'abandonner à ses favoris le soin de ses affaires. Ils se trompèrent; Tity ménagea si bien son temps, qu'il en eut pour tout : d'ailleurs le soin qu'il eut de punir les premiers qui commirent des injustices fit que personne n'osa plus s'écarter de son devoir. Il avait envoyé des ambassadeurs au roi Violent, pour le remercier du secours qu'il lui avait préparé. Ce prince lui fit dire qu'il serait charmé de le voir encore une fois, et que s'il voulait se rendre sur les frontières du royaume, il y viendrait volontiers pour lui rendre visite. Comme tout était fort tranquille dans le royaume de Tity, il accepta cette partie, qui convenait à un dessein qu'il avait formé; c'était d'embellir la maison où il avait vu sa chère Biby pour la première fois : il commanda donc à deux de ses officiers d'acheter toutes les terres qui étaient à l'entour; mais il leur défendit de forcer personne; car, disait-il, je ne suis pas roi pour faire violence à mes sujets, et après tout, chacun doit être maître de son petit héritage. Cependant Violent étant arrivé sur la frontière, les deux cours se réunirent; elles étaient brillantes. Violent avait amené avec lui sa fille unique, qu'on nommait Elise, qui était le plus belle du monde depuis que Biby était femme, et qui était aussi d'un heureux caractère. Tity avait amené avec lui, outre son épouse, une de ses cousines qu'on nommait Blanche, et qui, outre qu'elle était belle et vertueuse, avait encore beaucoup d'esprit. Comme on était, pour ainsi dire, à la campagne, les deux rois dirent qu'il fallait vivre en liberté, qu'on permettait à plusieurs dames et seigneurs de souper avec les deux rois et les princesses; et pour ôter le cérémonial, on dit qu'on n'appellerait point les rois *votre majesté*, et que ceux qui le feraient paieraient une guinée d'amende. Il n'y avait qu'un quart-d'heure qu'on était à table, lorsqu'on vit entrer une petite vieille assez mal habillée. Tity et l'Eveillé, qui la reconnurent, furent au-devant d'elle; mais comme elle leur fit un coup-d'œil, ils pensèrent qu'elle ne voulait pas être connue; ils dirent donc au roi Violent et aux princesses, qu'ils leur demandaient la permission de leur présenter une de leurs bonnes amies, qui venait leur demander à souper. La vieille, sans façon, se plaça dans un fauteuil qui était auprès de Violent, et que personne n'avait osé prendre par respect; elle dit à ce prince: Comme les amis de nos amis sont nos amis, vous voulez bien que j'en use librement avec vous. Violent, qui était un peu haut de son naturel, fut décontenancé de la familiarité de cette vieille, mais il n'en fit pas semblant. On avait averti la bonne femme de l'amende qu'on paierait toutes les fois qu'on dirait *votre majesté*; cependant à peine fut-elle à table qu'elle dit à Violent: *Votre majesté* me paraît surprise de la liberté que je prends; mais c'est une vieille habitude, et je suis trop âgée pour me réformer; ainsi *votre majesté* voudra bien me pardonner. A l'amende, s'écria Violent; vous devez deux guinées. Que *votre majesté* ne se fâche pas, dit la vieille; j'avais oublié qu'il ne fallait pas dire *votre majesté*; mais *votre majesté* ne pense pas qu'en défendant de dire *votre majesté*, vous faites souvenir tout le monde de se tenir dans ce respect gênant que vous voulez bannir. C'est comme ceux qui, pour se familiariser, disent à ceux qu'ils reçoivent à leurs tables, quoiqu'ils soient au-dessous d'eux : Buvez à ma santé, il n'y a rien de si impertinent que cette bonté-là ; c'est comme s'ils leur disaient : Souvenez-vous bien que vous n'êtes pas faits pour boire à ma santé, si je ne vous en donnais pas la permission. Ce que j'en dis, au reste, n'est pas pour m'exempter de payer l'amende ; je dois sept guinées, les voilà. En même temps, elle tira de sa poche une bourse aussi usée que si elle eût été faite depuis cent ans, et jeta les sept guinées sur la table. Violent ne savait s'il devait rire ou se fâcher du discours de la vieille ; il était sujet à se mettre en colère pour un rien, et son sang commençait à s'échauffer. Toutefois il résolut de se faire violence, par considération pour Tity ; et prenant la chose en badinant : Hé bien! ma bonne mère, dit-il à la vieille, parlez à votre fantaisie ; soit que vous disiez : *votre majesté* ou non, je ne veux pas moins être un de vos amis. J'y compte bien, reprit la vieille ; c'est pour cela que j'ai pris la liberté de dire mon sentiment, et je le ferai toutes les fois que j'en trouverai l'occasion ; car on ne peut rendre un plus grand service à ses amis que de les avertir dès qu'on croit qu'ils font mal. Il ne faudrait pas vous y fier, répondit Violent, il y a des momens où je ne recevrais pas volontiers de tels avis. Avouez, mon prince, lui dit la vieille, que vous n'êtes pas loin d'un de ces momens, et que vous donneriez quelque chose de bon pour avoir la liberté de m'envoyer promener tout à votre aise. Voilà nos héros : ils seraient au désespoir qu'on leur reprochât d'avoir fui devant un ennemi, et de lui avoir cédé la victoire sans combat, et ils avouent de sang-froid qu'ils n'ont pas le courage de résister à leur colère : comme s'il n'était pas plus honteux de céder lâchement à une passion qu'à un ennemi qu'il n'est pas toujours en notre pouvoir de vaincre. Mais changeons de discours, celui-ci ne vous est pas agréable ; permettez que je fasse entrer mes pages, qui ont quelques présens à faire à la compagnie. Dans le moment, la vieille frappa sur la table, et l'on vit entrer par les quatre fenêtres de la salle quatre enfans ailés qui étaient les plus beaux du monde. Ils portaient chacun une corbeille pleine de divers bijoux d'une richesse étonnante. Le roi Violent, ayant en même temps jeté les yeux sur la vieille, fut surpris de la voir changée en une dame si belle, et si richement parée, qu'elle éblouissait les yeux. Ah ! madame, dit-il à la fée, je vous reconnais pour la marchande de nèfles et de noisettes qui me mit fort en colère ; pardonnez au peu d'égard que j'ai eu pour vous, je n'avais pas l'honneur de vous connaître. Cela doit vous faire voir qu'il ne faut jamais manquer d'égard pour personne, reprit la fée. Mais mon prince, pour vous montrer que je n'ai point de rancune, je veux vous faire deux présens. Le premier est de ce gobelet ; il est fait d'un seul diamant, mais ce n'est pas ce qui le rend précieux : toutes les fois que vous serez tenté de vous mettre en colère, emplissez ce verre d'eau, et le buvez en trois fois, et vous sentirez la passion se calmer pour faire place à la raison. Si vous profitez de ce premier présent, vous vous rendrez digne du second. Je sais que vous aimez la princesse Blanche ; elle vous trouve fort aimable, mais elle craint vos emportemens, et ne vous épousera qu'à condition que vous ferez usage du gobelet. Violent, surpris de ce que la fée connaissait si bien ses défauts et ses inclinations, avoua qu'en effet il se croirait fort heureux d'épouser Blanche ; mais, ajouta-t-il, il me reste un obstacle à vaincre, quand même je serais assez heureux pour obtenir le consentement de Blanche, je me ferais toujours une peine de me remarier par la crainte de priver ma fille d'une couronne. Ce sentiment est beau, dit la fée, il se trouve peu de pères capables de sacrifier leurs inclinations au bonheur de leurs enfans ; mais que cela ne vous arrête point. Le roi Mogolan, qui était un de mes amis, vient de mourir sans enfans ; et par mon conseil, il a disposé de sa couronne en faveur de l'Eveillé. Il n'est pas né prince, mais il mérite de le devenir ; il aime la princesse Elise, elle est digne d'être la récompense de la fidélité de l'Evéillé ; et si son père y consent, je suis sûre qu'elle lui obéira sans répugnance. Elise rougit à ce discours : il est vrai qu'elle avait trouvé l'Eveillé fort aimable, et qu'elle avait écouté avec plaisir ce qu'on lui avait raconté de sa fidélité pour son maître. Madame, dit Violent, nous avons prit l'habitude de nous parler à cœur ouvert. J'estime l'Eveillé; et si l'usage ne me liait pas les mains, je n'aurais pas besoin de lui voir une couronne pour lui donner ma fille; mais les hommes, et surtout les rois, doivent respecter les usages reçus; et ce serait blesser ces usages que de donner ma fille à un simple gentilhomme, elle qui sort d'une des plus anciennes familles du monde; car vous savez bien que depuis trois cents ans nous occupons le trône. Mon prince, lui dit la fée, vous ignorez que la famille de l'Eveillé est tout aussi ancienne que la vôtre, puisque vous êtes parens, et que vous sortez de deux frères; encore l'Eveillé doit-il avoir le pas, car il est sorti de l'aîné, et votre père n'était que le cadet. Si vous voulez me prouver cela, dit le roi Violent, je jure de donner ma fille à l'Eveillé, quand même les sujets du feu roi de Mogolan refuseraient de le reconnaître pour maître. Rien de plus facile que de vous prouver l'ancienneté de la maison de l'Eveillé, dit la fée. Il sort d'Elisa, l'aîné des fils de Japhet, fils de Noé, qui s'établit dans le Péloponèse, et vous sortez du second fils de ce même Japhet. Il n'y eut personne qui n'eût beaucoup de peine à s'empêcher d'éclater de rire, en voyant que la fée se moquait si sérieusement de Violent. Pour lui, la colère commençait à s'emparer de ses sens, lorsque la princesse Blanche, qui était à côté de lui, présenta le gobelet de diamant: il le but en trois coups, comme la fée le lui avait commandé; et pendant cet intervalle, il pensa en lui-même qu'effectivement tous les hommes étaient réellement égaux dans leur naissance, puisqu'ils sortaient tous de Noé, et qu'il n'y avait de vraie différence entre eux que celle qu'ils y mettaient par leurs vertus. Ayant achevé de vider son verre, il dit à la fée: En vérité, madame, je vous ai beaucoup d'obligation, vous venez de me corriger de deux grands défauts, de mon entêtement sur ma noblesse, et de l'habitude de me mettre en colère. J'admire la vertu du gobelet dont vous m'avez fait présent; à mesure que je buvais, j'ai senti ma colère se calmer, et les réflexions qui j'ai faites dans l'intervalle des trois coups que j'ai bus, ont achevé de me rendre raisonnable. Je ne veux pas vous tromper, lui dit la fée; il n'y a aucune vertu dans le gobelet dont je vous ai fait présent, que vous trouvez si beau, et je veux apprendre à toute la compagnie en quoi consiste le sortilége de cette eau bue en trois coups. Un homme raisonnable ne se mettrait jamais en colère, si cette passion ne le surprenait pas, et lui laissait le temps de réfléchir: or, en se donnant la peine de faire remplir ce gobelet d'eau, en le buvant en trois fois, on prend du temps: les sens se calment, les réflexions viennent, et lorsque cette cérémonie est achevée, la raison a eu le temps de prendre le dessus sur la passion. En vérité, lui dit Violent, j'en ai plus appris aujourd'hui que pendant le reste de ma vie. Heureux Tity! vous deviendrez le plus grand prince du monde avec une telle protectrice; mais je vous conjure d'employer le pouvoir que vous avez sur l'esprit de madame à la faire souvenir qu'elle m'a promis d'être de mes amies. Je m'en souviens trop bien pour l'oublier, dit la fée, et je vous en ai déjà donné des preuves; je continuerai à le faire tant que vous serez docile, et j'espère que ce sera jusqu'à la fin de votre vie. Aujourd'hui ne pensons plus qu'à nous divertir, pour célébrer votre mariage et celui de la princesse Elise. En même temps on avertit Tity que les officiers qu'il avait chargés d'acheter toutes les terres et les maisons qui environnaient celle de Biby demandaient à lui parler. Il commanda qu'on les fit entrer, et ils lui montrèrent le dessin de l'ouvrage qu'ils voulaient faire en cette petite maison. Ils y avaient ajouté un grand jardin et en beau parc, qui aurait été parfait, s'ils eussent pu abattre une petite maison qui se trouvait au beau milieu d'une des allées de ce parc, et qui en gâtait la symétrie. Et pourquoi n'avezvous pas ôté cette bicoque? dit le roi Violent, en parlant aux officiers et aux architectes. Seigneur, lui répondirent-ils, notre roi nous avait défendu de faire de violence à personne; et il s'est trouvé un homme qui n'a jamais voulu vendre sa maison, quoique nous ayons offert de la lui payer quatre fois plus qu'elle ne vaut.

Si ce coquin-là était mon sujet, je le ferais pendre, dit Violent. Vous videriez votre gobelet auparavant, dit la fée. Je crois que le gobelet ne pourrait lui sauver la vie, répondit Violent; car enfin n'est-il pas horrible qu'un roi ne soit pas maître dans ses Etats, et qu'il soit contraint d'abandonner un ouvrage qu'il souhaite d'achever, par l'obstination d'un faquin qui devrait s'estimer trop heureux de faire sa fortune, en obligeant son maître, sans le forcer à le contraindre où à abandonner son dessein? Je ne ferai ni l'un ni l'autre, dit Tity en riant, et je prétends que cette maison soit le plus grand ornement de mon parc. Oh! je vous en défie, dit Violent; elle est tellement placée, qu'elle ne peut servir qu'à le gâter. Voici ce que je ferai, dit Tity; elle sera environnée d'une muraille assez haute pour empêcher cet homme d'entrer dans mon parc, mais pas assez pour lui en ôter la vue; car il ne serait pas juste de l'enfermer comme dans une prison; cette muraille continuera des deux côtés; et l'on y lira ces paroles écrites en lettres d'or: *Un roi qui fit bâtir ce parc aima mieux lui laisser ce défaut que de devenir injuste à l'égard d'un de ses sujets, en lui ravissant l'héritage de ses pères, sur lequel il n'avait d'autre droit que celui de la force.* Tout ce que je vois me confond, dit Violent; j'avoue que je n'avais pas même l'idée des vertus héroïques qui font les grands hommes. Oui, Tity, cette muraille fera l'ornement de votre parc, et la belle action que vous faites en l'élevant, sera l'ornement de votre vie. Mais, madame, d'où vient que Tity se porte naturellement aux grandes vertus dont je n'ai pas même l'idée, comme je vous l'ai dit! Grand roi, lui répondit la fée, Tity, élevé par des parens qui ne pouvaient pas le souffrir, a toujours été contredit depuis qu'il est au monde; il s'est accoutumé par conséquent à soumettre sa volonté à celle d'autrui dans toutes les choses indifférentes. Comme il n'avait aucun pouvoir dans le royaume pendant la vie de son père, qu'il ne pouvait accorder aucune grâce, qu'on savait que le roi avait envie de le déshériter, les flatteurs n'ont pas daigné le gâter, parce qu'ils ne croyaient pas avoir rien à craindre ni à espérer de lui: ils l'ont abandonné aux honnêtes gens que le seul devoir attachait à sa personne ; et dans leur compagnie, il a appris qu'un roi, qui est maître absolu de faire du bien, doit avoir les mains liées lorsqu'il est question de faire du mal ; qu'il commande à des hommes libres, et non à des esclaves; que les peuples ne se sont soumis à leurs égaux, en leur donnant la couronne, que pour se donner des pères, des protecteurs aux lois, un refuge aux pauvres et aux opprimés. Vous n'avez jamais entendu ces grandes vérités; devenu roi dès l'âge de douze ans, les gouverneurs, à qui l'on a confié votre éducation n'ont pensé qu'à faire leur fortune en gagnant vos bonnes grâces. Ils ont appelé votre orgueil, *noble fierté* ; vos emportemens, *des vivacités excusables* ; en un mot, ils ont fait, jusqu'à ce jour, votre malheur et le malheur de vos propres sujets, que vous avez regardés et traités en esclaves, parce que vous pensiez qu'ils n'étaient au monde que pour servir à vos caprices ; au lieu que, dans la vérité, vous n'y êtes que pour servir à les protéger et à les défendre. Violent convint des vérités que lui disait la fée : instruit de ses devoirs, il s'appliqua à se vaincre pour les remplir ; et il fut encouragé dans ses bonnes résolutions par l'exemple de Tity et de l'Eveillé, qui conservèrent sur le trône les vertus qu'ils y avaient apportées.

LADI SPIRITUELLE.

Ma Bonne, voilà le plus joli conte que j'aie entendu de ma vie ; il me fait souvenir d'une petite histoire que j'ai lue quelque part, et que je raconterai à ces dames, si vous voulez me le permettre.

MADEMOISELLE BONNE.

Volontiers, ma chère.

LADI SPIRITUELLE.

Il y avait une femme d'une basse condition, qui était la plus malheureuse personne du monde : elle avait un mari qui la battait tous les jours, jusqu'à la rendre malade. Elle fut trouver une vieille femme de ses voisines, qui passait pour avoir beaucoup de science ;

quelques-uns même disaient qu'elle était sorcière, parce qu'elle venait a bout de tout ce qu'elle entreprenait. La vérité est que cette femme, ayant beaucoup de prudence, s'attachait à connaître les caractères des personnes avec lesquelles elle vivait, leur faisait faire tout ce qu'elle voulait, et prévoyait tout ce qu'elles avaient envie de faire. La bonne femme écouta les plaintes de sa voisine, et comme elle la connaissait aussi bien que son mari, elle lui dit qu'elle voulait employer sa science pour lui rendre service. Elle fut cherche une grande cruche pleine d'eau, la mit sur une table, fit trois tours en disant quelques paroles latines; puis elle mit deux grains de sel dans cette eau, et en ayant rempli une bouteille, elle dit à sa voisine : Gardez cette eau bien soigneusement; et toutes les fois que vous verrez votre mari prêt à se fâcher, emplissez votre bouche de cette eau; tant que vous l'aurez dans la bouche, je vous promets que votre mari ne vous battra pas. La femme remercia beaucoup sa voisine, et ne manqua pas de faire ce qu'elle lui avait commandé. Elle ne douta plus que cette vieille ne fût véritablement sorcière; car, pendant huit jours que son eau dura, son mari ne la battit pas une seule fois. Elle fut fort affligée quand elle vit sa bouteille vide, et retourna chez la vieille pour la prier de la remplir. Vous n'en avez pas besoin, lui dit cette femme; cette eau est de l'eau de la rivière, sur laquelle j'ai dit des paroles qui ne signifiaient rien. Mais pourtant, dit la jeune femme, cette eau a eu la vertu d'empêcher mon mari de me battre. Parce qu'elle vous a empêché de répondre à votre mari, dit la vieille : car vous ne pouviez parler tout le temps que vous en aviez dans la boucho : retournez à votre maison, et quand vous verrez votre mari qui aura trop bu, ou qui sera de mauvaise humeur, au lieu de l'obstiner et de lui dire des injures, gardez le silence, comme si votre bouche était pleine d'eau, et vous verrez que sa colère passera. La jeune femme suivit le conseil de la vieille, et elle s'en trouva bien; car son mari, n'étant plus contredit mal à propos, perdit l'habitude de se mettre en colère, et vécut toujours bien avec sa femme, qu'il aima beaucoup, aussitôt qu'elle fut devenue douce et patiente.

MADEMOISELLE BONNE.

Votre histoire est fort jolie, ma chère; j'ai envie de donner une bouteille d'eau à ladi Charlotte. Vous en auriez grand besoin, n'est-ce pas? ma chère.

LADI CHARLOTTE.

Oui, ma Bonne. Je vous assure pourtant que je ne suis plus si méchante, et je me corrige un peu tous les jours.

MADEMOISELLE BONNE.

Si vous continuez, vous deviendrez bonne tout-à-fait. Parlons maintenant de la géographie, mais; avant d'examiner la situation de la France, je veux vous dire un mot de ce qu'elle était avant de porter ce nom.

Autrefois on nommait ce pays les Gaules. Il était habité par des peuples extrêmement forts et robustes, et qui avaient un courage féroce qui les fit regarder long-temps comme invincibles. Ces peuples, s'étant multipliés, cherchèrent à s'établir dans d'autres pays, parce que les Gaules, quelque grandes quelles fussent, étaient devenues trop petites pour les contenir. Une grande armée de Gaulois passa dans l'Italie, et demanda honnêtement un pays qui n'était point cultivé pour s'y établir. On le leur refusa, et on commit même une injustice à leur égard; aussi leur chef, nommé Brennus, après avoir demandé justice aux Romains, qui la lui refusèrent, mena son armée vers Rome, qu'on avait abandonnée. Ils brûlèrent ensuite cette ville mais ayant été attaqués par un nommé Camille, au moment qu'ils pensaient avoir fait la paix, ils furent défaits et mis en pièces. Ces Gaulois, qui brûlèrent la ville de Rome, sortaient de la ville de Sens, que je vais vous montrer sur la carte........ Dans d'autres temps, les Gaulois envoyèrent encore des armées, ou dans la Grèce, ou dans l'Italie; mais elles furent presque toujours défaites, après avoir remporté de grandes victoires, et pillé les lieux où elles avaient passé. Enfin les Gaules furent soumises par Jules-César, qui fut dix ans entiers à faire la guerre aux Gaulois. Je vous ai fait remarquer, en parlant de l'Angleterre, que, la force des Romains diminuant de plus en plus, ils ne furent pas en état de conserver leurs conquêtes, qui leur furent enlevées par des nations qui profitèrent de leur faiblesse. Un peuple, qu'on appelait les Visigotsh, leur prit le Languedoc et une partie de la Provence, que vous voyez au sud de la France... Un autre peuple, qu'on nommait les Bourguignons, leur enleva ce pays que vous voyez, et qu'on appelle aujourd'hui la Bourgogne et le Dauphiné. Enfin les Francs, qui demeuraient de l'autre côté du Rhin, dans la Germanie, vinrent faire des courses dans les Gaules pour les piller, et à la fin ils s'y établirent sous un prince nommé Clovis, qui vint à bout de chasser le reste des Romains qui y étaient encore. Clovis fit par la suite un accommodement avec un autre peuple, qui, du consentement des Romains, s'était établi dans les Gaules; c'étaient les Anglais, comme nous l'avons vu en parlant de l'Angleterre. Ils habitaient la Bretagne, dont Clovis leur laissa une partie; mais ce fut à condition que leurs princes ne prendraient plus la qualité de rois : depuis ce temps on les nomma *comtes*. Ladi Sensée va me répéter en abrégé ce que j'ai dit de la France.

LADI SENSÉE.

Ce pays autrefois s'appelait Gaules. Il fut soumis per Jules-César. Les Visigoths et les Bourguignons s'y établirent en enlevant plusieurs provinces aux Romains, et fondèrent dans les Gaules deux royaumes qu'on nommait le royaume des Bourguignons et celui des Visigoths. Il y avait un troisième royaume dans les Gaules, qu'on nommait Bretagne, et il avait été fondé par les Anglais. Enfin Clovis, roi des Français, ayant chassé des Gaules ce qui y restait de Romains, y fonda le grand empire qu'on a depuis nommé France.

MADEMOISELLE BONNE.

On ne peut pas mieux dire, ma chère. Allons, ladi Mary, répétez votre histoire.

LADI MARY.

Un homme, nommé Elimelec, fut demeurer dans

le pays des Moabites, avec sa femme Noémi, et deux de ses fils qui épousèrent deux filles de Moab. Ils avaient quitté leur contrée, parce qu'il y avait une grande famine. Ils demeurèrent dix ans dans Moab; et pendant ce temps, le père et les deux fils moururent. Noémi resta donc seule avec ses deux belles-filles, et eut envie de retourner dans son pays. Elle dit aux veuves de ses fils : Retournez dans la maison de vos pères; je prie Dieu qu'il vous bénisse, parce que vous avez bien vécu avec mes fils; et ensuite avec moi : Dieu vous en récompensera en vous donnant d'autres maris. Une de ses belles-filles lui dit adieu en pleurant, et retourna chez son père; mais l'autre, qui se nommait Ruth, lui dit : Je ne vous quitterai point; votre Dieu sera mon Dieu, et votre peuple sera mon peuple; la mort seule me séparera de vous. Ruth partit donc avec sa belle-mère, et vint à Bethléem, qui était le pays de Noémi; et tout le monde admirait la vertu de cette jeune femme qui avait renoncé à tout pour suivre sa belle-mère qui était fort pauvre. Comme c'était dans le temps de la moisson, Ruth dit à Noémi : Permettez qui j'aille glaner, cela nous donnera moyen de vivre. Sa belle-mère y ayant consenti, elle fut dans le champ d'un homme vieux et riche, qui se nommait Booz, et qui était parent du père de son mari. Booz étant venu voir ses moissonneurs, et ayant appris que cette jeune femme était la Moabite dont on admirait le bon cœur, lui dit : Dieu vous bénisse, ma chère fille : il vous récompensera, j'en suis sûr; ne sortez point de mon champ; vous glanerez avec mes filles, et vous mangerez avec nous. Ensuite Booz commanda à ses serviteurs de respecter Ruth, et de laisser tomber, comme par hasard, beaucoup de blé dans l'endroit où elle glanerait; en sorte qu'elle en ramassa une grande quantité qu'elle porta à sa belle-mère. Noémi, charmée de sa sagesse, de l'obéissance et de l'affection de Ruth, lui dit : Mon enfant, je veux récompenser ton amitié, et te donner moyen de faire ta fortune : Booz est notre parent, et il doit t'épouser; va donc ce soir dans la grange où il couchera, couche-toi à ses pieds, et il te dira ce qu'il faudra faire. Ruth obéit à sa belle-mère ; et Booz, s'étant éveillé à minuit, fut surpris de voir une femme couchée à ses pieds. Ruth lui dit : Monseigneur, vous savez que je suis votre parente, et que, selon la loi, vous devez m'épouser. Booz lui dit : En vérité, ma fille, tu montres que tu es bien sage, car tu n'as pas choisi un mari parmi les jeunes gens, mais tu as choisi un vieillard. Il est vrai que je suis ton parent, mais il y a un autre homme qui est plus proche parent que moi ; s'il refuse de t'épouser comme la loi l'ordonne, je te prendrai pour ma femme, car tout le monde sait que tu as de la vertu. Le lendemain, Booz s'assit devant la porte de la ville, et, ayant pris dix témoins parmi les anciens du peuple, il dit à cet homme qui était plus proche parent que lui : Noémi veut vendre la part de l'héritage de son mari ; vois si tu veux l'acheter et épouser Ruth pour donner des enfans à ton parent qui est mort. Cet homme lui répondit : Je renonce à l'héritage et à la femme ; prends-la pour toi. En même temps il ôta son soulier selon la coutume, car c'était une marque qu'il renonçait à l'héritage du défunt. Booz prit le soulier et épousa Ruth ; et tout le monde disait : Soyez heureux avec cette femme, et Dieu la bénisse comme il a fait de Rachel et de Lia. Dieu écouta les prières du peuple, car Ruth eut un fils qui fut nommé Obed, et qui a été grand-père de David. Noémi reçut cet enfant dans son sein, qui la consola de tous ses malheurs, et qui lui tint lieu de mari et des deux fils qu'elle avait perdus.

MISS MOLLY.

Mon Dieu, ma Bonne, que cette histoire est touchante ! J'ai eu envie de pleurer en l'écoutant.

MADEMOISELLE BONNE.

Et moi, ma chère, j'ai pleuré tout-à-fait. J'admire le bon cœur de Ruth pour sa belle-mère, sa sagesse, son obéissance ; j'admire le bon cœur de Booz, qui veut lui faire du bien comme par hasard, et sans qu'elle soit obligée de le remercier. Remarquez bien cela, mes enfans; ce n'est pas assez d'aimer à faire du bien, il faut encore apprendre à le faire. Il y a des gens qui assistent les pauvres, mais qui le font d'une manière si dure, qu'ils les font mourir de honte au lieu de les soulager. Un honnête homme est devenu pauvre; si vous allez lui dire: Apparemment que vous avez perdu votre bien par votre mauvaise conduite; je veux bien pourtant vous empêcher de mourir de faim, et je vous ferai l'aumône : voyez-vous, mes enfans, cet homme-là souffrira davantage en recevant votre bienfait qu'il n'eût souffert par la faim. Vous rendez service à un ami, mais vous lui faites valoir ce service; vous lui en parlez sans cesse; vous dites à tout le monde que cet homme vous a beaucoup d'obligation; et moi je pense qu'il ne vous en a guère. Quand on rend un service, il faut tâcher que celui à qui on le rend ne le sache pas, ne lui en jamais parler, tâcher de le lui rendre comme par hasard; et s'il découvre que vous avez voulu l'obliger, lui faire voir que vous avez eu plus de plaisir en lui rendant ce service qu'il n'en a eu à le recevoir. Ladi Charlotte, dites-nous votre histoire.

LADI CHARLOTTE.

Il y avait un homme, nommé Elkana, qui avait deux femmes. Une d'elles, nommée Anne, n'avait point d'enfans, et l'autre femme la méprisait à cause de cela. Un jour Anne fut au temple pour demander au Seigneur de finir sa peine, et elle lui dit : Si tu me donnes un fils, ô mon Seigneur, je le consacrerai à ton service. Comme Anne priait avec ardeur, son visage était tout en feu; et le grand-prêtre Héli crut qu'elle avait trop bu, et lui dit de sortir. Anne, au lieu de se mettre en colère de ce qu'on la croyait une ivrognesse, dit au grand-prêtre : Seigneur, je ne suis pas ivre; je suis une pauvre femme affligée, qui viens demander du secours au Seigneur : s'il m'accorde un fils, le rasoir ne passera point sur sa tête, et je le consacrerai à mon Dieu. Que le Seigneur t'accorde ta demande, reprit le grand-prêtre! Anne se releva pleine d'espérance, et le Seigneur lui accorda la grâce qu'elle lui avait demandée. Elle eut un fils qu'on nomma Samuel; et, lorsqu'il fut sevré, Anne le mena au grand-prêtre, et

-ui dit : Seigneur, vous voyez cette femme qui était si affligée. Dieu m'a consolée ; c'est pourquoi je vous amène mon fils, afin qu'il serve le Seigneur dans son temple. Le grand-prêtre bénit Anne et son mari, en disant : Que le Seigneur vous envoie d'autres enfans pour celui que vous lui donnez. Anne eut donc encore trois fils et deux filles. Une nuit que le jeune Samuël dormait au pied de l'arche du Seigneur, une voix l'appela. Il crut que c'était le grand-prêtre Héli, et, s'étant levé, il fut demander ce qu'il lui voulait. Je ne vous ai point appelé, mon fils, lui dit Héli, allez vous recoucher. La même chose étant arrivée trois fois de suite, Héli comprit que c'était Dieu qui appelait Samuel, et lui dit : Si l'on t'appelle encore une fois, tu répondras : Parle, Seigneur, ton serviteur t'écoute. Samuel fit ce qu'Héli lui avait commandé, et Dieu lui dit : Héli a négligé de corriger ses enfans ; c'est pourquoi je lui ai annoncé qu'aucun d'eux ne parviendrait jusqu'à la vieillesse, car ce sont des méchans, et il s'est contenté de les reprendre sans les punir sévèrement comme il le devait. Samuel aurait bien voulu taire cette vision au grand-prêtre ; mais Héli lui ayant commandé de lui dire la vérité, Samuel lui raconta ce que le Seigneur lui avait dit, et Héli répondit : Que la volonté de Dieu s'accomplisse. Depuis ce temps, le Seigneur fut avec Samuel, qui demeurait en Silo, et tout le peuple reconnut qu'il était un prophète.

LADI SENSÉE.

Plus nous avançons dans l'histoire de la sainte Ecriture, plus je la trouve belle. Il me paraît qu'Héli était un honnête homme ; c'est bien dommage qu'il eût des enfans méchans.

MADEMOISELLE BONNE.

C'était sa faute, ma chère, autrement Dieu ne l'a lui aurait pas reprochée. Il s'était contenté de les reprendre, et cela dans le temps qu'ils commettaient de grands crimes qui méritaient des châtimens plus sévères. Combien de pères et de mères qui seront malheureux pour n'avoir pas puni leurs enfans ! Vous voyez, mesdames, qu'il ne faut pas se fâcher contre vos parens et vos maîtres quand ils vous corrigent : ils y sont obligés, et Dieu les punirait bien sévèrement s'ils ne le faisaient pas, comme vous verrez qu'il punit Héli.

MISS MOLLY.

Dieu menaça les enfans d'Héli de les faire périr avant qu'ils devinssent vieux. C'est donc une punition de Dieu quand on meurt jeune ?

MADEMOISELLE BONNE.

Souvent, ma chère ; mais il arrive souvent aussi que la mort dans la jeunesse est un effet de la bonté de Dieu. Il enlève les enfans de ce monde avant qu'ils aient commis de grands péchés, s'il prévoit qu'ils en doivent commettre et devenir méchans. Quelquefois aussi il y a des jeunes gens si vertueux, qu'ils sont mûrs pour le ciel dès leurs premières années. Je lisais l'autre jour qu'un prince qui devait être roi de Navarre mourut à seize ans ; et on croyait qu'il avait été empoisonné en jouant de la flûte. C'était le plus beau jeune homme qu'on pût voir, et, à cause de sa beauté, on l'avait surnommé Phébus ; mais il avait beaucoup de vertu ; car, au lieu de murmurer de ce qu'il mourait si jeune, il dit à ceux qui pleuraient auprès de son lit ces belles paroles : « Mon royaume n'est pas de ce monde ; ne » pleurez pas, je vais à mon père. » Vous voyez bien mes enfans, que la mort de cet aimable prince était la récompense de sa piété. Dieu se hâtait de le couronner dans sa gloire. Il est bien tard ; adieu, mes enfans, continuez à être bien sages et à bien apprendre.

23e DIALOGUE.

VINGT-UNIÈME JOURNÉE.

Il y a une nouvelle écolière à cette leçon, qu'on nomme ladi Tempête, *âgée de* 12 *ans.*

LADI SENSÉE.

Ma Bonne veut bien, mesdames, que je vous répète une petite histoire que nous avons lue hier au soir ; je vais donc vous la répéter.

Il y avait une femme qui était bien méchante, elle ne pouvait garder aucun domestique ; elle battait ses enfans et elle les rendait si malheureux, qu'elle les fit mourir de chagrin, aussi bien que son mari. Quoique cette femme fût encore jeune, et qu'elle fût très-riche, personne ne se présentait pour l'épouser, tant elle était haïe. A la fin, un gentilhomme du voisinage eut le malheur d'en devenir amoureux, et il la demanda en mariage. Comme c'était un fort honnête homme, tout le monde le plaignit, et un de ses amis lui représenta qu'il allait faire la plus grande sottise du monde en épousant cette furie, qui le ferait mourir de chagrin. Ne vous embarrassez de rien, lui répondit le gentilhomme ; avant qu'il soit un mois, je veux rendre cette femme douce comme un mouton. Le mariage se fit dans le château de la dame, à quatre heures du matin, et au sortir de la chapelle, elle voulut monter à sa chambre pour faire sa toilette, car elle attendait une grande compagnie qu'elle avait priée à dîner. Elle fut fort surprise, lorsque son mari lui dit qu'il n'était pas nécessaire qu'elle s'habillât, parce qu'il était résolu de la mener dîner à sa terre qui était à quatre lieues de là. En vérité, monsieur, lui dit sa femme, je crois que vous êtes devenu fou ; avez-vous oublié que nous attendons compagnie? Je n'ai point de compte à vous rendre de mes actions, lui répondit le marié : accoutumez-vous à m'obéir sans raisonner, madame ; car je suis si brutal, que vous auriez sujet de vous repentir de votre résistance ; montez donc à cheval tout à l'heure. Cette femme furieuse dit à son mari qu'il pouvait partir tout seul, mais qu'assurément elle ne sortirait pas. Le gentilhomme, sans s'émouvoir, appela quatre grands laquais, qu'il avait amenés avec lui, et leur dit : Si madame ne monte pas à cheval de bonne grâce, prenez-la de force, et la liez sur le cheval. Cette femme outrée, voyant qu'elle n'était pas la plus forte, monta sur son cheval en vomissant mille injures contre son mari, qui ne faisait pas semblant de l'entendre. Pendant ce temps, une chienne, qu'il aimait beaucoup, vint le caresser : Retire-toi, lui dit-il, je ne suis pas d'humeur de recevoir tes caresses. Cette pauvre chienne, qui ne l'entendait pas, revint une seconde fois pour le caresser : oh! lui dit-il, je n'aime point qu'on s'obstine ; et ayant pris un pistolet qui était à l'arçon de la selle, il brûla la cervelle à cette pauvre bête. A ce spectacle, la dame effrayée cessa de lui dire des injures : Ce brutal-là, dit-elle en elle-même, pourrait bien me traiter comme sa chienne. Ils firent trois lieues de chemin sans dire un seul mot ; mais le cheval de la femme ayant refusé de passer auprès d'un arbre qui lui faisait peur, son mari lui commanda de descendre, puis il dit au cheval : Je t'apprendrai à obéir ; prenant son pistolet, il lui cassa la tête avec le plus grand sang-froid du monde. Mon Dieu, ayez pitié de moi, disait tout bas la femme ; que vais-je devenir seule avec cet enragé, il me tuera au premier moment. J'ai changé de pensée, lui dit le gentilhomme, retournons au château, je ferai marcher mon cheval au petit pas, afin que vous puissiez me suivre : mais comme je ne veux pas perdre la selle du cheval que j'ai tué, vous aurez la bonté de la porter sur vos épaules. Cette femme plus morte que vive, prit la selle, sans oser dire un seul mot, et arriva à son château, suant à grosses gouttes. Pendant son absence, on avait donné congé à tous ses domestiques, et elle en trouva d'autres qu'elle ne connaissait pas et qui avaient une mine si terrible, qu'ils la faisaient trembler, elle eût bien voulu s'enfuir, mais il n'y avait pas moyen d'y penser. Son mari la fit dîner et souper sans qu'elle eût appétit; elle crut être morte quand il lui dit qu'elle pouvait monter dans sa chambre, parce qu'il voulait se coucher, car en même temps il prit ses pistolets. En entrant dans cette chambre, qu'elle regardait comme devant être son tombeau, il s'assit dans un fauteuil, et lui commanda de le déchausser. Elle obéit en silence; ensuite son mari lui ayant dit de s'asseoir dans le même fauteuil, la déchaussa à son tour : il est bien juste, lui dit-il, que je vous rende le même service que j'ai reçu de vous, car telle est mon humeur, je traite les gens comme ils me traitent; c'est à vous à prendre vos mesures là-dessus. Pour une brutalité que vous me ferez, je vous en rendrai quatre; mais aussi vous n'aurez pas pour moi la moindre complaisance que je ne vous la rende avec usure, c'est-à-dire beaucoup plus grande. Votre conduite règlera donc la mienne, il ne tiendra qu'à vous d'être la plus heureuse de toutes les femmes avec moi; mais souvenez-vous bien que si vous vouliez faire le diable avec moi comme vous l'avez fait avec le défunt, vous trouveriez en moi un diable cent fois plus méchant que vous. Cela suffit, monsieur, lui dit la femme; tenez votre parole, je suis contente : si mes manières doivent régler les vôtres, comme je reconnais que cela est juste, je ne vous reverrai jamais tel que je vous ai vu aujourd'hui. Effectivement, cette femme fit de sérieuses réflexions sur sa conduite passée; et fermement persuadée qu'elle avait trouvé plus méchant qu'elle, elle se détermina à se corriger, et elle y réussit au grand étonnement de tout le monde; en sorte qu'il n'y eut jamais un mariage plus heureux.

MADEMOISELLE BONNE.

Avouez, mesdames, que ce gentilhomme avait pris un bon parti. Vous voyez, par exemple, combien je suis douce envers vous; je ne vous ai jamais grondées; je puis pourtant vous assurer que si j'avais trouvé parmi vous une écolière qui ressemblât à cette dame, j'aurais pris le même parti que ce gentilhomme; car il n'y a pas d'autre moyen de ranger celles qui ne veulent pas se corriger par la douceur. S'il plaît à Dieu, je n'aurai jamais besoin d'en venir aux extrémités : vous êtes toutes bonnes et dociles; j'espère que ladi Tempête qui vient passer quelques mois avec sa cousine ladi Sensée, suivra vos bons exemples, et que nous serons toujours bonnes amies.

LADI TEMPETE.

Je l'espère, mademoiselle.

MADEMOISELLE BONNE.

Appelez-moi votre Bonne comme les autres, ma chère; venez m'embrasser, et ne soyez point timide avec moi; car, comme je vous l'ai dit, je veux être votre bonne amie; je suis celle de toutes ces dames : elles font tout ce que je veux, je ne cherche qu'à leur faire plaisir : demandez à ladi Charlotte, qui était autrefois méchante comme un petit démon, et qui est devenue si bonne fille, qu'elle est ma favorite aujourd'hui.

LADI SENSEE.

Ma Bonne, si vous aimez mieux ladi Charlotte qu moi, je serai jalouse.

MADEMOISELLE BONNE.

Je vous aime toutes de tout mon cœur, mesdames; il est vrai que j'ai un grand faible pour celles qui étaient un peu dragons, quand je suis venue à bout de les vaincre.

LADI TEMPÊTE.

Je pourrai donc devenir votre favorite ?

MADEMOISELLE BONNE.

Comment, ma chère, seriez-vous un peu dragon ?

LADI TEMPÊTE.

Je suis sûre que maman vous l'a dit, et que c'est à

cause de moi que vous avez fait répéter à ladi Sensée l'histoire de cette méchante femme.

MADEMOISELLE BONNE.

Tenez, ma chère, je ne veux pas vous tromper; vous l'avez deviné. Mais, pourvu que vous ayez de la bonne volonté, je ne m'effraie point de vos défauts, nous les corrigerons. Soyez bien attentive à la leçon, ma chère; peut-être trouverons-nous quelque chose dans ce qui va être répété qui vous encouragera à devenir bonne fille. Ladi Spirituelle, vous avez lu l'histoire de France; dites-nous combien il y a eu de différentes maisons sur le trône depuis l'établissement de la monarchie.

LADI SPIRITUELLE.

Il est vrai ma Bonne, que j'ai lu l'histoire de France; mais je l'ai lue si vite, que je ne me souviens pas d'un mot : quand j'ai des livres, je suis comme un gourmand qui est devant une bonne table; je voudrais les lire tous en une fois.

MADEMOISELLE BONNE

Et comme le gourmand n'engraisse pas toujours, et qu'au contraire il a souvent des indigestions, vous vous donnez des indigestions de lecture qui ne vous rendent pas plus savante : il faut vous corriger de ce défaut, ma chère. Ladi Sensée lit moins que vous, mais elle tire plus de profit de ses lectures; elle va répondre à la question que je vous ai faite.

LADI SENSEE.

Il y a eu en France trois maisons ou trois races : on nomme la première la race des Mérovingiens, à cause d'un des aïeux de Clovis qui, se nommait Mérovée, et qui avait fait quelques courses dans les Gaules, sans s'y être établi. La seconde race est celle des Carlovingiens; on la nomme ainsi à cause de Charlemagne, quoique ce soit son père Pepin qui ait fait entrer la couronne dans sa maison; et la troisième race est celle des Capétiens, qui a commencé sous Hugues Capet.

MADEMOISELLE BONNE.

Retenez bien ceci, mesdames. Voyons maintenant comment nous partagerons la France.

On trouve au nord de la France la Flandre, l'Artois, la Picardie, la Normandie, l'Ile de France, la Champagne, la Lorraine et l'Alsace. Retenez bien ces provinces, mes enfans: la première fois, je vous dirai ce qu'il y a de particulier dans chacune de ces provinces. Miss Molly, dites-nous présentement votre histoire.

MISS MOLLY.

Les Philistins, ayant déclaré la guerre aux Israélites, les battirent. Ces derniers firent venir l'arche du Seigneur dans leur camp : mais, comme ils étaient méchans, Dieu ne les assista point : ils furent défaits : l'arche du Seigneur fut prise par les Philistins, et les deux fils du grand-prêtre Héli furent tués. Les Philistins firent porter l'arche dans le temple de leur faux dieu Dagon. Mais le matin ils trouvèrent que l'idole de Dagon était tombée, la face contre terre, devant l'arche. Ils la relevèrent, et le lendemain ils la trouvèrent encore contre terre ; mais ses pieds et ses mains, qui étaient coupés, étaient sur le pas de la porte. Depuis ils furent affligés de toutes sortes de maladies à cause de l'arche; ils la promenaient de ville en ville, et partout où elle entrait, les hommes tombaient malades. Après avoir gardé l'arche pendant sept mois, ils la mirent sur un chariot, auquel ils attelèrent deux vaches qui avaient de jeunes veaux, et qui n'avaient jamais été attelées. Ces vaches, au lieu de retourner à leur écurie, prirent le chemin du pays des Israélites. Les Philistins avaient aussi mis sur le chariot des présens pour apaiser la colère du Seigneur. Les vaches s'arrêtèrent dans un lieu où les Bethsamites faisaient la moisson. Ils jetèrent des cris de joie quand ils virent l'arche ; mais, l'ayant examinée furieusement et sans respect, Dieu en fit mourir un grand nombre. On porta l'arche dans une maison où elle demeura vingt ans, et après ce temps, les Israélites se repentirent de leurs péchés; ils jetèrent hors de leurs maisons les idoles qu'ils avaient adorées.

Le prophète Samuel ayant prié pour eux, ils obtinrent miséricorde. Depuis ce moment ils furent toujours victorieux des Philistins, et Samuel les jugeait au nom du Seigneur. Samuel étant devenu vieux, ses enfans jugèrent le peuple à sa place; mais ils ne ressemblaient point à leur père, car ils étaient méchans, et prenaient de l'argent pour condamner les innocens et pardonner aux coupables. Les Israélites dirent à Samuel: Donnez-nous un roi pour nous gouverner comme les autres nations. Cette demande affligea Samuel; mais le Seigneur lui dit: Ce n'est pas toi que le peuple a rejeté, c'est moi; explique-leur à quoi ils s'engagent en demandant un roi, et ensuite donne-leur en un. Il prendra ses fils pour les faire courir devant son chariot. Il obligera leurs filles à être ses cuisinières et ses servantes. Il prendra la dixième partie de leurs biens, leurs champs et leurs vignes, pour les donner à ses serviteurs. Alors ils crieront vers moi, qui suis le Seigneur, contre le roi qu'ils auront choisi, mais je ne les écouterai pas. Samuel représenta toutes ces choses aux Israélites; mais comme ils s'obstinèrent à demander un roi, Dieu dit à Samuel de préparer un sacrifice, et qu'il lui enverrait celui qu'il avait choisi. Il y avait un homme de la tribu de Benjamin, nommé Saül, qui était beau de visage, et plus grand que tous les jeunes gens de son âge. Le père de Saül, ayant perdu ses ânesses, commanda à son fils de les aller chercher, et il courut fort loin avec son serviteur pour les trouver. Après avoir cherché long-temps, son serviteur lui dit: Allons consulter Samuel, qui est l'homme de Dieu. Et Samuel, ayant invité Saül à souper, lui fit donner la meilleure part, et le mena ensuite sur le haut de la maison; là il répandit sur lui une fiole d'huile, et lui dit que Dieu l'avait choisi pour gouverner son peuple. Et comme Saül lui répondit qu'il était de la dernière des tribus du peuple, Samuel lui donna plusieurs signes pour lui prouver son élection, et lui dit, entre autres choses: Vous rencontrerez au sortir d'ici une troupe de prophètes; vous vous mêlerez avec eux, et vous prophétiserez; ensuite vous m'attendrez pendant sept jours pour offrir un sacrifice au Seigneur. Saül, étant sorti, rencontra les prophètes, et l'esprit de Dieu l'ayant rempli, il devint un autre homme. Ceux qui le connaissaient furent tout étonnés de l'entendre prophétiser, en disant : *Saül entre les prophètes!* ce qui a passé en proverbe. Cependant, Samuel ayant assemblé le peuple, on tira au sort, et il tomba sur Saül, qu'on eut bien de la peine à trouver, car il s'était caché.

LADI CHARLOTTE.

Je vous prie, ma Bonne, pourquoi Saül se cachait-il pour ne pas être roi? tous les hommes souhaitent de l'être.

MADEMOISELLE BONNE

Ce sont des aveugles qui ne connaissent ni les périls ni les devoirs de la royauté. Il s'est trouvé des hommes parmi les païens qui ont fait comme Saül, et on a eu beaucoup de peine à les déterminer à recevoir la couronne. Un roi est l'homme chargé du bonheur du peuple, auquel il doit sacrifier toutes ses inclinations et tous ses plaisirs. Un bon roi n'en doit point avoir d'autres ; mais il est d'autant plus malheureux, qu'il ne fait pas tout le bien qu'il souhaiterait de faire, et qu'on se sert de son nom pour faire souvent beaucoup de mal. Un homme sensé doit donc trembler en devenant roi, comme fit Saül. Continuez ladi Charlotte.

LADI CHARLOTTE.

Saül régna paisiblement pendant deux ans; mais son fils Jonathas ayant attaqué les Philistins, ils assemblèrent une armée innombrable contre les Israélites. Le plus grand nombre, effrayé, se cacha, et les autres s'assemblèrent auprès de Saül. Or Samuel avait dit à Saül : Vous m'attendrez pour sacrifier au Seigneur. Saül attendit sept jours; mais, voyant que Samuel ne venait point, que ses soldats désertaient, il offrit seul le sacrifice. A peine fut-il achevé, que Samuel arriva, qui dit à Saül : Si vous eussiez obéi à ce que le Seigneur vous a commandé par ma bouche, la couronne serait restée dans votre famille ; mais parce que vous avez désobéi, le Seigneur vous rejette et a choisi un autre roi, qui sera selon son cœur. Cette parole affligea Saül, qui se prépara pourtant à combattre les Philistins.

LADI SPIRITUELLE.

Mais, ma Bonne, Saül avait attendu Samuel pendant sept jours ; il avait, ce me semble, une bonne raison d'offrir le sacrifice, puisque tous ses soldats s'en allaient : qu'aurait-il fait tout seul contre les Philistins ?

MADEMOISELLE BONNE.

Le Seigneur, auquel il aurait obéi, aurait été avec lui, ma chère ; et son secours vaut mieux que des millions de soldats. Quand Dieu commande, ce n'est pas à nous de raisonner. Il faut seulement nous soumettre. Saül désobéit, parce qu'il perdit la confiance en Dieu ; il douta de sa puissance et de la vérité de ses promesses, lui qui avait reçu tant de preuves de sa divine protection, n'était-ce pas une grande ingratitude de sa part ? Continuez cette histoire, miss Molly.

MISS MOLLY.

Les Philistins avaient leur camp proche de celui des Israélites, et Jonathas, plein de confiance en Dieu, quand il demanda du secours, fut dans leur camp suivi d'un seul homme : il tua vingt Philistins, et Dieu les frappa d'une telle crainte, qu'ils s'entretuaient ou jetaient leurs armes pour fuir plus vite. Saül les poursuivit, et dit : Maudit soit celui qui mangera avant que j'aie fini de vaincre mes ennemis. Le peuple était fort fatigué, et avait une grande faim : mais quoiqu'il pa sât dans un bois où il y avait beaucoup de miel, pe sonne n'osa y toucher. Jonathas, qui ne savait pas les paroles que son père avait dites, se trouva mal de besoin de manger, et prit un rayon de miel au bout de sa baguette : ce petit secours le fortifia. Quelqu'un lui ayant dit le serment que son père avait fait, il le blâma. Cependant, après la victoire, Saül consulta Dieu pour savoir s'il devait encore combattre les Philistins ; mais le Seigneur ne lui répondant point, il connut par-là que quelqu'un avait manqué au serment qu'il avait fait. Il tira au sort pour connaître le coupable, et le sort tomba sur Jonathas. Saül voulait le faire mourir, mais le peuple s'y opposa, et força le roi de lui accorder sa grâce.

LADI CHARLOTTE.

Je mourais de peur que Saül ne fit mourir Jonathas; il n'était pas coupable, puisqu'il ne savait pas le serment que son père avait fait.

MADEMOISELLE BONNE.

Cela est vrai, ma chère; mais il avait pris la liberté de murmurer contre son père, à cause du serment qu'il avait fait; cette faute devait être punie, et elle le fut par la frayeur qu'il eut de mourir. Admirez la conduite de ce jeune prince. Il commence par s'adresser au Seigneur, et, plein de confiance en son secours, il ne craint point d'attaquer une grande armée n'ayant qu'un seul homme avec lui. Que ne ferions-nous pas par le secours de la prière et de la confiance en Dieu? Allons, ladi Tempête, c'est là où il faut chercher du secours; vous avez un grand nombre d'ennemis à combattre: l'orgueil, l'entêtement, la colére. Vous n'en viendrez pas à bout, si vous êtes toute seule; mais si Dieu combat avec vous comme avec Jonathas et avec les Israélites, vous remporterez certainement la victoire, et cela sans avoir autant de peine que vous vous l'imaginez.

LADI TEMPÊTE.

On vous a fait un joli portrait de mon caractère; mais on ne vous a pas dit que souvent on me force à me mettre en colère, en m'obstinant mal à propos. Après tout, mademoiselle, chacun a son caractère, et je vous assure que celles qui parlent du mien en ont encore un plus mauvais.

MADEMOISELLE BONNE.

Ce que vous dites là n'est pas bien, ma chère; vous savez que vous devez du respect à celles qui m'ont avertie.

LADI TEMPETE.

Je sais que je dois du respect à ma mère; mais elle ne vous aurait rien dit, si ma servante ne l'avait pas fait parler, et je ne crois pas devoir du respect à ma servante

MADEMOISELLE BONNE.

Vous êtes dans l'erreur, madame. La personne que votre mère a mise auprès de vous, et qu'il vous plaît d'appeler votre servante, a reçu ordre de votre mère de veiller sur votre conduite, et par conséquent elle tient sa place, et vous lui devez du respect. J'ajoute même que vous en devez à tout le monde ; et que, si vous ne changez pas votre caractère, personne ne vous en devra

LADI TEMPETE.

Je suis d'un rang qui me donnera les moyens de me faire respecter ; quand même on ne le voudrait pas.

MADEMOISELLE BONNE.

Puisque vous me forcez à vous dire des vérités dures, je vous avertis, mon enfant, que, loin d'avoir aucun respect pour votre rang, ni pour votre personne, je vous méprise plus que les femmes qui vendent du poisson par les rues, vous n'avez au-dessus d'elles que votre orgueil ; or, c'est un titre qui n'inspire du respect à personne. Je vous prie, madame, de ne point travailler quand je vous parle, et de m'écouter avec attention.

LADI TEMPETE.

Je ne fais point de mal en travaillant, cela m'amuse; et c'est par mauvaise humeur que vous voulez me priver de ce plaisir : mais je ne laisserai pas pour cela de continuer.

MADEMOISELLE BONNE.

Il y a du mal à travailler, quand une personne à qui vous devez du respect vous parle ; et vous m'en devez, madame, aussi bien que de l'obéissance.

LADI TEMPETE *en riant.*

Moi, je vous dois du respect et de l'obéissance !

MADEMOISELLE BONNE.

Oui, ma tés-chère ; et certainement si vous m'en manquez, ce sera intérieurement, car je ne le souffrirai pas. Je commence par vous montrer que je suis votre maîtresse ici, en jetant votre ouvrage au feu. Je suis charmée que vous donniez dès le premier jour un échantillon de votre méchanceté; je commencerai aussi à vous montrer ce que je sais faire. Vous êtes comme cette méchante femme, dont je vous ai fait raconter l'histoire, que vous avez trouvée plus méchante que vous. Je ne me flatte plus de vous rendre bonne, mais au moins je suis sûre de vous rendre la plus malheureuse de toutes les créatures. Pour commencer, je vous avertis que vous resterez tout le jour avec des personnes de votre sorte, c'est-à-dire, sans éducation, et que vous mangerez avec les servnates de cuisine.

LADI CHARLOTTE *à ladi Tempête.*

Ma chère, si vous voyiez combien vous êtes devenue laide, depuis que vous parlez insolemment à ma Bonne, vous lui demanderiez pardon tout à l'heure.

MADEMOISELLE BONNE.

Laissez-la, ma chère, elle ne mérite pas qu'on s'intéresse pour elle. Je suis pourtant charmée, mes enfans, que cela se soit passé devant vous. Cette leçon vous fera plus de bien que tout ce que je pourrais vous dire contre l'orgueil.

LADI CHARLOTTE.

Ma Bonne, quand je pense que j'étais comme cela, il y a sept mois, cela me fait trembler. Que je vous ai d'obligations de m'avoir aidée à me corriger !

MADEMOISELLE BONNE.

Vous aviez de la bonne volonté, mon enfant; d'ailleurs vous n'aviez que sept ans : le dragon d'orgueil, qui était dans votre cœur, était encore tout petit, nous l'avons étranglé facilement; mais le dragon de cette malheureuse créature est fort, il a treize ans, et il l'étranglera elle-même au premier jour. Qu'avez-vous à pleurer ? ladi Sensée.

LADI SENSÉE.

Ma Bonne, vous savez que j'aime ma cousine de tout mon cœur, jugez combien je suis affligée de la voir si méchante; est-ce donc qu'elle est déjà trop vieille pour se corriger ?

MADEMOISELLE BONNE.

Il n'est jamais trop tard, ma chère ; mais il est vrai qu'elle aura plus de peine à se corriger aujourd'hui qu'elle n'en aurait eu hier, et que cela sera plus difficile de jour en jour. Je vous recommande à toutes de prier beaucoup Dieu pour elle, afin qu'il la convertisse.

LADI SPIRITUELLE

De tout mon cœur ; ma Bonne, mais peut-être qu'elle a du regret à présent de toutes les sottises qu'elle a faites.

MADEMOISELLE BONNE.

Non, ma chère ; je m'y connais, elle crève d'orgueil actuellement, elle fait ce qu'elle peut pour paraître gaie, parce qu'elle croit me braver par-là ; et elle étouffe d'envie de pleurer. La pauvre enfant croît me donner du chagrin, et elle m'en donne effectivement, car elle se fait un grand tort à elle-même. Pour moi qui ne m'intéresse à elle que par charité, si son orgueil ne blessait pas son âme que j'aime, je lui pardonnerais de tout mon cœur les sottises qu'elle m'a dites ; cela ne m'a pas donné la fièvre, ni mal à la tête ; elle m'en dirait cent fois davantage, que cela ne pourrait me faire du tort. Adieu, mesdames, je suis fâchée que cela nous ait dérangées : j'avais un joli conte à vous dire, je le garde pour la première fois.

LADI SENSÉE, *embrassant la Bonne.*

Ma chère amie, pour l'amour de Dieu, ne laissez pas ma cousine dans son orgueil ; pardonnez-lui. Mon Dieu ! si elle mourait cette nuit, que deviendrait-elle?

MADEMOISELLE BONNE.

Mais, ma chère, quand je lui pardonnerais, le bon Dieu ne lui pardonnera pas si elle n'a pas de regret.

(Ladi Tempête se jette entre les bras de la Gouvernante, en pleurant.)

Voilà l'orgueil qui crève. Courage, mon enfant ! Avez-vous regret à votre faute ?

LADI TEMPÊTE.

A quoi cela servirait-il ? Vous dites que je suis trop vieille pour me corriger.

MADEMOISELLE BONNE.

Je ne dis pas cela, mon enfant; mais je dis que vous aurez plus de peine qu'une autre. Si vous vouliez me permettre de faire tout ce que je vous dirai, je pourrais vous promettre aussi qu'avec le temps vous deviendrez bonne.

LADI TEMPÊTE.

Je ne sais pas ce que je veux, je vois bien que je suis un monstre d'orgueil; que ces dames doivent me mépriser; que vous devez me haïr, et que je me hais moi-même.

MADEMOISELLE BONNE.

C'est déjà quelque chose que de savoir tout cela, mon enfant. Prenez courage. Vous avez une occasion de vous corriger, que vous ne trouverez jamais, profitez-en. D'ailleurs considérez combien vous serez malheureuse, si vous ne le faites pas. Votre mère vous a abandonnée à ma discrétion; je trahirais sa confiance, si je vous laissais avec vos défauts. Me voilà donc dans la nécessité de vous tourmenter misérablement; car il est bien sûr que j'offenserais Dieu, si je vous laissais telle que vous êtes. Ne vaudrait-il pas mieux que nous fussions bonnes amies, et que nous travaillassions toutes les deux à vous corriger petit à petit? Je ne demanderais pas l'impossible. D'ailleurs tout ce que je vous dirai, ce sera par amitié, non pas pour vous donner du chagrin; je n'aime pas à gronder, et je vous assure que je serai malade de ce que j'ai fait aujourd'hui.

LADI TEMPÊTE.

Mais, si je vous promets de me corriger, me ferez-vous manger avec la servante de cuisine?

MADEMOISELLE BONNE.

Oui, ma chère; vous y mangerez ce soir pour punir la sottise que vous avez faite aujourd'hui. Quand on a véritablement envie de se corriger, on fait de bon cœur les choses qu'on nous ordonne pour cela.

LADI SENSEE.

Permettez-moi d'y manger aussi, ma Bonne, afin qu'elle ne soit pas si honteuse.

MADEMOISELLE BONN

Je loue votre charité, mon enfant; mais il ne faut pas diminuer sa peine, elle mérite de la souffrir. Elle s'est abaissée au-dessous de cette servante, par son orgueil, et je vous assure qu'elle est actuellement la dernière des créatures aux yeux de Dieu. Il faut donc qu'elle rachète son rang par cette réparation; cela lui attirera la grâce du bon Dieu pour devenir meilleure: mais pour cela il faut qu'elle le fasse de bon cœur. Ladi Tempête, je vous laisse la maîtresse là-dessus; mais pensez-y bien, j'ai dans l'esprit que cela vous corrigera.

LADI TEMPETE.

Puisque vous croyez que cela peut servir à me corriger, je le ferai; mais cela est pourtant bien horrible de souper avec cette créature.

LADI SPIRITUELLE.

Cette créature est une créature tout comme vous, ma chère enfant; et comme elle est une brave fille, et qu'elle fait bien son devoir, c'est une créature actuellement au-dessus de vous. Si elle savait combien vous êtes méchante, elle ne voudrait pas vous faire cet honneur, et se croirait déshonorée. Car enfin, il n'est point honteux d'être née fille d'un paysan, d'un savetier, de demander l'aumône, ou d'être servante: tout cela ne déshonore point: tout cela n'est point un péché, et ne mène pas dans l'enfer; mais il est honteux d'avoir de l'orgueil, cela damne. Vous avez lu l'Evangile, ladi Tempête: n'avez-vous pas vu que Jésus-Christ, qui est le roi du ciel et de la terre, était si pauvre, qu'il est né dans une étable? Il a pris des pauvres pour être ses compagnons, et celui qui passait pour son père était un pauvre charpentier, quoiqu'il fut de la famille royale.

LADI TEMPÊTE.

Allons, je prends une bonne résolution. Oui, ma Bonne, je souperai avec la servante de cuisine.

MADEMOISELLE BONNE.

De bon cœur ?

LADI TEMPÊTE.

Oui, de bon cœur.

MADEMOISELLE BONNE.

Venez m'embrasser, mon enfant, faisons la paix ; je commence à espérer quelque chose, puisque vous vous êtes soumise généreusement à la pénitence que je vous ai imposée; je vous en dispense pour cette fois, et je me contente de votre obéissance.

LADI TEMPÊTE.

Vous êtes bien bonne de me pardonner ainsi; je vous assure que cela me rend toute honteuse, d'avoir pu vous donner du chagrin.

LADI MARY, *sautant de joie.*

Et moi je suis si contente de voir que ladi Tempête est devenue bonne, que je lui pardonne de bon cœur le tort qu'elle nous a fait; en empêchant ma Bonne de nous dire un conte.

MADEMOISELLE BONNE.

Ladi Mary en revient toujours à ses contes, elle les aime passionnément.

LADI MARY.

Cela est vrai, ma Bonne. Mais vous nous avez dit que celui qui passait pour le père de Jésus-Christ était de la famille royale : comment donc se pouvait-il faire qu'il fut charpentier ?

LADI SPIRITUELLE.

Cela arrive quelquefois, ma chère ; et je me souviens d'avoir vu dans l'histoire ancienne qu'il y avait un homme de la famille royale de Sidon qui était jardinier.

LADI MARY.

Ma Bonne, voulez-vous permettre à ladi Spirituelle de nous raconter cette histoire ?

MADEMOISELLE BONNE.

Nous avons encore un demi-quart d'heure, ainsi elle peut vous la raconter.

LADI SPIRITUELLE.

Il y avait un roi nommé Alexandre, dont le favori se nommait Ephestion. Ce roi vint dans la ville de Sidon, et les Sidoniens le prièrent de leur donner un roi de sa main. Alexandre dit à Ephestion : Je vous donne cette couronne ; vous pouvez en faire présent à quelqu'un de vos amis. Ephestion logeait chez deux gentilshommes qui étaient frères et fort honnêtes gens. Il leur dit qu'Alexandre lui ayant permis de disposer de la couronne, il ne pouvait mieux faire que de la donner à l'un d'eux. Les deux frères le remercièrent de sa bonne volonté ; mais ils lui dirent que, selon leurs lois, ils ne pouvaient pas monter sur le trône, parce qu'ils n'étaient pas de la famille royale. Ephestion fut charmé du respect que ces dignes frères avaient pour les lois de leur pays. Il leur dit qu'il avait une telle confiance dans leur vertu, qu'il leur remettait cette couronne qu'ils refusaient, pour la donner à quelqu'un qui fût du sang royal, et honnête homme. Il y avait dans la ville un homme de la famille royale, mais qui était devenu si pauvre, qu'il n'avait pour tout bien qu'un petit jardin qu'il cultivait lui-même, afin de gagner sa vie. Les deux frères furent à la maison de cet homme, qui se nommait Abdolonime. Ils le trouvèrent avec un mauvais habit, et lui dirent : Quittez cet ouvrage qui n'est pas digne de vous, et venez occuper le trône de vos pères. Abdolonime crut que ces hommes se moquaient de lui, et il leur dit : Il n'est pas honnête de venir dans ma maison pour vous moquer de moi, parce que je suis pauvre. Les deux frères voyant qu'il ne voulait pas croire ce qu'ils lui disaient, lui arrachèrent ses méchans habits et lui mirent une robe royale qu'ils avaient apportée. Alexandre ayant appris cette aventure, eut envie de voir cet homme. Abdolonime parut devant lui avec une modeste fermeté, et Alexandre lui ayant demandé comment il supporterait sa nouvelle dignité, ce vieillard lui répondit ces belles paroles: *Plaise aux dieux que je supporte ma grandeur avec autant de courage que ma pauvreté ! jusqu'à présent mes bras ont fourni à ma nourriture, et tant que je n'ai rien eu, je n'ai manqué de rien.* Alexandre admira cette réponse, et fit de grands présens au roi de Sidon, auquel il accorda son estime.

24e DIALOGUE.

VINGT-DEUXIÈME JOURNÉE.

MADEMOISELLE BONNE.

Je vous ai promis un conte, mes enfans, je veux vous tenir parole ; mais auparavant je veux vous dire que ladi Tempête a été douce comme un mouton, et qu'elle n'a fait qu'une seule faute qu'elle a réparée sur-le-champ : aussi je l'aime de tout mon cœur : et elle me disait ce matin qu'elle n'avait jamais été si contente dans toute sa vie que pendant ces trois jours. Au reste, si elle peut corriger son orgueil et sa colère, comme je l'espère, elle deviendra fort aimable ; car elle aime l'étude, elle ne manque pas d'esprit, et a le cœur fort bon.

LADI TEMPETE.

Vous êtes bien bonne de m'encourager.

MADEMOISELLE BONNE.

Je vous assure, ma chère, que je ne serai jamais plus aise que quand je pourrai vous louer avec justice, cela est bien plus agréable que de gronder. Je ne vivrais pas long-temps si j'avais souvent des scènes pareilles à celle que nous eûmes la dernière fois ; mais je veux l'oublier. Ecoutez donc ce conte, mes enfans.

Il y avait une fois une fée qui voulait épouser un roi; mais comme elle avait une fort mauvaise réputation, le roi aima mieux s'exposer à toute sa colère que de devenir le mari d'une femme que personne n'estimait; car il n'y a rien de si fâcheux pour un honnête homme, que de voir sa femme méprisée. Une bonne fée, qu'on nommait *Diamantine*, fit épouser à ce prince une jeune princesse qu'elle avait élevée, et promit de le défendre contre la fée *Furie*. Mais peu de temps après, Furie ayant été nommée reine des fées, son pouvoir qui surpassait de beaucoup celui de Diamantine, lui donna le moyen de se venger. Elle se trouva aux couches de la reine, et doua un fils qu'elle mit au monde d'une laideur que rien ne peut surpasser. Diamantine qui s'était cachée à la ruelle du lit de la reine, essaya de la consoler lorsque Furie fut partie. Ayez bon courage, lui dit-elle; malgré la malice de votre ennemie, votre fils sera fort heureux un jour. Vous le nommerez *Spirituel* ; et non-seulement il aura tout l'esprit possible, mais il pourra encore en donner à la personne qu'il aimera le mieux. Cependant, le petit prince était si laid, qu'on ne pouvait le regarder sans frayeur : soit qu'il pleurât, soit qu'il voulût rire, il faisait de si laides grimaces, que les petits enfans qu'on lui amenait pour jouer avec lui en avaient peur, et disaient que c'était la bête. Quand il fut raisonnable, tout le monde souhaitait de l'entendre parler; mais on fermait les yeux ; et le peuple, qui ne sait pas la plupart du temps ce qu'il veut, prit pour Spirituel une haine si forte, que, la reine ayant eu un second fils, on obligea le roi de le nommer son héritier; car dans ce pays-là le peuple avait droit de se choisir un maître. Spirituel céda sans murmure la couronne à son frère, et rebuté de la sottise des hommes, qui n'estiment que la beauté du corps, sans se soucier de celle de l'âme, il se retira dans une solitude, où, s'appliquant à l'étude de la sagesse, il devint extrêmement heureux. Ce n'était pas là le compte de la fée Furie ; elle voulait qu'il fût misérable, et voici ce qu'elle fit pour lui faire perdre son bonheur.

Furie avait un fils nommé *Charmant*, elle l'adorait, quoiqu'il fût la plus grande bête du monde. Comme elle voulait le rendre heureux, à quelque prix que ce fût, elle enleva une princesse qui était parfaitement belle; mais afin qu'elle ne fût point rebutée de la bêtise de Charmant, elle souhaita qu'elle fût aussi sotte que lui. Cette princesse, qu'on appelait *Astre*, vivait avec Charmant, et quoi-qu'ils eussent seize ans passés, on n'avait jamais pu leur apprendre à lire. Furie fit peindre la princesse, et porta elle-même son portrait dans une petite maison où Spirituel vivait avec un seul domestique. La malice de Furie lui réussit; et, quoique Spirituel sût que la princesse Astre était dans le palais de son ennemie, il en devint si amoureux, qu'il résolut d'y aller: mais en même temps, se souvenant de sa laideur, il vit bien qu'il était le plus malheureux de tous les hommes, puisqu'il était sûr de paraître horrible aux yeux de cette belle fille. Il résista long-temps au désir qu'il avait de la voir; mais enfin sa passion l'emporta sur sa raison. Il partit avec son valet, et Furie fut enchantée de lui voir prendre cette résolution, pour avoir le plaisir de le tourmenter tout à son aise. Astre se promenait dans le jardin avec Diamantine sa gouvernante. Lorsqu'elle vit approcher le prince elle fit un grand cri et voulut s'enfuir; mais Diamantine l'en ayant empêchée, elle cacha sa tête dans ses deux mains, et dit à la fée: Ma bonne, faites sortir ce vilain homme, il me fait mourir de peur. Ce prince voulut profiter du moment où elle avait les yeux fermés pour lui faire un compliment bien arrangé; mais c'était comme s'il eût parlé latin, elle était trop bête pour le comprendre. En même temps Spirituel entendit Furie qui riait de toute sa force en se moquant de lui. Vous en avez assez fait la première fois, dit-elle au prince; vous pouvez vous retirer dans un appartement que je vous ai fait préparer, et d'où vous aurez le plaisir de voir la princesse tout à votre aise. Vous croyez peut être que Spirituel s'amusa à dire des injures à cette méchante femme? mais il avait trop d'esprit pour cela; il savait qu'elle ne cherchait qu'à le fâcher, et il ne lui donna point le plaisir de se mettre en colère. Il était trop affligé ; mais ce fut bien pis, lorsqu'il entendit une conversation d'Astre avec Charmant ; car elle dit tant de bêtises, qu'elle ne lui parut plus si belle de moitié, et qu'il prit la résolution de l'oublier et de retourner dans sa solitude. Il voulut auparavant prendre congé de Diamantine. Quelle fut sa surprise, lorsque cette fée lui dit qu'il ne devait point quitter le palais, et qu'elle savait un moyen de le faire aimer de la princesse ! Je vous suis bien obligé, madame, lui répondit Spirituel ; mais je ne suis pas pressé de me marier. J'avoue qu'Astre est charmante, mais c'est quand elle ne parle pas; la fée Furie m'a guéri en me faisant entendre une de ses conversations; j'emporterai son portrait, qui est admirable, parce qu'il garde toujours le silence. Vous avez beau faire le dédaigneux, dit Diamantine, votre bonheur dépend d'épouser la princesse. Je vous assure, madame que je ne le ferai jamais à moins que je ne devienne sourd ; encore faudrait-il que je perdisse la mémoire ; autrement je ne pourrais m'ôter de l'esprit cette conversation. J'aimerais mieux cent fois épouser une femme plus laide que moi, si cela était possible, qu'une stupide avec laquelle je ne pourrais avoir une conversation raisonnable, et qui me ferait trembler quand je serais en compagnie avec elle, par la crainte de lui entendre dire une impertinence toutes les fois qu'elle ouvrirait la bouche. Votre frayeur me divertit, lui dit Diamantine ; mais, prince, apprenez un secret qui n'est connu que de votre mère et de moi. Je vous ai doué du pouvoir de donnez de l'esprit à la personne que vous aimerez le mieux ; ainsi vous n'avez qu'à souhaiter. Astre peut devenir la personne la plus spirituelle ; elle sera parfaite alors ; car elle est la meilleure enfant du monde, et a le cœur fort bon. Ah ! madame, dit Spirituel, vous allez me rendre bien misérable : Astre va devenir trop aimable pour mon repos, et je le serai trop peu pour lui plaire ; mais n'importe ; je sacrifie mon bonheur au sien ; et je lui souhaite tout l'esprit qui dépend de moi. Cela est bien généreux, dit Diamantine ; mais j'espère que cette belle action ne demeurera pas sans récompense. Trouvez-vous dans le jardin du palais à minuit · c'est l'heure où Furie est obligée de dormir, et pendant trois heures elle perd toute sa puissance. Le prince s'étant retiré, Diamantine fut dans la chambre d'Astre : elle la trouva assise, la tête appuyée dans ses mains, comme une personne qui rêve profondément. Diamantine l'ayant appelée, Astre lui dit : Ah ! madame, si vous pouviez voir ce qui vient de se passer en moi, vous seriez bien surprise. Depuis un moment, je suis comme dans un nouveau monde : je réfléchis, je pense ; mes pensées s'arrangent dans une forme qui me donne un plaisir infini, et je suis bien honteuse en me rappelant ma répugnance pour les livres et les sciences. Hé bien ! lui dit Diamantine, vous pourrez vous en corriger : vous épouserez dans deux jours le prince Charmant, et vous étudierez ensuite tout à votre aise. Ah ! ma Bonne, répondit Astre en soupirant, serait-il bien possible que je fusse condamnée à épouser Charmant ? Il est si bête, si bête, que cela me fait trembler ; mais dites-moi, je vous prie, pourquoi je n'ai pas connu plus tôt la bêtise de ce prince ? C'est que vous étiez vous-même une sotte, dit la fée; mais voici justement le prince Charmant. Effectivement, il entra dans sa chambre avec un nid de moineaux dans son chapeau. Tenez, dit-il, je viens de laisser mon maître dans une grande colère, parce qu'au lieu de dire ma leçon, j'ai été dénicher ce nid. Mais votre maître a raison d'être en colère, lui dit Astre, n'est-il pas honteux qu'un garçon de votre âge ne sache pas lire ? Oh ! vous m'ennuyez aussi bien que lui, répondit Charmant ; j'ai bien affaire de toute cette science : moi j'aime mieux un cerf-volant, ou une boule, que tous les livres du monde. Adieu ; je vais jouer au volant. Et je serai la femme de ce stupide ? dit Astre, lorsqu'il fut sorti. Je vous assure, ma Bonne, que j'aimerais mieux mourir que de l'épouser. Quelle différence de lui à ce prince que j'ai vu tantôt ! Il est vrai qu'il est bien laid; mais quand je me rappelle son discours, il me semble qu'il n'est plus si horrible : pourquoi n'a-t-il pas le visage comme Charmant ? Mais après tout, que sert la beauté du visage. Une maladie peut l'ôter ; la vieillesse la fait perdre, à coup sûr ; et que reste-t-il alors à ceux qui n'ont pas d'esprit ? En vérité, ma Bonne, s'il fallait choisir, j'aimerais mieux ce prince, malgré sa laideur, que ces tupide qu'on veut me faire épouser. Je suis bien aise de vous voir penser d'une manière si raisonnable, dit Diamantine ; mais j'ai un conseil à vous donner. Cachez soigneusement à Furie tout votre esprit. Tout est perdu si vous lui laissez connaître le changement qui s'est fait en vous. Astre obéit à sa gouvernante, et sitôt que minuit fut sonné, la Bonne fée proposa à la princesse de descendre dans les jardins : elles s'assirent sur un banc, et Spirituel ne tarda pas à les joindre. Quelle fut sa joie, lorsqu'il entendit parler Astre, et qu'il fut convaincu qu'il lui avait donné autant d'esprit qu'il en avait lui-même ! Astre de son côté, était enchantée de la conversation du prince; mais lorsque Diamantine lui eut appris l'obligation qu'elle avait à Spirituel, sa reconnaissance lui fit oublier sa laideur, quoiqu'elle le vit parfaitement, car il faisait clair de lune. Que je vous ai d'obligation ! lui dit-elle ; comment pourrai-je m'acquitter envers vous ? Vous le pouvez facilement, répondit la fée, en devenant l'épouse de Spirituel ; il ne tient qu'à vous de lui donner autant de beauté qu'il vous a donné d'esprit. J'en serais bien fâchée, répondit Astre : Spirituel me plaît tel qu'il est ; je ne m'embarrasse guère qu'il soit beau ; il est aimable, cela me suffit. Vous venez de finir ses malheurs, dit Diamantine. Si vous eussiez succombé à la tentation de le rendre beau, vous seriez sous le pouvoir de Furie ; mais à présent vous n'avez rien à craindre de sa rage. Je vais vous transporter dans le royaume de Spirituel : son frère est mort, et la haine que Furie avait inspirée contre lui au peuple ne subsiste plus. Effectivement on vit revenir Spirituel avec joie, et il n'eut pas demeuré trois mois dans son royaume qu'on s'accoutuma à son visage, mais on ne cessa jamais d'admirer son esprit.

LADI CHARLOTTE.

Mais pourquoi la princesse ne donna-t-elle pas la beauté à Spirituel ? car elle ne savait pas que cela la remettrait sous la puissance de Furie ?

MADEMOISELLE BONNE.

C'est qu'Astre était devenue une personne d'esprit,

et qu'une fille qui a du bon sens ne se soucie pas d'épouser un bel homme.

LADI SPIRITUELLE.

Pourquoi cela, ma Bonne ?

MADEMOISELLE BONNE.

C'est que presque toujours un bel homme est un sot, tout amoureux de sa propre figure, tout rempli de son mérite, et tout occupé du soin de son ajustement, comme une femme : or, vous sentez bien qu'il n'y a rien de plus méprisable qu'un homme comme cela.

LADI TEMPETE.

Cela est vrai, ma Bonne ; je connais un homme qu'on appelle....

MADEMOISELLE BONNE.

Il ne faut pas nommer les personnes, quand on veut en dire quelque chose de mal. Finissez donc ce que vous vouliez nous dire ; mais ne dites pas le nom de ce gentilhomme.

LADI TEMPETE.

Hé bien, il met trois heures tous les jours à s'ajuster, comme ferait une femme ; outre son nom, que je ne dirai pas, on l'appelle Narcisse.

MISS MOLLY.

Que veut dire ce nom ? s'il vous plaît.

MADEMOISELLE BONNE.

Narcisse était un jeune homme extrêmement beau, qui devint amoureux de sa propre figure qu'il voyait dans une fontaine bien claire. Il appelait cette belle figure, qui ne pouvait pas venir, comme vous pensez bien ; et il eut tant de douleur de ne pouvoir la faire sortir de l'eau, qu'il en mourut ; et les dieux le changèrent en fleur. Depuis ce temps, quand un homme aime trop sa figure, on l'appelle Narcisse.

Disons présentement un mot de géographie. Quel est ce royaume qu'on trouve au nord-est de la France Répétez-moi cela, ladi Sensée.

LADI SENSÉE.

Les Pays-Bas, qui appartenaient à la maison d'Autriche.

LADI MARY

Qu'est-ce que cela veut dire, la maison d'Autriche?

MADEMOISELLE BONNE.

C'est comme qui dirait la famille d'Autriche. Pour bien entendre la géographie historique, il faut connaître les principales familles de l'Europe. Ecoutez bien ceci, mes enfans. Quand je dis *les principales familles de l'Europe*, je ne veux parler que de celles des principaux rois. La première famille, ou maison de l'Europe, est celle d'Autriche. Depuis un grand nombre d'années, ce sont les princes de cette maison qui ont été empereurs.

LADI MARY.

Y a-t-il différentes sortes de titres?

MADEMOISELLE BONNE.

Oui, ma chère. Il y a deux sortes de ducs, de princes, de comtes et de marquis: les uns, qui sont né dans un royaume qui a un maître, sont de grands seigneurs, comme le papa de ladi Tempête; mais ils ne sont pas souverains; les autres sont absolument les maîtres de leur pays, parce qu'il n'y a point de roi, et on dit qu'ils sont princes souverains.

LADI MARY.

Et quel privilége leur donne leur souveraineté?

MADEMOISELLE BONNE.

Je viens de vous le dire: ils sont maîtres dans leur pays; ils peuvent faire faire des pièces d'or, d'argent ou d'autre métal, où est leur image; et, dans leur pays, ces pièces servent à acheter les choses dont on a besoin: c'est ce qu'on appelle avoir le droit de faire battre monnaie. Ils peuvent encore accorder la vie à un criminel qui serait condamné à mort. Il faut être prince souverain pour faire battre monnaie et accorder la vie à un criminel. N'oubliez donc pas ce que c'est qu'un *prince souverain.* La seconde maison de l'Europe, est celle de Bourbon, qui descend de Hugues Capet. On partage cette famille en deux, et on appelle cela deux branches, l'aînée et la cadette; c'est-à-dire que deux princes de la maison de Bourbon étaient souverains. La famille de la branche cadette règne maintenant en France : la famille, ou la branche qui sort du cadet, règne aussi en Espagne. La maison de Brandebourg règne en Prusse. Celle de Brunswick, unie à celle de Stuart, par les femmes, règne en Angleterre. La maison de Savoie règne en Sardaigne et dans le Piémont. Les descendans de Pierre-le-Grand règnent en Russie et en Pologne.

LADI TEMPETE.

Permettez-moi de vous dire une chose, ma Bonne; vous me disiez, l'autre jour, que vous ne faisiez pas grand cas de mon titre; cependant vous nous faites remarquer aujourd'hui qu'il y a des maisons plus anciennes et plus grandes les unes que les autres; c'est donc quelque chose d'être sortie d'une grande maison?

MADEMOISELLE BONNE.

Certainement, ma chère, c'est quelque chose. Vous savez que tous les hommes son sortis de Noé : ils sont donc tous égaux par leur nature; et sont parens, comme tous les Israélites l'étaient entre eux. Mais les hommes qui sont égaux par leur nature, ne le sont pas par les qualités de l'âme, du corps et de l'esprit, et voilà ce qui a produit la noblesse. Il était juste d'honorer particulièrement ceux qui étaient meilleurs que les autres, ou qui avaient quelques talens, qu'ils faisaient servir à rendre leurs frères plus heureux. Ces hommes-là furent donc honorés avec justice, et pour encourager leurs enfans à leur ressembler, aussi bien que par respect pour la mémoire de leurs pères, on les honora comme pourperpétuer leurs vertu.
C'est donc quelque chose d'être sortie d'une famille noble et ancienne; car cela suppose qu'on a eu quelque grand-père qui a eu des talens, ou des vertus

supérieures aux autres ; mais remarquez que cela oblige les enfans à suivre l'exemple de leurs pères, sans quoi il ne serait pas juste de les honorer pour les vertus d'autrui. Concevez cela par un exemple. Nous avons en France un préjugé très-mauvais ; s'il se trouve dans une famille un célérat, toute la famille est déshonorée, quand même elle serait composée des plus honnêtes gens du monde ; et personne ne voudrait épouser une fille ou une sœur d'un homme qui aurait été traîné au supplice.

LADI CHARLOTTE.

Mais cela est fort injuste ; ce n'est pas ma faute, si mon père, mon frère, ou mon cousin, est un malhonnête homme ; on ne doit me mépriser que pour mes propres actions.

MADEMOISELLE BONNE.

Et il ne serait pas juste non plus de vous honorer pour les actions d'autrui, et seulement parce que vos ancêtres étaient honnêtes gens, et avaient un mérite supérieur. C'est une chose estimable que d'être née d'une ancienne maison ; mais il est mille fois plus glorieux de faire entrer la noblesse dans sa maison par une action héroïque que de la trouver toute établie, et de ne rien faire pour la soutenir.

LADI SPIRITUELLE.

On ne doit donc pas de respect aux rois et aux grands seigneurs, quand ils ne sont pas vertueux.

MADEMOISELLE BONNE.

Il y a deux sortes de respect, mes enfans ; celui qui est dans le cœur et qu'on a pour les personnes vertueuses ; or, celui-là n'est dû qu'aux honnêtes gens ; et nous ne devons pas l'avoir pour les rois et les grands qui déshonorent leur rang par leurs vices. Mais il y a un respect extérieur, qui consiste à obéir aux rois et aux magistrats, par ce qu'ils tiennent la place de Dieu sur la terre. Le bon ordre demande qu'on conserve ce second respect, c'est-à-dire qu'on doit honorer le titre, l'autorité et le rang, dans le temps même qu'on méprise souverainement la personne. Retenez bien ceci, mes enfans; vous êtes toutes filles de condition, c'est-à-dire, que vous êtes toutes dans l'obligation d'être plus vertueuses que les autres; si vous y manquez, je ne vois plus en vous qu'une fille de Noé, cousine du porteur de chaise, quoique d'un peu loin : je respecterai votre titre, c'est-à-dire, que je vous ferai la révérence quand vous passerez à côté de moi; mais d'ailleurs je vous estimerai moins que votre arrière-petit-cousin, le porteur de chaise; car peut-être, que s'il eût eu quelque grand-père aussi honnête homme que les vôtres, ou qu'il eût reçu votre éducation, il serait beaucoup plus vertueux que vous. Mais il est temps de répéter nos histoires. Commencez, miss Molly.

MISS MOLLY.

Samuel ordonna à Saül, de la part de Dieu, de faire la guerre aux Amalécites, et de tuer jusqu'au dernier d'entre eux, ainsi que tous les animaux. Saül et les Israélites marchèrent contre les Amalécites, et remportèrent la victoire; mais ils n'obéirent point au Seigneur, car ils conservèrent les bêtes qui étaient grasses, et Saül sauva la vie à Agag, leur roi.

Dieu dit à Samuel : Saül a négligé mes ordres, c'est pourquoi je l'ai abandonné, et j'ai choisi un autre roi pour mon peuple. Samuel annonça à Saül les paroles du Seigneur. Ce prince lui dit: J'ai péché, demandez miséricorde au Seigneur pour moi. Comme il retenait le prophète par son manteau, il lui en déchira un morceau. Samuel lui dit : Comme tu as déchiré ce manteau et ôté ce morceau de dessus mon corps, de même Dieu t'ôtera le royaume d'Israël. Après ces paroles, Samuel quitta Saül, et ne le vit plus le reste de sa vie.

LADI CHARLOTTE.

Puisque Saül confessait son péché, et qu'il en demandait pardon, pourquoi Dieu, qui est si bon, ne lui pardonnait il pas ?

MADEMOISELLE BONNE.

Dieu connaît le fond des cœurs, ma chère; il voyait que Saül n'était fâché de l'avoir offensé que parce que cela lui faisait perdre, son royaume: Vous voyez, mes enfans, il faut être fâché d'avoir péché, parce que cela déplaît à Dieu, et non pas parce que le péché nous attire quelque malheur. Continuez, ladi Mary.

LADI MARY.

Samuel choisit par l'ordre de Dieu un des fils d'Isaï pour être roi.

Il se nommait David. Depuis ce temps, l'esprit du Seigneur fut avec lui, et Saül au contraire fut livré au mauvais esprit, qui le tourmentait si fort qu'il entrait en fureur. On dit à Saül que, s'il faisait jouer de la harpe devant lui, il serait soulagé; et comme David jouait fort bien de cet instrument, le roi le demanda à son père. Aussitôt que Saül eut vu David, il l'aima, et lui fit porter ses armes; et toutes les fois que le malin esprit le tourmentait, David jouait de la harpe, et il était soulagé.

MADEMOISELLE BONNE

Continuez, ladi Charlotte.

LADI CHARLOTTE.

Il y avait parmi les Philistins un géant, nommé *Goliath*, qui était armé d'une manière terrible. Il vint défier les Israélites au combat; mais personne n'osait l'attaquer. David demanda quelle serait la récompense de celui qui tuerait cet homme. On lui répondit que le roi lui donnerait sa fille en mariage. Saül ayant appris les questions que faisait David, lui demanda s'il voudrait combattre le géant. David ayant répondu qu'il le voudrait bien, Saül lui donna ses propres armes; mais David les trouva trop pesantes; il prit seulement sa fronde et ramassa cinq cailloux. Après avoir invoqué le Seigneur, il courut contre le géant, lui lança une pierre qui lui entra dans le front, et le tua. Les Philistins, voyant le géant mort, s'enfuirent, et les Israélites en tuèrent un grand nombre. On fit de grandes réjouissances pour cette victoire, et les femmes chantaient en jouant des instrumens : *Saül en a tué mille, et David dix mille.* Ces paroles donnèrent une grande jalousie au roi, et il commença à ne plus aimer David, car tout réussissait à ce jeune homme, parce que Dieu était avec lui; mais Jonathas, fils de Saül, futplus juste que son père : il admira la belle action de David, et lui fit présent de l'habit qu'il portait; car en ce temps-là c'était la plus grande marque d'estime qu'on pût donner à une personne.

MADEMOISELLE BONNE.

Il y a plusieurs princes qui ont ressemblé à Saül; ils étaient jaloux de leurs sujets qui avaient fait de belles actions; assurément, cela est bien bas et bien injuste. Faites encore une réflexion, mesdames; c'est par le secours du Seigneur que David espère vaincre Goliath. On est bien fort, mes enfans, quand on met toute sa confiance en Dieu. Ladi Tempête, vous avez des ennemis à combattre, plus forts que ceux que David a vaincus; vous n'en viendrez pas à bout, vous toutes seule, cela est impossible; mas si le Seigneur combat avec vous, vous remporterez la victoire : il faut donc, ma chère amie, lui demander continuellement son secours.

LADI SPIRITUELLE.

Ma Bonne, vous nous avez dit, en parlant des provinces de France, que la Lorraine était au nord-est; comment cette province peut-elle appartenir à la France, puisque jadis il y avait un duc de Lorraine.

MADEMOISELLE BONNE.

Pour vous expliquer cela, il faudrait vous raconter une grande histoire; mais il est trop tard aujourd'hui : je commencerai par-là la première fois. Ladi Mary, cela sera bien plus joli qu'un conte de fée, car tout ce que je vous dirai sera vrai.

25e DIALOGUE.

VINGT-TROISIÈME JOURNÉE.

LADI MARY

Vous nous avez promis pour aujourd'hui une histoire sur la Lorraine.

MADEMOISELLE BONNE.

Je tiendrai ma parole, mes enfans; mais auparavant il faut que je vous apprenne la différence qu'il y a entre un royaume électif et un royaume héréditaire.

LADI MARY.

Qu'est-ce que veulent dire ces deux mots.

MADEMOISELLE BONNE.

On dit qu'un royaume est *électif*, quand les fils du roi ne sont pas rois après lui, et que le peuple peut donner la couronne à un homme qui n'est pas de la famille royale; et on dit que le royaume est *héréditaire* quand la loi oblige les peuples à reconnaître pour maître le fils de leur roi, ou son plus proche parent.

Le royaume de Pologne est électif, mes enfans; c'est le peuple qui se choisit un roi. Or le roi de Suède ayant fait la guerre aux Polonais, les obligea de chasser leur prince, et d'en nommer un autre. Ce nouveau roi se nommait Stanislas, et était le meilleur prince du monde; mais le roi détrôné lui ayant fait la guerre, Stanislas ne fut pas le plus fort, et fut obligé de se sauver déguisé. Stanislas pria des hommes qu'il rencontra de lui aider à se sauver; mais c'étaient de méchantes gens qui lui firent souffrir toutes sortes de maux, pendant plusieurs jours qu'il resta avec eux; ils le menaçaient à tout moment de le livrer aux ennemis, car, quoiqu'ils ne sussent pas que c'était le roi, ils pensaient que c'était un grand seigneur de sa cour ; et, si on eût pris Stanislas, on l'eût fait mourir. Il se sauva heureusement, et passa plusieurs années dans les Etats d'un prince qui lui donna retraite. Stanislas avait une fille qui était aussi méritante que son père : une autre en sa place serait morte de chagrin de voir qu'il n'était plus roi ; mais pour elle, elle disait : Apparemment qu'il est mieux pour mon père d'avoir perdu sa couronne que de l'avoir gardée. Dieu voulut récompenser la piété et la sagesse de cette princesse, et pour cela il inspira au duc de Bourbon, premier ministre de France, le dessein de la faire épouser au roi, quoiqu'elle fût plus âgée que lui, et qu'elle ne fut pas très-belle. Le roi l'épousa et l'aima beaucoup, parce qu'elle était très-vertueuse. Quelque temps après il y eut une grande guerre, et quand on fit la paix, ce fut à condition que le duc de Lorraine donnerait son pays à Stanislas, et qu'il prendrait en place un pays plus riche, qui est en Italie, et qu'on nomme la Toscane. Depuis ce temps, qui était dans l'année 1737, Stanislas fut duc de Lorraine, où il ne s'est occupé que du soin de rendre ses peuples heureux, et de faire du bien aux pauvres; et après sa mort arrivée en 1766, la Lorraine a été réunie au royaume de France.

LADI MARY.

Ma Bonne, la vertueuse fille de ce Stanias est-elle encore en vie ?

MADEMOISELLE BONNE.

Non, ma chère; elle est morte reine de France en 1768 ; et comme elle avait sacrifié sa couronne à Dieu, il lui en rendit une bien plus riche ; une héréditaire, au lieu d'une élective.

MISS MOLLY.

Vous dites que la couronne de France est héréditaire: c'est donc à dire que, quand le roi meurt, le peuple est obligé de laisser monter sur le trône son fils ou sa fille, s'il en a, ou son plus proche parent?

MADEMOISELLE BONNE.

Dans le royaume de France, les filles ne peuvent

pas hériter de la couronne, parce que la loi salique les en exclut ainsi que la charte. Ce n'est pas de même en Angleterre, en Espagne, dans la Moscovie, etc.; la couronne peut tomber en quenouille, c'est-à-dire, que quand le roi meurt sans garçon, sa fille aînée monte sur le trône. Parlons maintenant des autres provinces que l'on trouve au nord de la France; la première, qui est au nord-est, est l'Alsace. Cette province n'appartient à la France que depuis le sixième siècle; sa capitale est Strasbourg sur le Rhin.

MISS MOLLY.

Qu est-ce qu'un siècle, ma Bonne.

MADEMOISELLE BONNE.

C'est cent ans, ma chére. Tous les peuples du monde ont choisi un grand événement pour marquer les années. Ainsi les enfans de Noé avaient pris le déluge pour ère, c'est-à-dire pour le temps duquel ils commençaient à compter; cela s'appelle *ère*. Les Grecs comptaient les années par leurs assemblées qui se tenaient tous les quatre ans dans la ville d'Olympie : ainsi l'espace de quatre années faisait une olympiade ; et l'on disait : Un homme a vécu la dixième ou la vingtième olympiade. L'ère des Grecs était donc le temps où l'on avait commencé à s'assembler à Olympie. Les Romains avaient pris pour leur ère l'année dans laquelle Rome avait été bâtie; ainsi ils disaient : Nous avons fait telle guerre l'an deux cent de Rome, c'est-à-dire, deux cents ans après que Rome a été bâtie. L'ère des Chrétiens est la naissance de Jésus-Christ ; ainsi, je vous demande dans quelle année sommes-nous, ma chère, que me répondrez-vous ?

MISS MOLLY.

Nous sommes dans l'année 1837.

MADEMOISELLE BONNE.

Qu'est-ce que cela veut dire ? ladi Spirituelle.

LADI SPIRITUELLE.

Cela veut dire qu'il y a cette année 1837 années que Jésus-Christ est venu au monde.

LADI MARY.

Mais j'entends souvent parler de Jésus-Christ : je dis tous les jours dans mes prières que je crois en Jésus-Christ ; savez-vous bien, ma Bonne, que je ne comprends pas fort bien ce que je dis ?

MADEMOISELLE BONNE.

C'est que vous répétez votre prière comme un perroquet, sans y faire attention. Finissons notre géographie, après cela, ma chère, vous réptèterez votre symbole, et je vous ferai remarquer ce que vous dites touchant Jésus-Christ, en attendant que nous ayons fini d'apprendre l'Ecriture sainte, qu'on appelle l'ancien Testament, et qui est l'histoire de tout ce que Dieu a fait pour les hommes avant la naissance de Jésus-Christ ; ensuite, quand vous saurez bien cette histoire, nous apprendrons le nouveau Testament, c'est-à-dire l'histoire de Jésus-Christ pendant le temps qu'il a été sur la terre.

Nous avons parlé de l'Alsace et de sa capitale. La capitale de la Lorraine est Nancy. Après la Lorraine, en tirant au nord-ouest, on trouve la Flandre, dont la capitale est Lille. En allant toujours vers l'ouest, on trouve la Picardie dont la capitale est Amiens, sur la rivière de Somme : ensuite on trouve la Normandie, dont la capitale est Rouen, sur la rivière de Seine ; et enfin tout au nord-ouest, on trouve la Bretagne, dont la capitale est Rennes, sur la rivière de Vilaine. J'aurais bien des choses à vous faire remarquer sur ces provinces ; mais j'ai promis à ladi Mary de lui faire réciter le symbole : ainsi nous parlerons de ces provinces la première fois. Répétez votre symbole, ladi Mary.

LADI MARY.

Je crois en Dieu le père Tout-Puissant, le créateur du ciel et de la terre, et en Jésus-Christ, son fils unique, notre Seigneur.

MADEMOISELLE BONNE.

Vous dites tous les jours que Jésus-Christ est le fils unique de Dieu, du Tout-Puissant, de celui qui a créé le ciel et la terre ; vous ajoutez qu'il est notre Seigneur, notre maître, notre roi, notre juge; celui qui a le droit de nous donner des lois; car le mot de *Seigneur* veut dire toutes ces choses. Voyons présentement ce qu'a fait Jésus-Christ.

LADI MARY.

Il a été conçu du Saint-Esprit, est né de la Vierge Marie, a souffert sous Ponce-Pilate, a été crucifié, est mort, a été enseveli, est descendu aux enfers; le troisième jour, il est ressuscité des morts, est monté aux cieux, est assis à la droite de Dieu, le père Tout-Puissant, d'où il viendra juger les vivans et les morts.

MADEMOISELLE BONNE.

Jésus-Christ, qui est notre Seigneur, est venu au monde par la vertu du Saint-Esprit, est né d'une fille qu'on nommait Marie; Jésus-Christ s'est fait homme pour réconcilier Dieu son père avec les hommes, qui étaient tous des pécherus.

Remarquez, mes enfans, combien il a souffert pour obtenir notre pardon. Les Juifs l'ont lié, lui ont donné des soufflets, lui ont craché au visage; ils l'ont déchiré à coups de fouet, et lui ont enfoncé une couronne d'épines sur la tête : après cela, on lui a mis sur les épaules une grande croix, qu'on l'a obligé de porter sur une montagne.

Quand il y a été arrivé, on l'a attaché sur cette croix, en lui enfonçant de gros clous dans les mains et dans les pieds, et ensuite on l'a laissé mourir sur cette croix.

Vous pleurez, mes pauvres enfans, et vous en avez bien sujet; car enfin c'était pour l'amour de vous qu'il a souffert tous ces tourmens; c'était pour vous empêcher d'aller en enfer; c'était pour vous obtenir la grâce d'aller au ciel.

LADI TEMPETE.

Oh! ma Bonne, je suis une grande misérable, une grande ingrate, de n'avoir pas seulement pensé à tout ce que Jésus-Christ a souffert pour moi, pendant que j'aime tant ceux qui me font du bien. L'autre jour, ma cousine Sensée vous demanda permission de manger avec moi dans la cuisine, afin que je fusse moins honteuse : hé bien ! je n'oublierai jamais cette bonté qu'elle a eue pour moi, quand je vivrais cent ans ; je l'aimerai à cause de cela ; et pourtant je ne pense pas à aimer Jésus-Christ, qui a fait bien davantage pour moi.

MADEMOISELLE BONNE.

Vous avez fait bien pis, ma chère, c'est qu'au lieu de l'aimer, vous l'avez beaucoup offensé. Jésus-Christ dit à votre cœur : Mon enfant, quand tu te mets en colère, quand tu manques à ton devoir, tu m'offenses; je t'en prie, corrige-toi, deviens bonne ; car sans cela tu n'iras pas en paradis, et ce sera inutilement que j'aurai tant souffert pour toi. Cependant vous fermez les oreilles, et vous méprisez ses remontrances.

LADI TEMPETE.

Je vous assure, ma Bonne, que cela vient de ce que l'on ne pense pas à toutes ces choses. Je récite tous les jours le symbole, mais avec moins d'attention que je ne réciterais une chanson.

LADI MARY.

Je ne pourrai pas m'empêcher de pleurer quand le le dirai ; et puisque Jésus-Christ, qui m'aime tant, ne me demande que d'être bonne, je vous assure que je n'oublierai rien de ce que vous me direz pour me corriger. Mais dites-moi, ma Bonne, comment est-ce qu'il y a eu des hommes assez méchans pour faire tant souffrir Jésus-Christ ? Quel mal leur avait-il fait ?

MADEMOISELLE BONNE.

Jésus-Christ était né parmi les Juifs. Il descendait d'Abraham et de David, et voici ce qu'il avait fait parmi les Juifs : il avait guéri leurs maladies, ressuscité leurs morts, fait du bien à tout le monde ; mais il reprochait aux prêtres et à des hypocrites, qu'on nommait les Pharisiens, il leur reprochait, dis-je, leur hypocrisie et leurs autres vices ; d'ailleurs le peuple suivait Jésus-Christ, qui lui faisait tant de bien : ces méchans hommes en conçurent une telle jalousie, qu'ils étaient comme des enragés, et qu'ils trompèrent le peuple, en lui disant que Jésus-Christ était un méchant; et ainsi on l'a fait mourir de la façon cruelle et barbare que je vous ai dite; mais, trois jours après, il sortit vivant de son tombeau, et, après être resté encore quarante jours sur la terre, il monta au ciel en présence de plusieurs personnes; il y est assis à la droite de Dieu, son père, d'où il viendra juger tous les hommes à fin du monde. Mais nous verrons toutes ces choses plus amplement quand nous apprendrons l'histoire du nouveau Testament, comme je vous l'ai promis. Achevons auparavant l'histoire de l'ancien Testament que nous avons commencée.

LADI MARY.

La jalousie de Saül contre David augmenta tellement, qu'il résolut de le faire périr. Il lui dit qu'il lui donnerait sa fille en mariage, pourvu qu'il tuât cent Philistins: le Seigneur protégea David, qui tua deux cents Philistins, au lieu de cent. Saül fut donc forcé de lui donner sa fille. Un jour que David jouait de la harpe devant lui, Saül voulut le tuer; David se sauva dans sa maison; le roi envoya des soldats pour le prendre; mais Michol, sa femme, le descendit par une fenêtre, et il se sauva chez le grand-prêtre Abimélec, et le pria de lui donner quelques pains et des armes. Le grand-prêtre, qui ne savait pas que David était brouillé avec Saül, lui donna cinq pains et l'épée de Goliath; mais un Iduméen, serviteur de Saül, ayant vu cela, le dit à son maître, qui ordonna à ses soldats de tuer le grand-prêtre avec toute sa famille, quoique Abimélec lui fît voir qu'il était innocent. Les soldats n'osant mettre la main sur le prêtre du Seigneur, Saül commanda à l'Iduméen de le tuer, ce qu'il fit sur-le-champ: il tua aussi quatre-vingt-cinq sacrificateurs; il fit détruire une ville qui leur appartenait, et fit tuer les femmes et les enfans.

LADI CHARLOTTE

O le méchant homme que Saül! comment est-ce que Dieu ne le punit pas?

MADEMOISELLE BONNE.

Donnez-vous patience ; Dieu souffre long-temps le pécheur, il amasse ses crimes, mais enfin sa bonté se lasse, et il vient un moment où il fait partir le tonnerre qu'il avait tnu long-temps suspendu sur sa tête Continuez, ladi Mary.

LADI MARY.

Saül poursuivait David dans tous les lieux où il croyait pouvoir le rencontrer. Or un jour que David était caché dans le fond d'une caverne avec soixante de ses gens, Saül eut un besoin qui l'obligea d'y entrer ; or, vous savez bien, mes dames, que quand on sort du grand jour, et qu'on entre dans un lieu obscur, on ne voit rien : Saül ne vit donc pas David; mais David le vit fort bien, et ceux qui étaient avec lui, lui conseillaient de le tuer ; mais David leur répondit : Dieu me préserve de mettre la main sur mon roi, sur celui qui a été sacré de son huile sainte ! Il se contenta donc de lui couper un morceau de son habit, encore en eut-il regret après, craignant d'avoir manqué de respect à son roi. Quand Saül fut sorti, David monta sur le rocher et appela Saül, en lui disant : Seigneur, pourquoi écoutez-vous les discours de ceux qui vous parlent contre moi ? Puisque j'ai pu couper un morceau de votre habit, je pouvais aussi vous tuer; mais je vous ai respecté, parce que vous êtes mon roi : l'Eternel sera juge entre vous et moi; car il sait que vous me persécutez injustement. Saül, ayant entendu ces paroles, dit : N'est-ce pas votre voix, mon fils David ? Et il pleura. Il dit encore Vous êtes plus juste que moi, et je connais à votre bonté que Dieu vous a certainement choisi pour vous donner la couronne ; jurez-moi devant Dieu que, quand vous serez monté sur le trône, vous ne ferez point mourir ma famille. David le lui ayant juré, le roi se retira. Jonathas avait fait la même prière à David, et lui avait dit : Ayez bon courage; mon père ne peut vous faire périr et il sait très-bien que vous serez roi d'Israël, pour moi, je ne serai point jaloux de vous voir sur le trône, et je serai content d'être le premier après vous; car le prince Jonathas aimait David plus que la vie

LADI CHARLOTTE.

Je suis bien contente de voir David bon ami avec Saül : apparemment que le roi ne chercha pas à lui faire du mal, après la bonté que David avait eue de ne le point tuer.

MADEMOISELLE BONNE.

Un méchant homme ne se corrige pas comme cela, mes enfans. Il y a des momens où il est honteux de sa méchanceté; mais il oublie bientôt cette honte pour retourner à cette méchanceté, comme vous verrez que fit Saül.

LADI SPIRITUELLE.

Ce méchant roi avait un bon fils ; et j'aime Jonathas de tout mon cœur. J'espère que David lui aura fait beaucoup de bien quand il sera devenu roi.

MADEMOISELLE BONNE.

David n'eut pas ce plaisir, ma chère, et Jonathas fut tué avant que David fût roi ; mais nous verrons cela la première fois : continuez miss Molly.

MISS MOLLY.

Samuël mourut en ce temps-là, et David se retira dans un désert proche la montagne de Carmel, et il épousa une femme nommé Abigaïl ; il en avait déjà deux, Michol et Abinoham. Saül assembla encore une armée pour le poursuivre.

Etant arrivé dans une plaine, on dressa des tentes pour passer la nuit. Abner gardait la tente du roi avec ses soldats ; mais au lieu de faire bonne garde, ils s'endormirent, et David, avec un de ses gens, entra jusque dans la tente du roi. Celui qui suivait David lui demanda la permission de tuer Saül ; mais David l'en empêcha, en lui disant : L'homme qui mettra la main sur l'oint du Seigneur, ne sera point innocent. Il se contenta donc d'emporter la coupe et la hallebarde de Saül, et quand il fut bien loin, il cria, et dit à Abner : Vous êtes un brave homme ; certainement vous avez mérité la mort, pour n'avoir pas gardé le roi. Saül, entendant ces paroles, appela encore David son fils, et convint qu'il était plus honnête homme que lui; il promit même de ne plus chercher à lui faire du mal; mais David le connaissait trop bien pour oser se fier à sa parole, et il se retirac hez les Philistins.

LADI CHARLOTTE

Il m'impatiente, ce Saül, avec ses promesses qu'il ne tient point. Il fallait en vérité que David fût bien bon de ne pas se débarrasser tout d'un coup d'un homme qui le persécutait si cruellement.

MADEMOISELLE BONNE.

Mais cet homme était son roi, cet homme était son beau-père. Parce que Saül était méchant, fallait-il que David devint méchant aussi? Que deviendrait le monde, mes enfans, si chacun se croyait autorisé à se venger? Il faut remettre ce soin à la justice des hommes, si on ne veut avoir recours à la justice de Dieu.

LADI TEMPETE.

Mais pourtant, avec toute sa patience, David était très-misérable, car il se voyait à tout moment en danger de perdre la vie. Il était obligé de vivre dans les bois, de manquer des choses les plus nécessaires, et cela dans le temps où il était le vrai roi, car Samuëel l'avait sacré avec l'huile.

MADEMOISELLE BONNE.

Auriez-vous mieux aimé être à la place de Saül qu'à celle de David?

LADI TEMPETE.

Non, ma Bonne; je n'aurais pas voulu être à la place de Saül; je pense qu'il était encore plus malheureux que David.

MADEMOISELLE BONNE.

Vous avez bien raison, ma chère. On n'est point à plaindre quand on est vertueux, et David l'était. Ce ne sont point les accidens de la vie, les incommodités, la pauvreté, qui rendent les hommes malheureux; toutes ces choses sont les maux du corps; or, votre corps n'est point vous : c'est un étranger : l'habit de votre âme ; et les maux de ce corps ne sont considérables qu'à mesure que votre âme y prend intérêt.

LADI CHARLOTTE

Mais, ma Bonne, mon corps est moi aussi bien que mon âme.

MADEMOISELLE BONNE.

Point du tout, ma chère. Quand vous serez morte, les vers mangeront votre chair, vos os tomberont en poussière, et cependant vous existerez encore, car votre âme restera telle qu'elle est. Vous savez bien qu'elle est immortelle.

LADI CHARLOTTE.

On me l'a dit, mais je ne le conçois pas.

MADEMOISELLE BONNE.

Vous le concevrez quelque jour, ma chère. Quand nous serons plus avancées, nous parlerons de ces choses, qui sont encore trop difficiles pour vous.

LADI MARY.

Mais David déjà avait deux autres femmes, ma Bonne ; est-ce que cela est permis, d'avoir plusieurs femmes ?

MADEMOISELLE BONNE.

Cela était permis autrefois, ma chère ; mais cela ne l'est pas aujourd'hui parmi les Chrétiens, parce que Jésus-Christ le leur a défendu.

LADI SPIRITUELLE.

J'en suis bien aise. Si un mari pouvait avoir plusieurs femmes, je ne me marierais jamais, car je ne pourrais pas alors être maîtresse dans la maison, et je m'imaginerais toujours que mon mari aimerait mieux ses autres femmes que moi.

MADEMOISELLE BONNE.

C'est-à-dire que vous êtes disposée à devenir jalouse. Vous auriez donc été fort malheureuse, si vous étiez née en Chine.

LADI MARY.

Est-ce que les Chinois ont plusieurs femmes ?

LADI SPIRITUELLE.

Oui, ma chère, ainsi que presque tous les peuples de l'Asie. Comme il nous reste un demi-quart d'heure : je vais vous raconter comme se font les mariages dans la Chine. Il faut que vous sachiez d'abord que dans la Chine les femmes ne sortent point à pied, et ne voient jamais d'autres hommes que leurs pères et leurs maris.

LADI SENSÉE

Comment donc peut-on se marier ? ma Bonne. Est-ce qu'un gentilhomme n'a pas la liberté de voir une fille, quand il veut l'épouser ?

MADEMOISELLE BONNE.

Ce ne sont pas ceux qui doivent se marier qui se mêlent de faire le mariage, ce sont les pères. Un homme qui a un fils va trouver un autre homme qui a une fille. Il s'informe des qualités de cette fille, et s'il croit qu'elle soit convenable à son fils, il la demande pour lui. Le père, l'ayant accordée, va dire à sa fille qu'il vient de la marier. Alors on lui met ses plus beaux habits, on l'enferme dans une machine qui est fermée, et on la porte dans la maison de son mari. Le nouveau marié attend avec bien de l'impatience le moment de voir sa femme. Quelquefois il est content de son marché, d'autres fois la femme n'est pas de son goût ; mais ne croyez pas pour cela qu'il ait de mauvaises façons pour elle ; il a trop de respect pour son père qui l'a choisie. Il demeure avec elle pendant huit jours, et au bout de ce temps, il lui demande permission de choisir une autre femme parmi celles qu'on lui a données pour la servir. La femme ne lui refuse jamais cette permission; mais cette autre femme que le mari prend, reste toujours sa servante, et la femme que le père a choisie, reste toujours maîtresse de la maison ; les enfans de la servante l'appelent leur mère, et lui sont soumis.

LADI TEMPETE.

Hé bien ! cela doit la consoler, puisqu'elle reste toujours la maîtresse ; et si la servante était insolente, pourrait-elle la punir?

MADEMOISELLE BONNE.

Sans doute, ma chère ; mais cela n'arrive point : la servante sait qu'elle doit respecter sa maîtresse, et travailler à gagner ses bonnes grâces pour elle et ses enfans. La maîtresse, par complaisance pour son mari, et pour s'en faire aimer, traite bien une femme qu'il aime, et tous ces gens vivent ordinairement dans la meilleure intelligence du monde.

LADI CHARLOTTE.

Mais ces gens-là sont donc plus raisonnables que les autres peuples ! J'ai lu dans la vie de Denys, tyran de Syracuse, qu'il avait épousé deux femmes dans un seul jour; et qu'il avait trouvé le secret de les faire vivre en paix, et j'ai ouï dire que cela prouvait que Denys était le plus habile homme du monde, parce que rien n'était plus difficile que de conserver la bonne intelligence entre deux femmes qui vivent dans une même maison, et qui doivent partager l'autorité

MADEMOISELLE BONNE.

Cet homme avait d'autant plus de raison, que ces deux femmes de Denys avaient chacune des enfans, et qu'il est naturel qu'elles cherchassent à les mettre sur le *trône* ; mais dans la Chine cela est moins difficile : si la maîtresse a des enfans, ils sont toujours audessus de ceux de la servante. D'ailleurs, mes enfans, l'éducation fait tout. Les filles sont instruites dès leur jeunesse, que c'est la coutume du pays; elles s'y attendent, et cela ne paraît point extraordinaire.

MISS MOLLY.

Mais ces pauvres femmes doivent bien s'ennuyer, puisqu'elles ne sortent jamais.

MADEMOISELLE BONNE.

Je vous ai dit qu'elles ne sortent jamais à pied ;

mais on les porte dans ces machines fermées chez les autres dames, pour faire des visites. C'est quelque chose de honteux pour une femme de paraître en public : il n'y a que des pauvres et des malhonnêtes femmes à qui cela soit permis. Et puis, quand les dames aimeraient à courir, elles ne pourraient pas aller bien loin à cause de leurs pieds.

LADI MARY

Est-ce que leurs pieds sont autrement faits que les nôtres ?

MADEMOISELLE BONNE.

Quand elles viennent au monde, elles ont les pieds faits comme les nôtres ; mais on a soin de leur plier les doigts des pieds en dedans, et de les attacher avec des bandes ; quand elles sont grandes, les doigts de leurs pieds semblent collés en dessous, comme sont nos doigts, quand nous avons la main fermée. On ne sait qui a commencé à faire cela aux enfans; mais apparemment qu'on a voulu par-là apprendre aux dames qu'elles ne doivent pas aimer à courir, et que leur vraie place est leur maison, où elles doivent rester pour avoir soin de leurs enfans et de leur ménage. Adieu, mes enfans, notre heure est passée.

26e DIALOGUE.

VINGT-QUATRIÈME JOURNÉE.

LADI MARY.

Ma Bonne, il y a long-temps que vous ne nous avez point raconté de cote : n'en aurons-nous pas un aujourd'hui ?

MADEMOISELLE BONNE

Je le veux bien, mes enfans.

Il y avait une fois un Seigneur qui avait deux filles jumelles, à qui l'on avait donné deux noms qui leur convenaient parfaitement. L'aînée, qui était très-belle, fut nommée *Belote*, et la seconde, qui était fort laide, fut nommée *Laidronnette*. On leur donna des maîtres ; et jusqu'à l'âge de douze ans, elles s'appliquèrent à leurs exercices ; mais alors leur mère fit une sottise ; car, sans penser qu'il leur restait encore bien des choses à apprendre, elle les mena avec elle dans les assemblées. Comme ces deux filles aimaient à se divertir, elles furent bien contentes de voir le monde, et elles n'étaient plus occupées que de cela, même pendant le temps de leur leçon, en sorte que leurs maîtres commencèrent à leur ennuyer. Elles trouvèrent mille prétextes pour ne plus apprendre : tantôt il fallait célébrer le jour de leur naissance ; une autrefois elles étaient priées à un bal, à une assemblée, et il fallait passer le jour à se coiffer, en sorte qu'on écrivait souvent des cartes aux maîtres pour les prier de point venir. D'un autre côté, les maîtres, qui voyaient que les deux petites filles ne s'appliquaient plus, ne se souciaient pas beaucoup de leur donner des leçons ; car, dans ce pays, les maîtres ne donnaient pas leçon seulement pour gagner de l'argent, mais pour avoir le plaisir de voir avancer leurs écolières. Ils n'y allaient donc guère souvent, et les jeunes filles en étaient bien aises. Elles vécurent ainsi jusqu'à quinze ans, et à cet âge Belote était devenue si belle, qu'elle faisait l'admiration de tous ceux qui la voyaient. Quand la mère menait ses filles en compagnie, tous les cavaliers faisaient la cour à Belote ; l'un louait sa bouche, l'autre ses yeux, sa main, sa taille ; et pendant qu'on lui donnait toutes ces louange, on ne pensait seulement pas que sa sœur fut au monde. Laidronnette mourait de dépit d'être laide, et bientôt elle prit un grand dégoût pour le monde et les compagnies, où tous les honneurs et les préférences étaient pour sa sœur. Elle commença donc à souhaiter de ne plus sortir ; et un jour qu'elles étaient priées à une assemblée qui devait finir par un bal, elle dit à sa mère qu'elle avaitmal à la tête, et qu'elle souhaitait de rester à la maison. Elle s'y ennuya d'abord à mourir, et, pour passer le temps, elle fut à la bibliothèque de sa mère pour chercher un roman, et fut bien fâchée de ce que sa sœur en avait emporté la clef. Son père avait aussi une bibliothèque, mais c'étaient des livres sérieux, et elle les haïssait beaucoup. Elle fut pourtant forcée d'en prendre un ; c'était un recueil de lettres; et en ouvrant le livre, elle trouva celle que je vais vous rapporter.

« Vous me demandez d'où vient que la plus grande partie des belles personnes sont extrêmement sottes et stupides : je crois pouvoir vous en dire la raison. Ce n'est pas qu'elles aient moins d'esprit que les autres en venant au monde ; mais c'est qu'elles négligent de le cultiver. Toutes les femmes ont de la vanité et elles veulent plaire. Une laide connaît qu'elle ne peut être aimée à cause de son visage; cela lui donne la pensée de se distinguer par son esprit. Elle étudie donc beaucoup ; et elle parvient à devenir aimable malgré la nature. La belle, au contraire, n'a qu'à se montrer pour plaire, sa vanité est satisfaite ; comme elle ne réfléchit jamais, elle ne pense pas que sa beauté n'aura qu'un temps ; d'ailleurs elle est si occupée de sa parure, du soin de courir les assemblées, pour se montrer, pour recevoir des louange qu'elle n'aurait pas le temps de cultiver son esprit, quand même elle en connaissait la nécessité. Elle devient donc une sotte, tout occupée de puérilités, de chiffons, de spectacle; cela dure jusqu'à trente ans, quarante ans au plus, pourvu que la petite-vérole, ou quelque autre maladie, ne vienne pas déranger sa beauté plutôt. Mais quand on n'est plus jeune, on ne peut rien plus apprendre: ainsi cette belle fille, qui ne l'est plus, reste une sotte pour toute sa vie, quoique la nature lui ait donné autant d'esprit qu'à une autre; au lieu que la laide, qui est devenue fort aimable, se moque des maladies et de la vieillesse, qui ne peuvent rien lui ôter. »

Laidronnette, après avoir lu cette lettre, qui semblait avoir été écrite pour elle, résolut de profiter des vérités qu'elle lui avait découvertes. Elle redemande ses maîtres, s'applique à la lecture, fait de bonnes réflexions sur ce qu'elle lit, et en peu de temps devient une fille de mérite. Quand elle était obligée de suivre sa mère dans les compagnies, elle se mettait toujours à côté des personnes en qui elle remarquait de l'esprit et de la raison : elle leur faisait des questions, et retenait toutes les bonnes choses qu'elle leur entendait dire : elle prit même l'habitude de les écrire, pour s'en mieux souvenir ; et à dix-sept ans, elle parlait et écrivait si bien, que toutes les personnes de mérite se faisaient un plaisir de la connaître, et d'entretenir un commerce de lettres avec elle. Les deux sœurs se marièrent le même jour. Belote épousa un jeune prince qui était charmant et qui n'avait que vingt-deux ans. Laidronnette épousa le ministre de ce prince, c'était un homme de quarante-cinq ans. Il avait reconnu l'esprit de cette fille, et il l'estimait beaucoup, car le visage de celle qu'il prenait pour sa femme n'était pas propre à lui inspirer de l'amour; il avoua même à Laidronnette qu'il n'avait que de l'amitié pour elle : c'était justement ce qu'elle demandait; elle n'était point jalouse de sa sœur, qui épousait un prince qui était si fort amoureux d'elle, qu'il ne pouvait la quitter une minute, et qu'il rêvait d'elle toute la nuit. Belote fut fort heureuse pendant trois mois, mais au bout de ce temps, son mari, qui l'avait vue tout à son aise, commença à s'accoutumer à sa beauté; et à penser qu'il ne fallait pas renoncer à tout pour sa femme. Il fut à la chasse, et fit d'autres parties de plaisir dont elle n'était pas, ce qui parut fort extraordinaire à Belote, car elle s'était persuadée que son mari l'aimerait toujours de la même force, et elle se crut la plus malheureuse personne du monde quand elle vit que son amour diminuait. Elle lui en fit des plaintes; il se fâcha; ils se raccommodèrent; mais comme ces plaintes recommençaient nous les jours, le prince se fatigua de l'entendre. D'ailleurs Belote, ayant eu un fils, devint maigre, et sa beauté diminua considérablement; en sorte qu'à la fin, son mari qui n'aimait en elle que cette beauté, ne l'aima plus du tout. Le chagrin qu'elle en conçut acheva de gâter son visage, et comme elle ne savait rien, sa conversation était fort ennuyeuse. Les jeunes gens s'ennuyaient avec elle, parce qu'elle était triste; les personnes les plus âgées et qui avaient du bon sens s'ennuyaient aussi avec elle, parce qu'elle était sotte; en sorte qu'elle restait seule presque toute la journée. Ce qui augmentait son désespoir, c'est que sa sœur Laidronnette était la plus heureuse personne du monde. Son mari la consultait sur ses affaires, et lui confiait tout ce qu'il pensait; il se conduisait par ses conseils, et disait partout que sa femme était la meilleure amie qu'il eut au monde. Le prince même, qui était un homme d'esprit, se plaisait dans la conversation de sa belle-sœur, et disait qu'il n'y avait pas moyen de rester une demi-heure sans bâiller avec Belote, parce qu'elle ne savait parler que coiffures et ajustemens, en quoi il ne connaissait rien. Son dégoût pour sa femme devint tel, qu'il l'envoya à la campagne, où elle eut le temps de s'ennuyer tout à son aise, et où elle serait morte de chagrin, si sa sœur Laidronnette n'avait pas eu la charité de l'aller voir le plus souvent qu'elle pouvait. Un jour qu'elle tâchait de la consoler, Belote lui dit : Mais, ma sœur, d'où vient donc la différence qu'il y a entre vous et moi ? Je ne puis m'empêcher de voir que vous avez beaucoup d'esprit, et que je ne suis qu'une sotte; cependant, lorsque nous étions jeunes, on disait que j'en avais pour le moins autant que vous. Laidronnette alors raconta son aventure à sa sœur, et lui dit : Vous êtes fort fâchée contre votre mari, puisqu'il vous a envoyée à la campagne, et cependant cette chose que vous regardez comme le plus grand malheur de votre vie peut faire votre bonheur, si vous le voulez. Vous n'avez pas encore dix-neuf ans, ce serait trop tard pour vous appliquer si vous étiez dans la dissipation de la ville ; mais la solitude dans laquelle vous vivez, vous laisse tout le temps nécessaire pour cultiver votre esprit. Vous n'en manquez pas, ma chère sœur, mais il faut l'orner par la lecture et les réflexions. Belote trouva d'abord beaucoup de difficultés à suivre les conseils de sa sœur, par l'habitude qu'elle avait contractée de perdre son temps en niaiseries ; enfin à force de se gêner, elle y réussit et fit des progrès surprenans dans toutes les sciences, à mesure qu'elle devenait aussi raisonnable : et comme la philosophie la consolait de ses malheurs, elle reprit son embonpoint, et devint plus belle qu'elle n'avait jamais été ; mais elle ne s'en souciait plus du tout, et ne daignait pas même se regarder dans le miroir. Cependant son mari avait pris un si grand dégoût pour elle, qu'il fit casser son mariage. Ce dernier malheur pensa l'accabler, car elle aimait tendrement son mari, mais sa sœur Laidronnette vint à bout de la consoler. Ne vous affligez pas, lui dit-elle ; je sais le moyen de vous rendre votre mari : suivez seulement mes conseils, et ne vous embarrassez de rien. Comme le prince avait eu un fils de Belote, qui devait être son héritier, il ne se pressa point de prendre une autre femme, et ne pensa qu'à se bien divertir. Il goûtait extrêmement la conversation de Laidronnette ; et il lui disait quelque-fois qu'il ne se marierait jamais, à moins qu'il ne trouvât une femme qui eût autant d'esprit qu'elle. Mais si elle était aussi laide que moi ? lui répondit-elle en riant. En vérité, madame, lui dit le prince, cela ne m'arrêterait pas un moment : on s'accoutume à un laid visage ; le vôtre ne me paraît plus choquant, par l'habitude que j'ai de vous voir : quand vous parlez il ne s'en faut de rien que je ne vous trouve jolie ; et puis, à vous dire la vérité, Belote m'a dégoûté des belles; toutes les fois que j'en rencontre une stupide, je n'ose lui parler, dans la crainte qu'elle ne me réponde une sottise. Cependant le temps du carnaval arriva, et le prince crut qu'il se divertirait beaucoup, s'il pouvait courir le bal sans être connu de personne. Il ne le confia qu'à Laidronnette, et la pria de se masquer avec lui; car, comme elle était sa belle-sœur, personne ne pouvait y trouver à redire, et quand on l'aurait su, cela n'aurait pu nuire à sa réputation. Cependant Laidronnette en demanda la permission à son mari, qui y consentit d'autant plus volontiers, qu'il avait lui-même mis cette fantaisie en tête au prince pour faire réussir le dessein qu'il avait de le réconcilier avec Belote. Il écrivit à cette princesse abandonnée, de concert avec son épouse, qui marqua en même temps à sa sœur comment le prince devait être habillé. Dans le milieu du bal, Belote vint s'asseoir entre son mari et sa sœur, et commença une conversation extrêmement agréable avec eux: d'abord le prince crut reconnaître la voix de sa femme: mais elle n'eut pas parlé un demiquart-d'heure, qu'il perdit le soupçon qu'il avait eu au commencement. Le reste de la nuit passa si vite, à ce qu'il lui sembla, qu'il se frotta les yeux quand le jour parut, croyant rêver, et demeura charmé de l'esprit de l'inconnue, qu'il ne put jamais engager à se démasquer: tout ce qu'il en put obtenir, c'est qu'elle reviendrait au premier bal, avec le même habit. Le prince s'y trouva le premier; et quoique l'inconnue y arrivât un quart-d'heure après lui, il l'accusa de paresse, et lui jura qu'il s'était beaucoup impatienté. Il fut encore plus charmé de l'inconnue cette seconde fois que la première, et avoua à Laidronnette qu'il était amoureux comme un fou de cette personne. J'avoue qu'elle a beaucoup d'esprit, lui répondit sa confidente; mais, si vous voulez que je vous dise mon sentiment, je soupçonne qu'elle est encore plus laide que moi. Elle connaît que vous l'aimez, et craint de perdre votre cœur quand vous verrez son visage. Ah! madame, dit le prince, que ne peut-elle lire dans mon âme? L'amour qu'elle m'a inspiré est indépendant de ses traits.

j'admire ses lumières, l'étendue de ses connaissances la supériorité de son esprit, et la bonté de son cœur. Comment pouvez-vous juger de la bonté de son cœur? oui dit Laidronnette. Je vais vous le dire, reprit le prince : quand je lui ai fait remarquer de belles femmes, elle les a louées de bonne foi, et elle m'a fait remarquer avec adresse des beautés qu'elles avaient, et qui échappaient à ma vue. Quand j'ai voulu, pour l'éprouver, lui conter les mauvaises histoires qu'on mettait sur le compte de ces femmes, elle a détourné adroitement le discours, ou bien elle m'a interrompu, pour me raconter quelque belle action de ces personnes, et enfin, quand j'ai voulu continuer, elle m'a fermé la bouche, en disant qu'elle ne pouvait souffrir la médisance. Vous voyez bien, madame, qu'une femme qui n'est point jalouse de celles qui sont belles, une femme qui prend plaisir à dire du bien du prochain, une femme qui ne peut souffrir la médisance, doit être d'un excellent caractère, et ne peut manquer d'avoir un bon cœur. Que me manquera-t-il pour être heureux avec une telle femme, quand même elle serait aussi laide que vous le pensez ? Je suis donc résolu à lui déclarer mon nom, et à lui offrir de partager ma puissance. Effectivement, dans le premier bal, le prince apprit sa qualité à l'inconnue, et lui dit qu'il n'y avait point de bonheur à espérer pour lui, s'il n'obtenait pas sa main ; mais, malgré ces offres, Belote s'obstina à demeurer masquée, ainsi qu'elle en était convenue avec sa sœur. Voilà le pauvre prince dans une inquiétude épouvantable. Il pensait comme Laidronnette, que cette personne si spirituelle devait être un monstre, puisqu'elle avait tant de répugnance à se laisser voir ; mais quoiqu'il se la peignît de la manière du monde la plus désagréable, cela ne diminuait point l'attachement, l'estime et le respect qu'il avait conçus pour son esprit et pour sa vertu. Il fut tout prêt à tomber malade de chagrin ; lorsque l'inconnue lui dit : Je vous aime, mon prince, et je ne chercherai point à vous le cacher : mais, plus mon amour est grand, plus je crains de vous perdre quand vous me connaîtrez. Vous vous figurez peut-être que j'ai de grands yeux, une petite bouche, de belles dente, un teint de lis et de roses : si par aventure j'allais me trouver avec des yeux louches, une grande bouche, un nez camard, des dents gâtées, vous me prierez bien vite de remettre mon masque. D'ailleurs, quand je ne serais pas si horrible, je sais que vous êtes inconstant : vous avez aimé Belote à la folie ; et cependant vous vous en êtes dégoûté. Ah ! madame, lui dit le prince, soyez mon juge ; j'étais jeune quand j'épousai Belote, et je vous avoue que je ne m'étais jamais occupé qu'à la regarder, et point à l'écouter ; mais lorsque je fus son mari, et que l'habitude de la voir eût dissipé mon illusion, imaginez-vous si ma situation dut être bien agréable. Quand je me trouvais seul avec mon épouse, elle me parlait d'une robe nouvelle qu'elle devait mettre le lendemain, des souliers de celle-ci, des diamans de celle-là. S'il se trouvait à ma table une personne d'esprit, et que l'on voulût parler de quelque chose de raisonnable, Belote commençait par bâiller, et finissait par s'endormir. Je voulus essayer de l'engager à s'instruire, cela l'impatienta : elle était si ignorante qu'elle me faisait trembler et rougir toutes les fois qu'elle ouvrait la bouche ; d'ailleurs elle avait tous les défauts des sottes : quand elle s'était fourrée une chose dans la tête, il n'était pas possible de l'en faire revenir en lui donnant de bonnes raisons, car elle ne pouvait les comprendre. Encore s'il m'avait été permis de me désennuyer d'un autre côté, j'aurais eu patience ; mais ce n'était pas là son compte : elle eût voulu que le sot amour qu'elle m'avait inspiré eût duré toute ma vie, et m'eût rendu son esclave. Vous voyez bien quell. m'a mis dans la nécessité de faire casser mon mariage. J'avoue que vous étiez à plaindre, lui répondit l'inconnue ; mais tout ce que vous me dites ne me rassure point. Vous dites que vous m'aimez ; voyez si vous serez assez hardi pour m'épouser aux yeux de tous vos sujets, sans m'avoir vue. Je suis le plus heureux de tous les hommes, puisque vous ne demandez que cela, répondit le prince ; venez dans mon palais avec Laidronnette, et demain, dès le matin, je ferai assembler mon conseil pour vous épouser à ses yeux. Le reste de la nuit parut bien long au prince ; et avant de quitter le bal, s'étant démasqué, il ordonna à tous les Seigneurs de la cour de se rendre dans son Palais, et fit avertir tous ses ministres. Ce fut en leur présence qu'il raconta ce qui lui était arrivé avec l'inconnue; et, après avoir fini son discours, il jura de n'avoir jamais d'autre épouse qu'elle, telle que pût être sa figure. Il n'y eut personne qui ne crût comme le prince, que celle qu'il épousait ainsi ne fût horrible à voir. Quelle fût la surprise de tous les assistans lorsque Belote s'étant démasquée, leur fit voir la plus belle personne qu'on pût imaginer? Ce qu'il y eut de plus singulier, c'est que le prince ni les autres ne la reconnurent pas d'abord, tant le repos et la solitude l'avaient embellie; on se disait seulement tout bas que l'autre princesse lui ressemblait en laid. Le prince extasié d'être trompé si agréablement, ne pouvait parler; mais Laidronnette rompit le silence pour féliciter sa sœur du retour de la tendresse de son époux. Quoi! s'écria le roi, cette charmante et spirituelle personne est Belote! Par quel enchantement a-t-elle joint aux charmes de sa figure ceux de l'esprit et du caractère qui lui manquaient absolument? Quelque fée favorable a fait ce miracle en sa faveur? Il n'y a point de miracle, reprit Belote; j'avais négligé de cultiver les dons de la nature; mes malheurs, la solitude, et les conseils de ma sœur, m'ont ouvert les yeux, et m'ont engagée à acquérir des grâces à l'épreuve du temps et des maladies. Et ces grâces m'ont inspiré un attachement à l'épreuve de l'inconstance, lui dit le prince en l'embrassant. Effectivement, il l'aima toute sa vie avec une fidélité qui lui fit oublier ses malheurs passés.

LADI SPIRITUELLE.

Je vous assure, ma Bonne, que ce conte est le plus joli de tous ceux que vous nous avez racontés; dites-nous la vérité, vous l'avez fait exprès pour nous.

MADEMOISELLE BONNE.

Cela pourrait bien être; mais, soit qu'il ait été fait pour vous ou non, mesdames, l'important est d'en profiter. Il a été bien long, mon conte, et j'ai peur

Les faux monnoyeurs N° 4.

Sur le minuit il entendit un grand bruit de chaînes.

que nous n'ayons pas le temps de rien dire sur la géographie. Commençons par nos histoires. C'est à vous, ladi Mary.

LADI MARY.

Les Philistins déclarèrent la guerre à Saül; il eut très-peur, et voulut consulter une femme qui devinait par le moyen du malin esprit. Il y fut déguisé, accompagné de deux de ses domestiques, et lui dit qu'il la priait de faire revenir une personne dont il avait besoin. Cette femme fit ses conjurations, et lui dit qu'elle voyait un vieillard; Saül reconnut au portrait qu'elle en fit, que c'était Samuel, et lui demanda quel devait être le succès de la bataille : Ce que je t'ai prédit arrivera, répondit Samuel; le Seigneur va t'ôter ton royaume; et toi et tes fils, vous serez demain avec moi. Saül, s'en alla tout effrayé. Le lendemain il donna la bataille, comme il vit que les ennemis étaient plus forts que lui, il se passa son épée au travers du corps : ses fils furent tués.

LADI CHARLOTTE.

Ma Bonne, j'ai toujours eu bien peur des morts. Ma nourrice me disait qu'ils revenaient: elle m'a conté je ne sais combien d'histoires à ce sujet.

MADEMOISELLE BONNE.

C'est que votre nourrice est une sotte, ma bonne amie: toutes les histoires qu'on raconte à ce sujet sont des fables. Je pourrais vous en citer plusieurs exemples, mais je me contenterai d'en rapporter deux.

Un gentilhomme avait été envoyé par le roi en Allemagne, pour des affaires de conséquence. Il revenait en poste avec quatre domestiques, lorsque la nuit le surprit dans un méchant hameau où il n'y avait pas un seul cabaret. Il demanda à un paysan s'il n'y avait pas moyen de loger dans le château. Le paysan lui répondit: Il est abandonné, monsieur; il n'y a qu'un fermier, dont la petite maison est hors du château, où il n'oserait entrer que de jour, parce que la nuit il y revient des esprits qui battent les gens. Le gentilhomme qui n'était pas peureux, dit au paysan : Je n'ai pas peur des esprits, je suis plus méchant qu'eux; et pour te le prouver, je veux que mes domestiques restent dans le village, et j'y coucherai tout seul. Ce n'était pourtant pas son intention de se coucher; il avait toute sa vie entendu parler de revenans, et il avait une grande curiosité d'en voir. Il fit allumer un bon feu, prit des pipes et du tabac, avec deux bouteilles de vin, et mit sur la table quatre pistolets chargés. Sur le minuit, il entendit un grand bruit de chaînes, et vit un homme beaucoup plus grand que d'ordinaire, qui lui faisait signe de venir à lui. Notre homme mit deux de ses pistolets à sa ceinture, un dans sa poche, prit le dernier dans sa main droite, et tenait la chandelle de l'autre main; dans cet équipage, il suivit le fantôme, qui descendit l'escalier, traversa la cour et entra dans une allée; mais lorsque le gentilhomme fut arrivé au bout de l'allée, tout d'un coup la terre manqua sous ses pieds, et il tomba dans un trou. Il s'aperçut alors de la sottise qu'il avait faite, car il vit à travers une cloison mal jointe, qui le séparait d'une cave, qu'il était tombé dans la puissance, non des esprits, mais d'une douzaine d'hommes qui tenaient conseil entre eux pour voir si on devait le tuer. Il connut par leurs discours que c'étaient des gens qui faisaient de la fausse monnaie. Le gentilhomme qui se voyait pris comme un rat dans une souricière, éleva la voix, et demanda la permission de parler. On la lui accorda, et il leur dit : Messieurs, ma conduite en venant ici, vous prouve que je suis un étourdi; mais en même temps elle doit vous assurer que je suis un homme d'honneur : car vous n'ignorez pas que presque toujours un coquin est un lâche. Je vous promets de garder le secret de cette aventure, et je vous le promets sur mon honneur. Ne commettez point un crime, en tuant un homme qui n'a jamais eu intention de vous faire du mal; d'ailleurs considérez les suites de ma mort. Je porte sur moi des lettres de conséquence, que je dois rendre au roi; j'ai quatre domestiques dans ce village; on fera tant de recherches pour savoir ce que je sera devenu qu'à la fin on vous découvrira. Ces hommes, après l'avoir écouté, décidèrent qu'il fallait se fier sur sa parole. On lui fit jurer sur l'évangile qu'il raconterait des choses terribles du château. Effectivement, il dit le lendemain qu'il y avait vu des choses terribles capablesde faire mourirun homme de frayeur et il ne mentait pas, comme vous pensez bien. Voilà donc une histoire de revenans bien établie. Personne n'aurait osé en douter, depuis qu'un homme tel que celui-là en assurait. Cela dura pendant douze ans : après ce temps, comme il était dans son château à se divertir avec plusieurs de ses amis, on lui dit qu'un homme qui conduisait deux chevaux l'attendait sur le pont pour lui parler, mais qu'il ne voulait pas entrer. La compagnie fut curieuse de savoir ce que signifiait cette aventure; mais dès que le gentilhomme parut, suivi de ses amis, celui qui était sur le pont lui cria : Arrêtez, s'il vous plaît, monsieur; je n'ai qu'un mot à vous dire. Ceux à qui vous avez promis le secret il y a douze ans, vous remercient de l'avoir si bien gardé ; présentement ils vous rendent votre parole; ils ont gagné de quoi vivre, et sont sortis du royaume, mais avant de me permettre de les suivre, ils m'ont chargé de vous prier d'accepter de leur part deux chevaux; et je vous les laisse. Effectivement cet homme, qui avait attaché ces deux chevaux à un arbre, fit partir le sien comme un éclair, et bientôt ils le perdirent de vue. Alors le héros de l'histoire raconta à un ami ce qui lui était arrivé, et ils conclurent qu'il ne fallait rien croire des histoires des revenans qui paraissaient les plus certaines; puisque, si on les examinait avec attention, on trouverait que la malice ou la faiblesse des hommes a donné naissance à ces contes.

LADI SPIRITUELLE.

J'aurais juré que c'étaient des diables ou des revenans qui étaient dans ce château.

Un peu de réflexion, mes enfans, et l'on n'ajoutera aucune croyance à ces histoires. Croyez-vousde bonne foi que Dieu qui est la sagesse et la bonté même, veuille faire des miracles, seulement pour tourmenter les hommes? croyez-vous qu'il permette à une âme de revenir sur la terre, pour faire des malices, tirer la couverture d'une personne qui dort, l'empêcher de dormir, et mille autres fadaises qui ne sont dignes que de risées ? Je vais vous prouver, par ce qui m'est arrivé à moi-même, le parti qu'il faut prendre dans ces sortes d'occasions. Je crois que le sort avait rassemblé exprès pour moi les plus sottes de toutes les servantes ; à six ans, je savais plus de cinq cents histoires de revenans, que je croyais comme l'évangile, et cela m'avait rendue si peureuse, que je craignais mon ombre ; mais, quand je commençai à avoir de la raison, je résolus de me guérir de cette maladie : je m'accoutumai donc le soir à aller seule, d'abord avec de la lumière, et puis après cela sans lumière ; je me disais à moi-même : Je ne suis pas seule, Dieu est dans cette chambre où je vais entrer, il saura bien me fendre : après cela, j'entrais hardiment, je m'asseyais et je ne quittais pas la place que je ne fusse tout-à-fait tranquillisée, et après je me moquais de moi-même. Si je voyais quelque chose dans l'obscurité, je m'avançais pour le toucher et je trouvais que c'était un linge ou une chaise, qui de loin me paraissaient sous une forme terrible ; car la peur grossit les objets. Petit à petit, je me guéris de cette faiblesse, et une aventure qui m'arriva acheva de me rendre tout-à-fait raisonnable. J'eus affaire pour quelques mois dans une petite ville. En y arrivant, j'envoyai chercher un tapissier pour me meubler un appartement que j'étais prête à louer. Le tapissier me dit qu'il avait une petite maison toute meublée, et qu'il me la donnerait tout entière pour une demi-guinée par mois : il n'y avait que deux ans que cette maison était rebâtie, parce qu'elle avait été brûlée, et il y avait même une vieille femme, qui, étant rentrée pour sauver son argent, y avait péri. Les voisins eurent grand soin de me raconter cette histoire, et me dirent que la vieille venait toutes les nuits pour compter son argent. Je fis un grand éclat de rire au nez de ces gens ; mais ils ajoutèrent que je serais la dupe de ma confiance ; que cette maison avait été louée plusieurs fois ; mais que personne ne pouvait y demeurer plus de trois jours. J'en suis charmée, répondis-je, j'ai toujours eu envie de voir ou d'entendre quelque chose d'extraordinaire, peut-être à la fin aurai-je ce plaisir; mais les esprits craignent ceux qui ne les craignent pas : j'ai bien peur que la bonne femme ne revienne plus. Aussitôt que je fus dans cette maison, je la visitai depuis la cave jusqu'au grenier ; car, si je n'ai plus peur des morts, je crains encore les vivans, et je pensais que quelque ennemi du tapissier pouvait peut-être se divertir et effrayer les gens pour empêcher sa maison d'être louée. N'ayant rien trouvé, je passai la journée fort tranquillement. Sur les onze heures du soir, étant auprès du feu avec mon mari, j'entendis un bruit sourd, mais sans pouvoir distinguer d'où il partait, parce qu'il changeait de place à tout moment. Le plus souvent pourtant il paraissait sortir du milieu de la chambre. Ce bruit ne m'effraya point ; et je dis en riant : Si je n'avais pas visité les caves, je croirais qu'on y fait de la fausse monnaie, car ce bruit ressemblait à celui d'un balancier. Le matin on n'entendit plus rien ; mais le bruit recommença les nuits suivantes, et, au bout de deux semaines, je remarquai qu'il était bien plus fort le vendredi, qui était justement le jour où la maison avait brûlé. Je passai la nuit du second vendredi sans me coucher, et, sur les quatre heures du matin, je crus entendre parler, mais cela semblait sortir de dessous terre. J'attendis le jour avec impatience, et je priai mon mari de rester à la même place; pour moi, je sortis, et fus dans la maison voisine; c'était un cabaret, et je m'aperçus que l'écurie de ce cabaret était derrière notre salle, où l'on entendait ce bruit. Vous savez, mesdames, que les chevaux frappent du pied de temps en temps : le jour on ne les entendait point, parce que le bruit qui se faisait de tous côtés l'empêchait ; mais dans le silence de la nuit on ne perdait pas un de leurs coups de pieds. Je pris un grand bâton, et ayant frappé trois coups contre terre, de toute ma force, je rentrai chez moi, et mon mari me dit que depuis que j'étais sortie on avait frappé trois coups. Les vendredis étaient des jours de marché ; il venait beaucoup de gens de la campagne qui couchaient en ville, et mettaient leurs chevaux dans cette écurie, ce qui augmentait le bruit Je me hâtai de conter mon histoire. Plusieurs personnes vinrent pour entendre le bruit, qui, du moment qu'on en sut la cause, ne parut plus que ce qu'il était, car on distinguait fort bien que c'était un bruit de pieds de cheval sur la terre. Ceux qui avaient eu peur et qui avaient décrié cette maison, furent bien honteux. Je n'y demeurai qu'un mois, parce qu'il se présenta de tous côté des gens pour la louer, et le maître fut si content de mon courage, que j'eus beaucoup de peine à lui faire recevoir mon argent.

LADI SENSEE.

Hé bien ! ma Bonne, si vous n'eussiez pas eu l'esprit d'aller dans cette maison, il serait demeuré pour sûr que la bonne femme faisait tout ce tapage

MADEMOISELLE BONNE.

Sans doute, chez les personnes qui n'auraient pas raisonné; car il était extravagant de penser que Dieu permettait que cette vieille revint de l'autre monde, seulement pour compter son argent. Continuez, miss Molly.

MISS MOLLY.

Après tous ces événemens, David fut reconnu roi de la tribu de Juda, de laquelle il était sorti. Abner, un des capitaines de Saül, fit reconnaître pour roi un des fils de ce malheureux prince par les autres tribus; mais, le fils de Saül ayant maltraité Abner, pour une femme, celui-ci vint se rendre à David, et le reconnut pour maître. Abner fut tué en trahison par Joab, capitaine de David, dont il avait tué le frère en se défendant. David pleura Abner, et maudit Joab. David, ayant consulté le Seigneur, fit la guerre aux Philistins, qu'il vainquit, et prit aussi Jérusalem.

Un prophète, nommé Nathan, vint trouver David de la part du Seigneur, et lui dit Dieu m'ordonne de te dire qu'il t'a donné la couronne d'Israël, et que ton sang régnera jusqu'à la fin des siècles. David s'humilia devant le Seigneur, et chanta un cantique à sa louange. Quelque temps après, ayant découvert un des fils de Jonathas, il lui rendit tous les biens de Saül. Cependant David eut une nouvelle guerre avec les Philistins; mais il resta à Jérusalem, et nomma Joab pour son lieutenant-général. Un jour qu'il se promenait sur la terrasse de son palais, il vit une belle femme qui se baignait : il apprit que c'était Bethzabée, femme d'Urie, qui était à l'armée. David écrivit à Joab de faire combattre Urie dans un endroit dangereux où il pût être tué : Joab lui obéit, et le brave Urie mourut. David épousa sa veuve, et en eut un fils. Au bout de deux ans, Dieu lui envoya le prophète Nathan, qui lui dit : Dieu vous avait donné le royaume d'Israël, de biens en abondance, et un grand nombre de femmes, et, malgré tous ces bienfaits vous l'avez offensé ; et vous avez fait tuer Urie pour avoir sa femme ; je vous annonce que l'épée ne sortira point de votre maison, et qu'on vous enlèvera vos femmes. David répondit : *J'ai péché* ! Le prophète lui dit : Et le Seigneur vous a pardonné; toutefois, comme vous avez scandalisé votre peuple, le fils que vous avez eu de Bethzabée mourra.

LADI SENSEE.

Ah ! ma Bonne, que je suis fâchée ! voilà David qui est devenu méchant comme Saül. Comment se peut-il faire qu'un si saint homme soit demeuré deux ans dans son péché sans en avoir regret ?

MADEMOISELLE BONNE.

Voilà l'effet des grands crimes, mes enfans : ils endurcissent le cœur ; mais remarquez que Saül avait dit, comme David : *J'ai péché* ! mais David le dit du fond du cœur. Il ne fut pas fâché à cause des malheurs dont il était menacé, mais seulement parce qu'il avait offensé Dieu ; aussi le Seigneur lui pardonna. Adieu, mes enfans, la première fois nous commencerons la leçon de géographie.

27. DIALOGUE.

VINGT-CINQUIÈME JOURNÉE.

MADEMOISELLE BONNE.

Je vous ai parlé de la Lorraine et de la Flandre, nous dirons aujourd'hui un mot de la Picardie. C'est une grande province assez fertile, mais il n'y croît point de vin. On dit communément que les Picards ont la tête chaude, c'est-à-dire, qu'ils sont extrêmement vifs, et sujets à se mettre en colère pour un rien; mais ils sont aussi prêts à s'apaiser qu'à se fâcher. Ils ont le cœur bon, droit et sincère. La capitale, comme je vous l'ai dit, est Amiens, sur la rivière de Somme.

Sous le gouvernement de Picardie, on trouve le *pays reconquis*, dont la capitale est Calais. Cette ville fut prise après un long siége par Edouard III, roi d'Angleterre. Ce prince, piqué de la longue résistance des Calésiens, demanda qu'on lui envoyât quatre chefs des principales familles de Calais, qu'il voulait faire mourir. Vous croyez peut-être, mes enfans, que tous les gens de qualité avaient peur d'être choisis: point du tout. Chacun d'eux prétendait à l'honneur de donner son sang pour son pays. Les quatre qui furent nommés se rendirent au camp du roi d'Angleterre, en chemise, tête et pieds nus, et la corde au cou; mais la reine, qui admirait leur vertu, obtint leur grâce. Ensuite le roi fit sortir tous les Français de Calais, et ces pauvres gens furent encore secourus par la reine et les dames de sa cour. Les Anglais ont gardé cette ville plus de deux siècles, et elle a été reprise par les Français, sous le régne de Henri

Il. Ce fut un duc de Guise, surnommé le Balafré, qui la reprit.

LADI SPIRITUELLE.

Ces pauvres gens, qui furent forcés d'abandonner leur pays et leurs biens, me font souvenir d'un trait d'histoire que j'ai lu quelque part, mais je ne me souviens pas des noms. Un prince avait pris une ville, et comme il était fort en colère contre les habitans, il résolut de les faire périr, et de ne pardonner qu'aux femmes : il leur permit donc de sortir de la ville, et d'emporter tout ce qu'elles avaient de plus précieux. Devinez ce qu'elles emportèrent, mesdames?

LADI CHARLOTTE.

Peut-être tout leur or, leur argent, et leurs beaux habits?

LADI SPIRITUELLE.

Non, ma chère, elles eurent bien plus d'esprit que cela. Chaque femme prit son mari sur son cou, elles passèrent ainsi devant le vainqueur, qui fut si charmé de la vertu de ces femmes, qu'il pardonna à toute la ville.

LADI SENSÉE.

L'histoire de ladi Spirituelle m'en rappelle une autre : si vous voulez me le permettre, ma Bonne, je la rapporterai à ces dames.

MADEMOISELLE BONNE.

Ladi Spirituelle me ressemble, elle est brouillée avec les noms propres. C'est un miracle quand je les retiens comme il faut. C'est un défaut de jeunesse; et il faut tâcher de l'éviter, mes enfans. Quand j'étais à votre âge, je ne lisais pas, je dévorais les livres; le moyen après cela de retenir les noms propres? A présent je suis trop vieille pour me corriger : mais pour vous, mes enfans, vous le pouvez, si vous voulez vous en donner la peine. Voyons l'histoire que vous voulez rapporter, ma chère.

LADI SENSÉE.

Il y avait un prince, nommé Démétrius Poliocrete qui avait fait beaucoup de bien au peuple de la ville d'Athènes. Ce prince, en partant pour la guerre, laissa sa femme et ses enfans chez les Athéniens. Il perdit la bataille, et fut obligé de s'en fuir. Il crut d'abord qu'il n'avait qu'à se retirer chez ses bons amis les Athéniens ; mais ces ingrats refusèrent de le recevoir ; ils lui renvoyèrent même sa femme et ses enfans, sous prétexte qu'ils ne seraient peut-être pas en sûreté dans Athènes, où les ennemis pourraient les venir prendre. Cette conduite perça le cœur de Démétrius ; car il n'y a rien de si cruel pour un honnête homme que l'ingratitude de ceux qu'il aime et auxquels il a fait du bien. Quelque temps après, ce prince raccommoda ses affaires, et vint avec une grande armée mettre le siége devant la ville d'Athènes. Les Athéniens persuadés qu'ils n'avaient aucun pardon à espérer de Démétrius, résolurent de mourir les armes à la main, et portèrent un arrêt qui condamnait à la mort ceux qui parleraient de se rendre à ce prince ; mais ils ne faisaient pas réflexion qu'il n'y avait presque point de blé dans la ville, et que bientôt ils manqueraient de pain. Effectivement, après avoir souffert la faim très-long-temps, les plus raisonnables dirent : Il vaut mieux que Démétrius nous fasse tuer tout d'un coup que de mourir par la faim ; peut-être aura-t-il pitié de nos femmes et de nos enfans. Ils lui ouvrirent donc les portes de la ville. Démétrius commanda que tous les hommes mariés fussent dans une grande place qu'il avait fait environner de soldats qui avaient tous l'épée nue ; alors on n'entendit dans la ville que des cris et des gémissemens : les femmes embrassaient leurs maris ; les enfans leurs pères, et leur disaient le dernier adieu. Quand ils furent tous dans cette place, Démétrius monta sur un lieu élevé, et leur reprocha leur ingratitude dans les termes les plus touchans : il était si pénétré qu'il versait des larmes en leur parlant ; ils gardaient le silence, et s'attendaient à tout moment que ce prince allait commander à ses soldats de les tuer. Ils furent donc bien surpris, lorsque ce bon prince leur dit : Je veux vous montrer combien vous êtes coupables à mon égard ; car enfin ce n'est pas à un ennemi à qui vous avez refusé du secours, c'est à un prince qui vous aimait, qui vous aime encore et qui ne veut se venger qu'en vous pardonnant et en vous faisant du bien. Retournez chez vous ; pendant que vous êtes restés ici, mes soldats, par mon ordre, ont porté du blé et du pain dans vos maisons.

LADI SPIRITUELLE.

Si les Athéniens étaient honnêtes gens, ils devaient mourir de douleur d'avoir pu offenser un si bon prince.

MADEMOISELLE BONNE.

Quand même ils eussent tous été des coquins, cette conduite était toute propre à les faire rentrer en eux mêmes. Faites-moi souvenir la première fois de vous raconter une histoire qui vous prouvera ce que je vous dis. J'aurais aussi beaucoup de choses à vous dire sur la province de Normandie; mais présentement il faut nous dépêcher de dire nos histoires : à quatre heures, il doit arriver une chose qui vous surprendra beaucoup; il sera nuit tout d'un coup, mesdames, et puis une demi-heure après, nous aurons encore le jour.

LADI MARY.

Comment cela se peut-il ? ma Bonne.

MADEMOISELLE BONNE.

Je vous l'expliquerai alors, ma bonne amie ; à présent dites votre histoire.

LADI MARY.

Dieu punit David du crime qu'il avait commis par la mort du fils qu'il avait eu de Bethzabée. David se soumit aux volontés du Seigneur, et s'humilia devant lui : Dieu récompensa sa soumission, en lui donnant un autre fils de Bethzabée, qui fut nommé Salomon, et qui régna après lui. David eut encore plusieurs enfans; mais ce fut pour son malheur : l'un d'eux nommé Absalon, ayant reçu un outrage de son frère Amnon, l'invita à un festin et le tua. Absalon, craignant la colère de son père, s'enfuit chez un prince voisin où il resta trois ans; au bout de ce temps, Joab qui commandait les troupes de David, obtint son pardon. Absalon, au lieu d'être touché de la bonté de son père, résolut de le détrôner. Il s'attacha à flatter le peuple pour gagner ses bonnes grâces; quand il crut y avoir réussi, il demanda à David la permission d'aller exécuter un vœu qu'il avait fait; mais, au lieu de cela, il assembla des troupes et marcha sur Jérusalem. David se sauva avec ses amis, et se retira sur la montagne des Oliviers.

LADI TEMPETE

Je n'ai pas une goutte de sang dans les veines, ma Bonne: je crains que David ne tombe entre les mains d'Absalon.

MADEMOISELLE BONNE.

Vous oubliez, ma chère, que Dieu protégeait David; il paraît quelquefois abandonner les bons et les livrer aux méchans; mais dans le temps même qu'il châtie les crimes des premiers, il est attentif à leurs intérêts, et empêche qu'ils ne succombent.

LADI CHARLOTTE.

Quand Absalon eut assemblé son armée, il marcha contre son père: ceux qui étaient avec David ne voulurent pas qu'il allât contre Absalon. Ce fut Joab qui commanda l'armée, et David lui commanda d'épargner son fils, mais il n'obéit pas aux ordres du roi; car Absalon ayant été battu, et voulant s'enfuir, fut arrêté par ses cheveux en passant sous un arbre où il demeura accroché. Joab lui perça le cœur; ce qui ayant été rapporté à David, il dit: *Plût à Dieu que je fusse mort, et que mon fils fut vivant!* Joab, voyant qu'il pleurait son fils, lui manqua de respect, et le força de paraître devant le peuple. Cependant la tribu de Juda se pressa de ramener David à Jérusalem. Les tribus d'Israël furent jalouses de ce que la tribu de Juda avait ramené David, il y eut entre elles de grosses querelles. Alors un homme, nommé Sebad, sonna de la trompette, et fit révolter les dix tribus d'Israël contre David. Joab fut assiéger une ville dans laquelle cet homme était enfermé, et elle aurait été détruite, sans la sagesse d'une femme qui la sauva; car ayant fait assembler le peuple, elle représenta qu'il y avait de la folie de s'exposer à la mort pour un rebelle. Le peuple s'assembla donc contre Sebad, et lui ayant coupé la tête, ils la jetèrent à Joab par-dessus les murailles, ce qui finit la guerre.

LADI SPIRITUELLE.

Je vous assure, ma Bonne, que je n'ai point pitié d'Absalon; il fallait qu'il fut bien méchant, pour chercher à faire périr son père, et un père qui l'aimait avec tant de tendresse et qui lui avait déjà pardonné la mort de son frère Amnon.

MADEMOISELLE BONNE.

Absalon était peut-être né avec de bonnes inclinations, mes enfans; mais il avait les passions violentes, et parce qu'il ne s'appliqua pas à les modérer, il parvint par dégrés à cet excès de méchanceté de vouloir tuer son père. Peut-être si on avait prédit à Absalon, pendant qu'il était jeune, qu'il deviendrait si méchant, il en serait mort de frayeur; mais il s'accoutuma à flatter ses passions, et ensuite il n'en fut plus le maître. Voilà ce qui arrive à bien des gens, mes enfans: voilà ce qui vous arrivera à vous-mêmes, si vous n'avez pas soin de réprimer vos vices, quels qu'ils soient.

LADI TEMPETE.

Comment! ma Bonne, je pourrais devenir aussi méchante qu'Absalon? En vérité, je ne le puis pas croire.

MADEMOISELLE BONNE.

Et moi, ma chère, je pourrais en faire serment. Toute personne qui a des passions vives doit être sûre qu'il faut qu'elle devienne ou très-vertueuse, ou très-méchante, il n'y a pas de milieu. Oui, ma chère, si vous prenez le parti de vaincre vos passions, comme je l'espère, il vous en coûtera beaucoup sans doute, mais votre vertu sera forte, solide, inébranlable, parce que vous l'aurez acquise à la pointe de l'épée, pour ainsi dire; que si vous ne prenez point ce parti, il n'est point de crimes que vous ne soyez capable de commettre dans la suite, si vous en avez l'occasion, et que vous ayez besoin d'en profiter pour vous satisfaire. Nous en avons eu un terrible exemple en France, il y a quelques années; il me prend envie de vous le rapporter.

Il y avait une fille fort aimable et fort riche, qui n'avait qu'un défaut : elle aimait trop ses richesses, et ne voulait épouser qu'un homme aussi riche qu'elle ; d'ailleurs elle était douce et n'avait pas de mauvaises inclinations. Elle demeurait avec une de ses tantes, qui gardait tout son argent, et qui connaissait le défaut de sa nièce. Il se présentait plusieurs mariages pour cette fille, et entre autres, un nommé M. Tiquet en devint amoureux, et s'attacha à gagner les bonnes grâces de la tante. Cette femme, qui souhaitait que M. Tiquet devint son neveu, lui découvrit le défaut de sa nièce, et lui dit qu'il lui plairait sûrement s'il était fort riche. M. Tiquet découvrit à cette femme qu'il n'avait pas une grosse fortune, et la pria de lui aider à tromper sa nièce; elle y consentit, et lui ayant donné quinze mille écus de l'argent de sa nièce, M. Tiquet en fit faire un bouquet de diamans qu'il donna à cette fille le jour de sa fête. Elle pensa qu'un homme qui avait le moyen de faire de tels présens devait être riche comme un Crésus, et elle consentit enfin à l'épouser. Quand elle fut sa femme, et qu'elle s'aperçut qu'il l'avait trompée, elle prit une grande haine pour lui, et pour se dissiper, elle résolut de voir grande compagnie. Parmi ceux qui venaient lui rendre visite, il y avait un cavalier fort aimable, dont elle devint amoureuse. Alors elle maudit le moment où elle s'était mariée, et souhaitait tous les jours la mort de son mari pour épouser son amant. La première fois qu'elle eut cette pensée de lui souhaiter la mort, elle en eut horreur ; car elle n'était pas encore tout-à-fait méchante ; mais comme elle pensait qu'elle ne serait jamais heureuse avec un homme qu'elle n'aimait pas, et qu'elle nourrissait avec plaisir l'idée d'épouser son amant, son cœur acheva de se gâter, et elle s'abandonna tout entière au désir de le voir mort. Quand elle se fut familiarisée avec cette pensée, qu'elle écoutait sans scrupule, elle pensa que son mari se portait très-bien, et que peut-être il vivrait plus long-temps qu'elle : petit à petit il lui vint dans la pensée qu'elle pouvait le faire tuer. Vous sentez bien, mes enfans, qu'il lui fallut du temps pour s'accoutumer à cette abominable pensée; mais enfin elle en vint à bout. Elle donna de l'argent à un homme pour tuer son mari, et on lui tira un coup de pistolet, mais il ne fut que blessé. Comme on savait que sa femme ne l'aimait pas, tout le monde crut que c'était elle qui avait fait faire ce mauvais coup, et ses amis lui conseillèrent de s'enfuir, puisqu'on lui en laissait le temps; mais elle ne voulut jamais le faire, dans la crainte que son mari ne prît son bien pendant son absence. Elle fut donc arrêtée, et ayant été convaincue de son crime, elle eut la tête tranchée. Vous voyez, mes enfants, dans quelle extrémité les passions peuvent nous porter. Il faut que cela nous engage à les combattre sans cesse, et à ne leur rien lâcher.

LADI MARY.

Ah! ma Bonne, je croyais que vous vous moquiez de nous, quand vous disiez qu'il serait nuit à quatre heures, et cependant je m'aperçois que vous avez dit la vérité. Pourquoi la nuit vient-elle de si bonne heure? qu'est-ce qui vous avait avertie que cela devait arriver?

MADEMOISELLE BONNE.

Cette obscurité est causée par une éclipse du soleil: et les astronomes nous avaient averti que cette éclipse arriverait aujourd'hui à quatre heures.

LADI TEMPETE.

Je ne suis pas plus savante que je ne l'étais auparavant, ma Bonne. Je ne sais pas ce que c'est qu'une *éclipse* et des *astronomes*.

MADEMOISELLE BONNE.

Ladi Sensée va vous l'apprendre, ma chère. Dites à ces dames, je vous prie, ce que c'est qu'une éclipse.

LADI SPIRITUELLE.

Je le sais bien aussi, ma Bonne; si vous voulez, je le dirai.

MADEMOISELLE BONNE.

Non, ma chère; mais je voudrais bien que vous apprissiez à vaincre votre vanité, cela est plus important que de connaître ce que c'est qu'une éclipse. Vous auriez été bien fâchée de vous taire dans cette occasion, et vous avez saisi avec avidité l'occasion de montrer votre science, sans penser qu'en même temps vous faisiez voir votre amour-propre. Si ladi Sensée avait autant de vanité que vous, elle serait très-fâchée, et ne vous pardonnerait pas votre empressement à briller à ses dépens. Voilà ce qui fait haïr les femmes qui ont un peu plus étudié que les autres. Elles ne veulent laisser le temps à personne de parler; elles veulent briller toutes seules, et se rendent plus insupportables par-là. Ladi Sensée, qui en sait plus à présent que vous n'en saurez dans dix ans, est bien plus prudente; elle ne parle jamais de choses que les autres ignorent; et, à moins qu'on ne l'interroge, elle garde le silence, comme il convient à une fille de son âge. Hé bien ! ladi Spirituelle, vous voilà bien mortifiée et bien en colère contre moi; cependant je viens de vous rendre un plus grand service que si je vous avais lassée étaler votre science, et vous eusse donné bien des louanges. Venez m'embrasser pour me remercier; mais que ce soit de bon cœur au moins.

LADI SPIRITUELLE.

Oh! ma Bonne, je ne suis point fâchée contre vous, mais contre moi; j'ai beau faire, ma vanité me fait faire des sottises à tout moment.

MADEMOISELLE BONNE.

A la fin vous en viendrez à bout, ma chère; mais, avec la même amitié que j'ai blâmé votre vanité, je vais louer votre docilité. Profitez de cet exemple, ladi Tempête; vous êtes toute surprise de voir que votre compagne n'est pas fâchée contre moi, quoique je l'aie reprise devant tout le monde assez durement.

LADI SPIRITUELLE.

Ma Bonne, vous pourriez me battre, que je ne me fâcherais pas, je suis si persuadée que vous m'aimez de tout votre cœur, que je croirai toujours que tout ce que vous ferez, sera pour mon bien.

MADEMOISELLE BONNE.

Et vous penserez juste, ma chère. Je vous assure qu'il a fallu me faire violence pour vous mortifier ; mais mon amitié pour vous a été plus forte que ma répugnance à vous donner ce petit chagrin. Revenons à nos éclipses : mais auparavant je vais allumer ma bougie, car on ne voit presque plus.

LADI SENSÉE.

On dit qu'il y a une éclipse quand la lune se rencontre entre le soleil et la terre.

LADI MARY.

Je ne comprends pas cela, madame.

LADI SENSÉE.

Je vais vous rapporter une histoire qui vous le fera comprendre, madame.

Autrefois on ne savait pas qu'elle était la cause des éclipses, et les anciens croyaient que cela annonçait quelque grand malheur ; ainsi ils auraient été bien fâchés d'entreprendre quelque chose dans le temps d'une éclipse. Il y avait un jour un capitaine, nommé Périclès, qui était prêt à s'embarquer pour aller faire la guerre. Comme il mettait le pied dans son vaisseau, il vint une éclipse de soleil ; son pilote ne voulut pas partir, parce qu'il croyait qu'ils périraient infailliblement. Périclès qui était savant, n'avait pas peur ; il dit à son pilote que cela était une chose naturelle, et que la lune, s'étant mise devant le soleil, empêchait de le voir. Le pilote ne comprenant rien à cela, Périclès, qui s'impatientait, lui jeta son manteau sur la tête, et lui dit : Me vois-tu ? Je n'ai garde de vous voir, répondit le pilote, puisque votre manteau qui est entre vous et mes yeux m'en empêche. Grand ignorant, reprit Périclès, voilà la raison pour laquelle tu ne vois pas le soleil : c'est que la lune est entre tes yeux et le soleil, comme mon manteau est entre moi et tes yeux.

MADEMOISELLE BONNE.

Entendez-vous cela présentement, ladi Mary ?

LADI MARY.

Non, ma Bonne, car je ne conçois pas comment la lune peut se trouver devant le soleil, et comment on peut devenir tout juste le moment où elle s'y trouvera.

MADEMOISELLE BONNE.

Le soleil étant plus haut que la lune, et la lune marchant, il n'est pas extraordinaire qu'ils se rencontrent. Or, on sait précisément le chemin que fait la lune, et l'on sait encore qu'elle ne se dérange jamais de son chemin ordinaire; ainsi on peut prédire toutes les éclipses qui arriveront, et les gens qui étudient la science des astres, se nomment des astronomes.

LADI SPIRITUELLE.

Mais comment a-t-on inventé cette science?

MADEMOISELLE BONNE.

La nécessité qui est la mère de l'industrie, a produit toutes les sciences et les arts; mais c'est l'oisiveté qui a produit l'astronomie. Vous devez vous souvenir, mes enfans, que les premiers hommes étaient bergers, c'est-à-dire qu'ils gardaient les troupeaux. Comme ils vivaient dans des pays fort chauds, ils étaient dans la campagne pendant la nuit : dans ce temps où ils n'avaient rien à faire, ils s'amusaient à regarder les étoiles. A force de les regarder toutes les nuits, ils remarquèrent qu'à telle heure on voyait paraître certaines étoiles. Ils virent aussi que les étoiles avançaient régulièrement, et ils parvinrent à pouvoir prédire le chemin qu'elle faisaient, et les places qu'elles devaient occuper. On se fit donc un plan de leurs remarques, et d'habiles gens qui examinèrent ces remarques, en firent une science; car elle était fondée sur l'expérience.

LADI SENSEE.

Permettez-moi de vous faire une question, ma Bonne. Puisque les premiers hommes s'avaient l'astronomie, comment du temps de Périclès s'effrayaient-ils quand ils voyaient une éclipse?

MADEMOISELLE BONNE.

Cette science se conserva long-temps en Egypte ; mais elle ne fut jamais perfectionnée ni chez les Grecs, ni chez les Romains. Les habiles gens savaient bien que le peuple s'effrayait à tort pour les prodiges naturels ; mais au lieu de guérir la superstition, ils l'a nourrissaient ; parce que cela leur servait à faire faire au peuple tout ce qu'ils voulaient.

MISS MOLLY

Vous nous avez dit que la nécessité a inventé les autres arts et sciences ; y en a-t-il beaucoup ?

MADEMOISELLE BONNE.

Oui, ma chére, chaque besoin a produit un art. Le plus pressé pour les hommes, après le péché d'Adam, fut de cultiver la terre : ce besoin produisit un art qu'on nomma *l'agriculture*. Il fallut ensuite penser à se loger. D'abord les hommes se retiraient dans les cavernes ; mais comme il ne s'en trouvait pas partout, ils se bâtirent des cabanes, qui d'abord ne servirent que pour les mettre à couvert des injures du temps. Ensuite on pensa à rendre ces cabanes plus commodes; puis on chercha à les rendre magnifiques : et cela produisit un autre art, qu'on nomma l'*architecture*. Ceux qui demeuraient en Egypte, dans ce pays où il ne pleut jamais, et où le Nil se déborde, inventèrent un art, qu'on nomma *géométrie*. Cet art est celui de mesurer et de compter.

LADI CHARLOTTE.

Je sais donc la géométrie ! ma Bonne, car je sais bien compter.

Vous savez une partie de la géométrie, ma chère, puisque vous savez l'arithmétique ; mais cette science est bien plus étendue, puisqu'elle comprend aussi l'art de mesurer sûrement et promptement. Je vais vous dire ce qui engagea les Egyptiens à inventer cette science. Comme l'abondance ou la disette dépend chez eux des débordemens du Nil, vous pouvez penser qu'ils furent fort attentifs à mesurer l'accroissement de ce fleuve ; d'ailleurs, le Nil, en se débordant, dérangeait sans doute les pierres ou les haies qui marquaient l'héritage d'un chacun, ce qui les mettait dans la nécessité d'avoir toujours la mesure à la main.

La nécessité de se guérir des différentes maladies qui affligent les hommes donna naissance à un autre art, qu'on nomma la *médecine*.

Ensuite il se trouva des hommes ambitieux qui voulaient commander aux autres ; des hommes vertueux qui voulaient les engager à vivre en société les uns avec les autres ; et comme ces hommes n'étaient pas assez puissans pour les forcer à obéir, ou assez méchans pour abuser de leur puissance, ils cherchèrent un moyen plus doux de faire réussir leur dessein. Comme ils avaient étudié le caractère des hommes, ils connurent qu'ils se laissaient persuader par de beaux discours, et cela fit naître la *rhétorique* ou l'*art de bien parler*. Ils réfléchirent ensuite que, pour bien arranger les paroles, il fallait savoir auparavant arranger ses idées, et cela produisit un autre art qu'on nomma la *logique* ou l'*art de bien penser*. D'autres hommes considérèrent qu'en vain l'homme avait trouvé les autres arts, s'il ignorait celui de se rendre heureux, en devenant vertueux ; ils donnèrent donc aux hommes l'art d'acquérir le bonheur, en réglant ses passions ; et cet art, le plus nécessaire de tous, fut appelé la *philosophie*. On dit que l'amour donna naissance à la *peinture*, parce qu'un amant qui était obligé de se séparer de sa maîtresse, s'avisa de crayonner ses traits avec du charbon. Les autres besoins des hommes firent naître les arts mécaniques ; mais j'ai beau chercher, mes enfans, je ne puis me souvenir du besoin qui a fait inventer la *musique*.

LADI SENSÉE.

N'est-ce pas le besoin de se désennuyer? ma Bonne.

MADEMOISELLE BONNE.

Cela pourrait bien être, mes enfans. La *danse*, dans son origine, n'a peut-être été inventée que pour donner de l'exercice au corps. Je vous prie, ladi Sensée, répétez les noms des arts dont je viens de parler.

LADI SENSEE.

L'agriculture, l'architecture, la géométrie, la logique, la rhétorique, la philosophie, l'astronomie, la médecine, la physique, la peinture, la musique et la danse.

MADEMOISELLE BONNE.

Vous avez eu plus de mémoire que moi, ma chere; car j'avais oublié le *physique*, qui est la science des choses naturelles. Pour celle-là, elle doit sa naissance à la curiosité. Adieu, mes enfans, retenez bien les noms de toutes ces sciences : il est honteux de n'en pas connaître au moins les noms et l'usage.

28e DIALOGUE.

VINGT SIXIÈME JOURNÉE.

LADI CHARLOTTE.

Ma Bonne, vous nous avez promis de commencer la [illegible]on par une histoire.

MADEMOISELLE BONNE.

Je vous tiendrai volontiers parole, pourvu que vous me rappeliez à propos de quoi je vous ai promis cette histoire.

C'était au sujet des Athéniens et du prince Démétrius ; vous nous dites que, quand même ils eussent été des coquins, la conduite de ce prince les aurait fait entrer en eux-mêmes, et les eût rendus honnêtes gens.

Vous me rappelez mon histoire, ma chère ; la voici. Il y avait un père qui fut si malheureux, que, n'ayant qu'un fils, ce monstre résolut de lui ôter la vie. Il confia ce mauvais dessein à un domestique, qui lui avait aidé jusqu'à ce jour à voler son père ; mais ce garçon, ayant horreur d'un si grand crime, fut se jeter aux pieds du père, et lui déclara le dessein de son fils. Ce vieillard dissimula cet affreux secret, et dit à son fils qu'il voulait le mener à la campagne pour lui faire voir une fille belle et riche qu'il voulait lui faire épouser. Il fallait passer par une forêt extrêmement dangereuse, parce qu'il y avait souvent des voleurs. Quand ils furent arrivés au milieu de cette forêt, le père commanda à son fils de descendre de cheval, et lui dit : J'ai découvert le dessein affreux que vous avez conçu de m'ôter la vie ; mais,. mon fils, avez-vous bien réfléchi sur les suites de cette action ? Votre crime, s'il était découvert, vous conduirait sur l'échafaud : j'ai voulu vous épargner le dernier supplice, en vous conduisant ici ; vous pouvez m'y percer le cœur en sûreté. Frappez, ajouta ce vieillard, en lui présentant un poignard et son sein ; j'aurai du moins la consolation de mettre votre vie et votre honneur en sûreté, en mourant dans ce lieu solitaire. Peut-être que vous vous rappellerez quelque jour ma bonté, et que, touché de cette dernière marque que je vous en donne, vous pleurerez votre parricide.

Vous pensez bien, mes enfans, que ce garçon, quelque méchant qu'il fût, fut confondu du discours de son père ; il se repentit sincèrement, et devint aussi honnête homme qu'il avait été méchant par le passé.

LADI SENSÉE.

Est-il possible, ma Bonne, qu'il y ait des hommes assez méchans pour avoir la pensée de tuer leurs pères ou leurs mères ?

MADEMOISELLE BONNE.

Un grand législateur pensait comme vous, ma chère. Il ordonna des châtimens pour toutes sortes de crimes, mais il n'en voulut point marquer pour les parricides, parce qu'il ne croyait pas qu'un homme pût se rendre coupable d'un tel crime

LADI MARY.

Qu'est-ce que cela veut dire, *les parricides* ?

MADEMOISELLE BONNE.

On appelle *parricides*, ceux qui tuent leur père ou leur mère ; *fratricides*, ceux qui tuent leurs frères ; *suicides*, ceux qui se tuent eux-mêmes; et *déicides*, les Juifs qui ont fait mourir Jésus-Christ.

MISS MOLLY.

Est-ce un grand péché de se tuer soi-même .

MADEMOISELLE BONNE.

Certainement, ma chère; ceux qui se tuent son

damnés éternellement, à moins qu'ils ne soient devenus fous auparavant, comme cela arrive ordinairement.

LADI TEMPETE.

J'ai ouï dire qu'il n'y avait que les gens courageux qui se tuaient eux-mêmes.

MADEMOISELLE BONNE.

On vous a trompée, ma chère; ceux qui se tuent eux-mêmes sont des gens, faibles qui cèdent lâchement à la douleur, qui n'ont pas le courage de supporter les peines et les chagrins de la vie, qui aiment mieux s'en débarrasser tout d'un coup par la mort.

LADI SPIRITUELLE.

J'ai lu une singulière histoire d'un homme qui voulait se faire mourir: voulez-vous que je la rapporte à ces dames? ma Bonne.

MADEMOISELLE BONNE.

Je le veux bien, ma chère.

LADI SPIRITUELLE.

Jules-César assiégeait une ville dans laquelle il y avait deux hommes qui étaient ses ennemis, et qui avaient essayé de lui faire beaucoup de mal. Un de ces hommes, qui craignait la colère du vainqueur, résolut de s'empoisonner : l'autre pensa qu'il valait mieux aller trouver César : car, disait-il en lui-même, peut-être qu'il me pardonnera; il ne peut rien m'arriver de pis que la mort, je la souffrirai avec courage quand elle se présentera, mais je veux faire tout ce que l'honneur me permet pour l'éviter. Ces deux hommes ayant pris une résolution si différente, le premier demanda à son médecin un poison assez doux pour le faire mourir sans le faire souffrir beaucoup; le second sortit de la ville pour aller trouver César, et lui dire qu'il venait lui remettre sa vie entre ses mains. César, qui avait l'âme grande et généreuse, fut touché de la confiance de cet homme, et lui dit : Je vous suis bien obligé d'avoir eu assez bonne opinion de moi pour me croire capable de vous pardonner. Vous m'avez en cela rendu un très-grand service, car il n'y rien dans le monde qui me fasse tant de plaisir que de pardonner à un ennemi : vous pouvez compter sur mon estime et sur mes bienfaits. Cet homme, agréablement surpris de ce discours, se hâta de quitter César, et courut à la ville, pour tâcher de sauver son ami s'il en était encore temps : il le trouva sur son lit, pâle et comme un homme prêt à rendre le dernier soupir. Il fut bien étonné quand il apprit la générosité de César, et eut regret de s'être empoisonné. Son ami lui dit d'envoyer chercher son médecin, pour lui demander du contre-poison. Le malade ne voulait pas le faire : Je suis trop malade, disait-il à son ami, et je sens que je n'ai plus qu'un moment à vivre : cependant par complaisance pour son ami, il consentit à faire appeler un médecin qui lui avait donné le poison, et lui demanda s'il y avait encore quelque remède qui pût lui sauver la vie. Le médecin se mit à rire, et dit aux deux amis : Admirez la force de l'imagination ; l'idée d'une mort prochaine a réduit monsieur à l'agonie. Comme je connaissais la bonté du cœur de César, j'aurais gagé tout mon bien qu'il vous pardonnerait à tous deux ; c'est pourquoi, au lieu de vous donner du poison, je vous ai fait prendre une pilule propre à vous fortifier contre la peur. Levez-vous donc, car vous n'êtes malade que d'esprit. Effectivement, cet homme, ayant appris qu'il navait pas pris de poison, et que par conséquent sa vie ne courait aucun danger, se trouva guéri et se leva sur-le-champ. César ayant appris cette histoire, ne put s'empêcher d'en rire ; il récompensera le médecin qui avait si bien jugé de lui.

MADEMOISELLE BONNE.

Cette histoire est venue le plus à propos du monde pour vous prouver que ceux qui se donnent la mort, sont des lâches. Vous voyez que cet homme, qui voulait s'empoisonner, paraissait ne pas craindre la mort, puisque c'était volontairement qu'il avait pris du poison : cependant il avait une telle peur de mourir, qu'il était réellement malade ; mais en voilà assez sur cet article. Disons un mot de la province de Normandie. Ladi Sensée, soulagez ma poitrine, et apprenez à ces dames ce que vous savez de cette province.

LADI SENSÉE.

La Normandie est située au nord de la France. Elle a, au sud, pour bornes, une province qu'on appelle le Maine; elle est bornée à l'ouest et au nord par la Manche, et à l'est par la Picardie et l'Isle de France. Autrefois cette province s'appelait Neustrie, et ce sont des hommes venus du nord qui lui ont donné le nom qu'elle porte aujourd'hui, car le nom de *Normand* veut dire en Anglais, *norman*, *homme du nord*. Ces hommes, dont la plus grande partie étaient Danois, ou qui vivaient aux environs de ce royaume, se trouvant trop d'habitans pour leur pays, qui d'ailleurs est extraordinairement froid, résolurent d'aller chercher fortune : ils s'embarquèrent donc, et vinrent dans tous les royaume voisins, où ils commirent des ravages épouvantables, tuant les hommes, emmenant les femmes et les bestiaux, brûlant les arbres et ravageant les terres. Quand ils avaient ruiné un pays, ils demandaient une grosse somme d'argent pour l'abandonner; mais à peine ceux-là étaient-ils arrivés dans leur pays, chargés de richesses, qu'ils donnaient envie à leurs car marades de venir s'enrichir à leur tou. La France et l'Angleterre eurent beaucoup à souffrir de la part de ces Normands : mais surtout ils réduisirent la France à la dernière extrémité, car ils assiégèrent la ville de Paris. Enfin un de leurs chefs, nommé Rollon, qui s'était fait chrétien, demanda au roi de France la Neustrie, qui était absolument ruinée et presque déserte; et il promit au roi, s'il voulait le faire duc de ce pays, d'empêcher ses compagnons de revenir en France, car ils y entraient ordinairement par la rivière de Seine, qui a son embouchure dans la Neustrie. Il fallut lui accorder sa demande, et il promit de faire hommage au roi de ce duché, c'est-à-dire de reconnaître publiquement que c'était le roi qui le lui avait donné, et toutes les fois qu'il y aurait un nouveau duc de Normandie, il devait renouveler cet hommage. Ainsi ces hommes du nord s'établirent dans la Neustrie; et changèrent le nom de cette province en celui de Normandie, parce qu'on les appelait eux-mêmes Normands.

LADI SPIRITUELLE.

J'admire la mémoire de ladi Sensée, aussi bien que sa science.

LADI SENSÉE.

Vous avez bien de la bonté, madame; mais vous devez seulement admirer le soin que ma Bonne a eu de m'instruire. Je n'avais que quatre ans lorsque maman a eu la bonté de me la donner, et elle n'a pas passé un seul jour sans m'apprendre quelque chose d'utile; si vous aviez eu le bonheur d'avoir une telle Bonne, vous seriez beaucoup plus habile que je ne le suis.

MADEMIOSELLE BONNE.

Je vous suis bien obligée ma chère, de la reconnaissance que vous avez de mes soins. Il est vrai que je n'ai rien épargné pour vous rendre bonne et habile; mais il faut que je dise aussi que vous avez rendu mon travail agréable par votre docilité et votre application.

LADI TEMPETE.

Je donnerais toutes choses au monde pour que vous en puissiez dire autant de moi.

MADEMOISELLE BONNE.

Cela est très-possible, ma chère; vous n'avez qu'à continuer à vous corriger; je ne suis jamais si contente que quand je puis louer avec justice; et pour vous prouver que je dis la vérité, je vous montrerai ce soir une lettre que j'ai eu l'honneur de recevoir de madame votre mère : elle me marque qu'elle est charmée du bien que je lui ai mandé de vous dans ma dernière lettre, et que, puisque vous êtes devenue raisonnable, elle viendra vous chercher au bout de vos trois mois.

LADI TEMPETE.

Si je retourne à la maison, je serai dans un an, tout comme j'étais auparavant; et puis, ma Bonne, je veux m'instruire. Ladi Mary est plus habile que moi qui suis une grande fille : cela me fait honte ; si vous voulez encore avoir la bonté de me garder, je prierai maman de me laisser avec ma cousine le plus longtemps qu'il se pourra.

MADEMOISELLE BONNE.

Admirez, mes enfans, comme ladi Tempête est devenue polie. Elle a l'air d'une dame actuellement; elle pense et parle comme une fille de qualité.

LADI TEMPÊTE.

Ma Bonne, n'ai-je pas lu dans l'histoire qu'un roi d'Angleterre est devenu duc de Normandie ?

MADEMOISELLE BONNE.

Non, ma chère; mais vous avez vu qu'un duc de Normandie est devenu roi d'Angleterre. Ladi Sensée vous dira cette histoire.

LADI SENSÉE.

Un roi d'Angleterre, étant mort sans enfans, nomma pour son héritier Guillaume, duc de Normandie, qu'on appelait *le Bâtard*, et qu'on a nommé depuis *Guillaume le Conquérant*. Comme il y avait plusieurs princes, parens du dernier roi, qui prétendaient à cette couronne, Guillaume ne se pressa pas d'en venir prendre possession : il laissa ces princes se faire la guerre les uns aux autres, et quand ils furent bien affaiblis, il vint en Angleterre avec une bonne armée, et se rendit maître du royaume : ainsi la Normandie devint une province anglaise, et les rois d'Angleterre, étaient à cause de cette province, sujets ou vassaux des rois de France ; mais c'étaient des vassaux plus puissans que leurs seigneurs, et qui leur donnèrent beaucoup de peine. Quand les rois d'Angleterre faisaient quelque chose de contraire à ce qu'ils avaient promis au roi de France, en lui faisant hommage, le roi de France avait droit de les faire comparaître devant les pairs du royaume de France, pour y être jugés, et s'ils refusaient d'y venir, il pouvait s'emparer des biens qu'ils avaient en France. C'est par là que la Normandie a été perdue pour les Anglais, et est retournée à la France sous le règne d'un roi d'Angleterre, nommé *Jean sans terre*.

MADEMOISELLE BONNE.

La première fois nous parlerons de la province de Bretagne; présentement ladi Mary va nous répéter son histoire.

LADI MARY.

David régna encore plusieurs années ; mais, sur la fin de ses jours, il se laissa surmonter par la vanité, et voulut savoir le nombre de ses sujets. Ses serviteurs lui démontrèrent qu'il devait se contenter de remercier Dieu d'avoir béni son peuple, sans vouloir en connaître le nombre; mais David s'obstina : on trouva qu'il y avait cinq cent mille hommes dans la tribu de Juda capables de porter les armes, et huit cent mille dans les autres tribus. David reconnut la faute que sa vanité lui avait fait commettre, et en demanda pardon à Dieu. Le Seigneur lui envoya un prophète qui lui dit: il faut que cette faute soit punie. Choisissez donc, ou d'une famine de trois ans, ou d'une guerre de trois mois, ou d'une peste de trois jours. David choisit la peste pour deux raisons : la première, c'est qu'il dit, qu'il aimait mieux tomber entre les mains de Dieu, qu'entre les mains des hommes; la seconde, c'est qu'il pensait qu'il ne souffrirait point de la famine, mais seulement le pauvre peuple ; il aurait été aussi en sûreté pendant la guerre ; car il avait promis à son peuple de ne point marcher lui-même contre ses ennemis ; mais il pensait que la peste ne l'épargnerait pas plus que le dernier de ses sujets, et il voulait partager le châtiment, puisqu'il était le plus coupable. L'ange du Seigneur commença donc à frapper les Israélites, et il en mourut soixante-dix mille. David, voyant l'ange qui s'avançait vers Jérusalem, se prosterna, et dit au Seigneur : Pourquoi frappez-vous ces brebis qui sont innocentes ? C'est moi qui suis seul coupable ; frappez-moi, Seigneur; n'épargnez ni moi, ni ma famille ; mais ayez pitié de mon pauvre peuple. La colère de Dieu fut apaisée par cette prière de David; qui vit l'ange remettre son épée dans le fourreau et David dressa un autel au Seigneur dans le lieu où l'ange s'était arrêté.

LADI CHARLOTTE.

Ma Bonne, c'est un péché de se mettre en colère ; comment donc l'Ecriture sainte dit-elle que le Seigneur se mit en colère !

MADEMOISELLE BONNE.

C'est qu'il n'y a point d'autre terme dans notre langue qui puisse exprimer les effets de la justice de Dieu, et de la haine qu'il porte au crime. Je suppose, ma chère, que vous voyez un méchant homme qui en tue un autre ; vous seriez bien fâchée contre ce méchant homme, et vous le feriez punir si cela dépendait de vous : on pourrait dire alors que vous seriez en colère, c'est-à-dire, fâchée contre cet homme ; mais cette colère serait juste, elle ne serait pas une passion ni un péché. Les juges qui condamnent les criminels à mort, ont cette espèce de colère contre eux, et c'est ce sentiment de haine pour le crime qui engage à punir le criminel, que l'Ecriture appelle la colère de Dieu. Continuez, miss Molly.

MISS MOLLY.

Un des fils de David, nommé Adonija, résolut de se faire roi ; il gagna Joab, qui commandait les troupes, et plusieurs autres personnages du premier rang. Il y avait déjà quelque temps qu'Adonija se distinguait de ses frères par sa magnificence. David s'en était aperçu; mais il aimait si fort ses enfans, qu'il craignait de les chagriner. Cette patience de David autorisa Adonija ; il assembla ses frères et les principaux de ses partisans pour se faire nommer roi. Mais David commanda que Salomon fut sacré sur-le-champ. Adonija, l'ayant appris, eut peur qu'on ne le fit mourir ; il se réfugia dans le tabernacle du Seigneur, qu'il ne voulut quitter qu'après être assuré de sa grâce. Salomon jura de lui pardonner le passé, pourvu qu'il fût honnête homme à l'avenir. David sentant qu'il allait mourir, fit venir son fils Salomon, et lui recommanda d'être fidèle au Seigneur. Il lui dit aussi : Vous voyez que Joab s'était joint à votre frère Adonija, il s'est rendu coupable du sang de deux hommes qu'il a tués en temps de paix; ne permettez pas qu'il meure de sa mort naturelle. Après que David eut parlé ainsi, il mourut. Salomon voyant que son frère Adonija et Joab travaillaient à lui enlever la couronne, les fit mourir tous les deux.

Salomon était fort jeune quand il monta sur le trône. Une nuit, le Seigneur lui apparut et lui dit: Demande--moi ce que tu voudras, et je te l'accorderai. Salomon s'humilia devant Dieu, et, considérant sa grande jeunesse, il le pria de lui accorder cette sagesse qui convient aux rois, et qui leur est nécessaire pour bien gouverner leurs peuples. Dieu lui répondit : Puisque tu as préféré la sagesse aux richesses, aux autres biens temporels, je te rendrai non-seulement le plus sage de tous les rois, mais aussi le plus riche et le plus puissant. Ce fut après cette vision que Salomon eut occasion de montrer sa sagesse, en jugeant un procès fort singulier. Deux femmes vinrent se présenter devant lui, et l'une d'elles lui dit : Seigneur, je logeais avec cette femme dans une même chambre; nous avions chacune un petit enfant à qui nous donnions à têter: il est arrivé que cette femme ayant mis son enfant dans son lit, elle l'a étouffé. Quand elle a vu son fils mort, elle s'est levée tout doucement, et ayant mis son enfant mort auprès de moi, elle a pris mon fils qui était vivant. Le matin j'ai été bien affligée; mais en regardant attentivement cet enfant mort, j'ai reconnu que ce n'était pas mon fils, mais celui de cette femme. L'autre femme dit au roi : Seigneur, cette femme vous trompe : c'est son fils qui est mort, et le mien qui est vivant. Un autre que Salomon aurait été bien embarrassé, car il n'y avait point de témoins; mais il dit à un de ses gardes : Prenez l'enfant qui est vivant; et coupez-le en deux avec une épée : par ce moyen, ces deux femmes en auront chacune une moitié. La femme qui avait parlé la première, et qui était la vraie mère de l'enfant, frémit en entendant ces paroles; et toutes ses entrailles se révoltèrent : elle se jeta donc aux pieds du roi, et dit a Salomon : Ah ! Seigneur, donnez l'enfant tout entier à cette femme qui le demande, j'aime mieux le perdre que le voir périr ; mais l'autre femme disait : Ce que le roi a ordonné est fort juste, nous n'aurons l'enfant ni l'une ni l'autre. alors Salomon dit : Donnez l'enfant vivant à cette première femme ; je connais à sa tendresse qu'elle est la véritable mère. Tout le monde fut étonné de l'adresse avec laquelle le roi avait découvert la vérité, et la vraie mère se retira en le comblant de bénédictions.

LADI SPIRITUELLE.

Ma Bonne, j'ai lu les contes Arabes; ils on beaucoup de respect pour Salomon ; ils disent qu'il commandait à toutes les créatures élémentaires, et que ceux qui peuvent avoir son anneau leur commandent aussi.

LADI MARY.

Qu'est-ce que les créatures élémentaires ? ma Bonne.

MADEMOISELLE BONNE.

Ce sont des créatures qui habitent dans les élémens, à ce que croient les Turcs et les Arabes. Il y a quatre élémens : le feu, l'air, la terre et l'eau, comme je vous l'ai dit. Or, ils croient que l'air est plein de créatures qu'on nomme *sylphes* ; qu'il y en a d'autres dans la terre qu'on nomme *gnomes* ; que le feu a des habitans qu'on appelle *salamandres* ; et qu'il s'en trouve aussi dans l'eau qu'on nomme *nymphes*. Ils ajoutent que ces créatures sont supérieures aux hommes, à qui Dieu permet qu'elles fassent de grands biens et de grands maux ; mais en même temps ils disent que les sages qui sont sur la terre ont une grande autorité sur ces esprits, ainsi que Salomon l'eut autrefois; et qu'ils les obligent à leur obéir avec plus d'exactitude que des esclaves à leurs maîtres, non-seulement à eux, mais encore à ceux auxquels ils ont donné des talismans.

MISS MOLLY.

Qu'est-ce qu'un talisman ? s'il vous plaît

MADEMOISELLE BONNE.

C'est ou une bague ou une pièce de métal, sur laquelle un de ces sages a gravé certains caractères.

LADI CHARLOTTE.

Et tout ce qu'on dit de ces créatures élémentaires et de ces talismans, est-il vrai?

MADEMOISELLE BONNE.

Comme les contes de fées que je vous rapporte, mes enfans.

LADI MARY.

Ma Bonne, vous nous avez dit que les Turcs croyaient que Dieu permettait aux créatures élémentaires de faire du bien et du mal aux hommes. Est-ce que les Turc croient en Dieu? Je pensais que c'étaient de bien méchans hommes qui adoraient des idoles.

MADEMOISELLE BONNE.

Vous vous trompez, ma chère. Les Turcs ne sont point idolâtres, car ils adorent un seul Dieu, et le même que nous adorons, mais ils sont infidèles, parce qu'ils ne croient pas que Jésus-Christ soit Dieu. Ils disent que c'est un grand prophète qu'il a envoyé aux Chrétiens, comme il avait envoyé Moïse aux Juifs, et Mahomet pour eux. D'ailleurs les Turcs ne sont pas méchans; ils ont au contraire le cœur bon.

LADI SENSÉE.

Je ne sais, ma Bonne, d'où est venue cette imagination; mais on regarde les Turcs comme des gens cruels. Est-ce qu'ils maltraitent les Chrétiens?

MADEMOISELLE BONNE.

Souvent, ma chère; mais cela vient de ce qu'ils les méprisent. Ils disent que nous sommes des chiens, non pas parce que nous sommes chrétiens, mais parce que nous ne suivons pas les préceptes que Jésus-Christ notre prophète nous a laissés: quand ils voient un Chrétien honnête homme, ils l'estiment et ne lui font point de mal.

LADI MARY.

Ma Bonne, voudriez-vous bien nous dire ce que c'était que ce Mahomet.

MADEMOISELLE BONNE.

Mahomet était un garçon marchand qui épousa la veuve de son maître. Il avait beaucoup d'esprit, de courage, et par-dessus tout une ambition démesurée. Comme sa naissance le réduisait à mener une vie obscure, il résolut de se distinguer en inventant une nouvelle religion. La chose était d'autant plus facile, que les chrétiens qui vivaient dans ces quartiers, étaient fort ignorans, et qu'il y avait aussi un grand nombre de juifs et d'idolâtres qui n'étaient pas plus éclairés. Mahomet composa sa nouvelle religion de façon à se faire des disciples, car, pour attirer les Chrétiens, il parla de Jésus-Christ honorablement, comme d'un grand prophète qui méritait d'être respecté ; il en dit autant de Moïse pour attirer les Juifs ; et pour ne point effaroucher les païens, il conserva plusieurs de leurs cérémonies. Il disait que Dieu ayant donné une loi par Moïse avec des tonnerres et des éclairs, il avait voulu se faire obéir par la crainte ; que ce moyen n'ayant point réussi, il leur avait envoyé un autre prophète pour les engager à lui obéir par la douceur ; et que ce moyen ayant encore été inutile, il l'avait envoyé pour forcer les hommes par l'épée à lui être fidèles. Selon ce principe, il dit que sa secte devait s'établir par les armes ; ce qui lui attira un grand nombre d'hommes qui espèrerent faire fortune en le suivant. D'ailleurs il y avait un certain point dans la religion de Mahomet bien propre à séduire les hommes. Par exemple, il leur permet d'avoir autant de femmes qu'ils en peuvent nourrir : il leur promet pour l'autre vie un paradis où l'on fera bonne chère, où l'on boira d'excellentes liqueurs qui ne pourront enivrer ; car, pour celles qui peuvent faire perdre la raison, elles sont défendues aux Mahométans. Mais ce qui a beaucoup augmenté la religion de Mahomet, c'est qu'il défend à ses sectateurs l'étude des sciences et de la religion, car il sentait que sa secte ne pouvait subsister qu'à l'aide de l'ignorance. Tous leurs livres se bornaient à l'Alcoran, qui est un ouvrage de Mahomet. C'est un recueil de sentences et de prières sans aucun ordre. C'est ainsi que Mahomet de législateur devint monarque, et laissa le trône à sa prospérité. Son tombeau est à la Mecque, où il est révéré de la plus grande partie des peuples de l'Asie, qui sont Mahométans.

LADI SENSÉE.

Ma Bonne, voulez-vous me permettre de raconter à ces dames ce qui arriva quand les Mahométans prirent la ville d'Alexandrie.

MADEMOISELLE BONNE.

Volontiers, ma chère.

LADI SENSÉE.

Il y avait dans la ville d'Alexandrie une bibliothèque magnifique, que les rois d'Egypte avaient faite avec un soin extraordinaire. Ce n'étaient pas des livres comme les nôtres, mesdames, car en ce temps-la on ne savait pas imprimer; c'étaient des livres manuscrits, c'est-à-dire, écrits à la main. Les Mahométans ayant pris cette ville, un savant, qui s'était fait ami de leur général, lui demanda ces livres. Le général n'osa lui accorder sa demande; il écrivit à son maître pour savoir ce qu'on devait faire de cette bibliothèque. Voici ce que son maître répondit : *S'il n'y a dans tous ces livres que les mêmes choses qui sont dans l'Allcoran, ils sont inutiles; ainsi il faut les brûler; s'il y a autre chose, il faut les brûler encore.* On brûla donc cette bibliothèque où il y avait une si grande quantité de livres, qu'il y en eût assez pour chauffer les bains publics pendant six mois.

LADI SPIRITUELLE.

Ah! ma Bonne, quel dommage! J'aurais dit comme le savant, donnez-moi tous ces livres; j'aurais passé ma vie à les lire.

LADI TEMPETE.

Vous aimez donc bien la lecture? ma dame.

LADI SPIRITUELLE.

Plus que toute chose au monde, plus que l'opéra, la comédie, le bal, la promenade. Je consentirais de tout mon cœur à aller dans une prison, pourvu qu'on me promît de me fournir assez de livres pour lire depuis le matin jusqu'au soir.

LADI TEMPETE.

Je ne suis pas de votre goût ; je n'ai jamais pu souffrir la lecture, et ce n'est que pour obéir à ma Bonne que je lis à présent. Dans le commencement cela m'ennuyait à la mort : à présent cela m'ennuie moins, mais je sens bien pourtant que je n'aimerai jamais la lecture autant que vous le dites. C'est une fureur.

MADEMOISELLE BONNE.

Vous avez raison, ma chère ; c'est même un défaut d'aimer la lecture avec excès; mais c'en est un bien plus grand de ne point du tout l'aimer. C'est le défaut des sottes ; si je l'avais, je tâcherais de m'en corriger. D'ailleurs le temps qu'on donne à la lecture est bien mieux employé que celui qu'on perd au jeu et à courir les spectacles. Adieu, mes enfans, le temps de notre leçon est passé.

29. DIALOGUE.

VINGT-SEPTIEME JOURNÉE.

MADEMOISELLE BONNE.

Qu'avez-vous ? ladi Charlotte ; vous avez les yeux rouges : est-ce que vous avez pleuré ?

LADI CHARLOTTE.

Je ne mérite pas d'être dans la compagnie de ces dames, ma Bonne : j'ai été bien méchante depuis que je ne vous ai vue.

MADEMOISELLE BONNE.

Cela est très-mal, ma chère ; mais vous reconnaissez votre faute, et vous en êtes fâchée, c'est déjà quelque chose ; il ne s'agit plus que de la réparer. Commencez d'abord par l'avouer devant ces dames.

LADI CHARLOTTE.

Je n'oserais jamais, ma Bonne ; cela est trop horrible, et ces dames ne pourraient plus me souffrir.

MADEMOISELLE BONNE.

Elles n'auraient guère de charité, si elles pensaient ainsi, ma chère. Elles savent que nous sommes toutes capables de commettre les plus grandes fautes, et celle qui serait assez orgueilleuse pour mépriser un pécheur qui se repent, serait elle-même bien criminelle devant Dieu. Je gage, ma chère, que c'est votre orgueil qui a causé votre faute ; il faut le punir en l'avouant.

LADI CHARLOTTE.

Vous avez raison, ma Bonne. Mon orgueil fait que je regarde les domestiques comme mes esclaves, et cela fait que je me mets en colère quand ils me contredisent. Hier, après avoir beaucoup mangé, je m'amusais à rompre mon pain par morceaux et à le jeter contre terre, ma gouvernante dit à ma servante de m'ôter ce pain ; et moi je dis que j'avais encore faim, et que je voulais le manger. Je mentais, ma Bonne, je n'avais plus faim, c'était par esprit de contradiction. Ma gouvernante, qui voyait bien cela, a commandé à cette fille une seconde fois de m'ôter mon pain, et comme elle a obéi, je lui ai donné un soufflet, j'ai frappé des pieds, j'ai voulu l'égratigner.

MADEMOISELLE BONNE.

Vous avez raison d'être honteuse, ma chère, cela est bien horrible ; mais je ne veux pas vous faire de reproches, car je vois que vous vous en faites vous-même. Avant de vous dire ce qu'il faut faire pour réparer cette faute, je vais vous raconter une histoire.

Il y avait dans la ville d'Athènes une jeune demoiselle, nommée *Elise*, qui était à peu près de votre humeur. Elle avait un grand nombre d'esclaves, qu'elle rendait les plus malheureuses personnes du monde ; elle les battait et leur disait des injures. Cette méchante fille avait surtout une femme de chambre qu'on nommait *Mira*, qui était la meilleure créature du monde ; et, malgré les mauvaises façons de sa maîtresse, elle lui était fort attachée. Elise eut un voyage à faire par mer ; comme c'était pour une affaire pressée, et qu'elle ne devait pas y être longtemps, elle ne prit avec elle que Mira. A peine fut-elle en pleine mer, qu'il s'éleva une grande tempête qui éloigna le vaisseau de sa route. Après qu'il eut couru la mer pendant plusieurs jours, ceux qui conduisaient le vaisseau aperçurent une île : comme ils ne savaient où ils étaient, et qu'ils n'avaient plus de vivres, il fallut y aborder. En entrant dans le port, une chaloupe vint au devant d'eux, et ceux qui étaient dans cette chaloupe demandèrent à tous ceux du vaisseau quels étaient leurs noms et leurs qualités. L'orgueilleuse Elise fit écrire les titres de sa famille ; il y en avait plus d'une page : elle croyait que cela obligerait ces gens-là à la respecter. Elle fut donc fort surprise lorsqu'ils lui tournèrent le dos sans lui faire politesse ; mais elle le fut bien davantage quand son esclave eut déclaré son nom et sa qualité, car ces gens lui rendirent toutes sortes de respects, et lui dirent qu'elle pouvait commander dans le vaisseau où elle était la maîtresse. Ce discours impatienta Elise, qui dit à son esclave : Je vous trouve bien impertinente d'écouter les discours de ces gens-là. Tout beau, madame, lui dit le maître de la chaloupe, vous n'êtes plus à Athènes. Apprenez que trois cents esclaves, au désespoir des mauvais traitemens de leurs maîtres, se sauvèrent dans cette île, il y a trois cents ans; ils y ont fondé une république, où tous les hommes sont égaux; mais ils ont établi une loi à laquelle il faut vous soumettre de gré ou de force. Pour faire sentir aux maîtres combien ils ont eu tort d'abuser du pouvoir qu'ils avaient sur leurs domestiques, ils les ont condamnés à être esclaves à leur tour. Ceux qui obéissent de bonne grâce peuvent espérer qu'on leur rendra la liberté : mais ceux qui refusent de se soumettre à nos lois sont esclaves toute leur vie. On vous donne cette journée pour vous accoutumer à votre mauvais sort; mais si demain vous faites le plus petit murmure, vous êtes esclave à jamais. Elise profita de la permission, et vomit mille injures contre cette île et ses habitans : mais Mira, profitant d'un moment où personne ne la voyait, se jeta aux pieds de sa maîtresse, et lui dit: Consolez-vous, madame, je n'abuserai pas de votre malheur, et je vous respecterai toujours comme ma maitresse. Le lendemain on la fit venir devant les magistrats avec Elise, qui était devenue son esclave. Mira, lui dit le premier magistrat, il faut vous instruire de nos coutumes ; mais souvenez-vous bien que si vous y manquiez, il en coûterait la vie à votre esclave Elise. Rappelez-vous bien fidèlement la conduite qu'elle a eue avec vous dans Athènes: il faut, pendant huit jours, que vous la traitiez comme elle vous a traitée. Il faut le jurer tout-à-l'heure. Au bout de huit jours, vous serez la maîtresses de la traiter comme il vous plaira. Et vous, Elise, souvenez-vous que la moindre désobéissance vous rendrait esclave pour le reste de vos jours. A ces paroles, Mira et

Elise se mirent à pleurer. Mira se jeta aux pieds du magistrat, et le conjura de la dispenser de faire ce serment. Levez-vous, madame, lui dit-il; cette créature vous traitait donc d'une manière bien terrible, puisque vous frémissez de l'imiter. Je voudraie que la loi me permît de vous accorder ce que vous me demandez, mais cela n'est pas possible. Tout ce que je puis faire en votre faveur, c'est d'abréger l'épreuve et de la réduire à quatre jours; mais ne répliquez pas car, si vous dites un mot, vous ferez les huit jours entiers. Mira fit donc ce serment, et on annonça à Elise que son service commencerait le lendemain. On envoya chez Mira deux femmes qui devaient écrire toutes ses paroles et ses actions pendant ces quatre jours. Elise, voyant que c'était une nécessité prit son parti en fille d'esprit; car, malgré sa hauteur (elle en avait beaucoup), elle résolut d'être si exacte à servir Mira, qu'elle n'aurait point occasion de la maltraiter; elle ne se souvenait pas que cette fille devait copier ses caprices et ses mauvaises humeurs. Le matin du jour suivant, Mira sonna, et Elise manqua se casser le cou pour courir à son lit, mais cela ne lui servit de rien. Mira lui dit d'un ton aigre: A quoi s'occupait cette salope ? elle ne vient jamais qu'un quart-d'heure après que j'ai sonné. Je vous assure, madame, que j'ai tout quitté quand je vous ai entendue. Taisez-vous, lui dit Mira, vous êtes une impertinente raisonneuse, qui ne sait que répondre mal à propos : donnez-moi ma robe que je me léve. Elise en soupirant, fut chercher la robe que Mira avait mise la veille, et la lui apporta; mais Mira la lui jetant au visage, lui dit : Que cette fille est donc bête ! il faut lui dire tout : ne devez-vous pas savoir que je veux mettre aujourd'hui ma robe bleue ! Elise soupira encore, mais il n'y avait pas le petit mot à dire; elle se souvenait fort bien qu'il eût fallu, dans Athènes, que la pauvre Mira eût deviné ses caprices pour s'empêcher d'être grondée. Quand sa maîtresse fut habillée et qu'elle lui eut servi son déjeuner, elle descendit pour déjeuner à son tour: mais à peine fut-elle assise que la cloche sonna : cela arriva plus de dix fois dans une heure, et c'était pour des bagatelles que Mira la faisait monter. Tantôt elle avait oublié son mouchoir dans une autre chambre ; une autre fois, c'était pour ouvrir la porte à son chien, et toujours pour des choses de pareille conséquence. A deux heures, madame annonça qu'elle voulait aller au spectacle, et qu'il fallait la coiffer. Elle dit à Elise qu'elle voulait que ces cheveux fussent accommodés en grosses boucles ; mais ensuite elle trouva que cela lui rendait la tête trop grosse : elle fit donc défaire cette frisure pour en faire une autre ; et jusqu'à six heures qu'elle sortit, Elise fut contrainte de rester de bout, encore eut-elle à essuyer mille brusqueries. Elle revint du spectacle à deux heures de nuit, parce qu'elle avait soupé en ville. Elle revint de fort mauvaise humeur, à cause qu'elle avait perdu son argent au jeu. Elle s'en vengea en cherchant querelle à sa femme de chambre ; et comme celle-ci en la décoiffant lui tira les cheveux par accident, elle lui donna un soufflet. La patience manqua échapper à Elise, mais elle se souvint qu'elle en avait donné plus de dix à Mira, et ce souvenir l'engagea à se taire. Enfin Mira répéta si bien toutes les sottises de sa maîtresse, qu'Élise conçut toute la dureté de sa conduite. Elle était si fatiguée lorsque les quatre jours furent finis, qu'elle tomba malade. Mira la fit coucher dans son lit, lui apporta ses bouillons, et la servit avec la même exactitude que quand elle était dans Athêne : mais Elise ne recevait pas ses services avec la même hauteur : elle était si confuse du bon cœur de son esclave, qu'elle eût consenti à être la sienne toute sa vie pour réparer toutes les fautes qu'elle avait faites à son égard. On avait pris sur le vaisseau où était Elise quelques dames et gentilshommes d'Athènes ; mais comme ce n'était pas des personnes de son rang, elle les connaissait peu, et ne s'en était guère occupée. Au bout d'un mois, on les rassembla toutes ; et les juges qui étaient nommés pour cela, examinèrent leur conduite et commencèrent par interroger les maîtresses devenues esclaves, pour savoir comment elles se trouvaient de leur nouvelle condition. Elles avouèrent toutes, en soupirant, qu'il était bien dur pour elles d'être soumises à ceux auxquels elles devaient commander. Et pourquoi, leur demandèrent les juges.

vous croyez-vous en droit de commander à vos esclaves? La nature a-t-elle mis entre vous et eux une distinction réelle? Vous n'oseriez le dire. L'esclave, le domestique et le maître, sortent du même père, et les Dieux, en les plaçant dans des conditions si différentes, n'ont pas prétendu que les uns fussent plus à leurs yeux que les autres. L'esclave doit se distinguer par son attachement à son maître, sa fidélité et son amour pour le travail. Il faut que les maîtres, par leur douceur, leur charité, adoucissent ce que la condition d'esclave a de dur. Vous avez fait l'épreuve des deux conditions, dit le juge aux maîtres devenus esclaves; que cela vous serve de leçon quand vous serez retournés dans Athènes, et ne traitez jamais vos domestiques autrement que vous n'auriez souhaité d'être traités dans le temps que vous êtes restés ici. Le juge ensuite s'adressant aux esclaves devenus maîtres, leur dit: La loi vous permet de rendre la liberté à vos esclaves, mais elle ne vous y force pas. Vous pouvez les garder ici toute leur vie; vous pouvez les renvoyer à Athènes; vous pouvez, si vous le voulez, y retourner avec eux. Que tous ceux qui veulent rendre la liberté à leurs anciens maîtres, viennent écrire leurs noms sur ce livre. Le juge espérait de Mira qu'elle serait la première à rendre la liberté à sa maîtresse; mais elle resta à sa place, aussi bien qu'une autre femme et un jeune homme qui avait la plus belle physionomie du monde. On demanda à cette femme par quelle raison elle ne rendait pas la liberté à sa maîtresse qui était une bonne vieille? C'est, répondit-elle, parce qu'ayant été son esclave vingt ans, il est juste que j'aie ma revanche pendant un pareil nombre d'années; je suis lasse d'obéir, et je veux goûter plus long-temps le plaisir de commander à mon tour: cette esclave se nommait *Bélise*. Dans le moment, ce jeune homme, qui avait une si belle physionomie, et qui se nommait *Zénon*, dit au juge : Je ne me suis point avancé pour signer la liberté de mon maître, parce qu'il a cessé d'être esclave au moment que j'ai eu la liberté de le traiter selon ma volonté. Je lui demande pardon d'avoir été obligé de le maltraiter pendant huit jours. La loi m'ordonnait de copier les mauvaises façons qu'il avait eues à mon égard; mais je vous assure que j'ai souffert plus que lui. Vous pouvez le faire partir pour Athènes, je m'offre à partir avec lui, à le servir même toute ma vie, s'il l'exige; car enfin, il m'a acheté, je lui appartiens, et je ne crois pas pouvoir profiter d'un accident qui me rend la liberté sans lui rendre l'argent avec lequel il m'a acheté. Ce garçon a répondu pour moi, dit Mira, son histoire est la mienne; hâtez-vous de nous renvoyer à Athènes, car je me trompe fort, ou ma chère maîtresse, qui a connu mon affection, me traitera avec plus de douceur que par le passé. Elise interrompit son esclave, et dit au juge : Si je n'ai pas parlé plus tôt, c'est que la honte et la confusion retenaient ma langue. Cette pauvre fille est digne d'être ma maîtresse toute sa vie, et je ne mérite pas d'être son esclave. Je m'étais crue jusqu'à présent d'une autre espèce que la sienne, et je ne me trompais pas tout à-fait. J'avais au-dessus d'elle un nom, des richesses, de l'orgueil, de la dureté: elle avait au-dessus de moi un bon cœur, de la patience, de l'humanité, de la générosité. Que serais-je devenue aujourd'hui, si elle n'avait eu que mes titres ? Je reconnais donc avec plaisir sa supériorité sur moi. J'accepte pourtant la liberté qu'elle m'a rendue, et je la remercie de vouloir bien revenir avec moi dans Athènes : car alors j'aurai l'occasion de lui marquer ma reconnaissance, en partageant ma fortune avec elle, et en la regardant comme une amie respectable, dont je suivrai les conseils et dont je tâcherai d'imiter les exemples. Le maître de Zénon, qui n'avait encore rien dit, s'avança à son tour; il se nommait *Zénocrate*. S'adressant aux juges, il leur dit : Je partage la confusion d'Elise; comme elle, j'ai maltraité mon esclave qui m'était de beaucoup supérieur par la noblesse de ses sentimens; comme elle j'ai le regret le plus sincère de ma mauvaise conduite, et je veux la réparer en faisant à Zénon le sort le plus heureux. Le juge alors condamna Bélise à être esclave toute sa vie, pour n'avoir point eu pitié de sa vieille maîtresse; il donna les plus grands éloges à la vertu de Mira et de Zénon, et les engagea à retourner à Athènes avec Zénocrate et Elise.

Elise et Zénocrate, avant de partir, remercièrent beaucoup les habitans de l'île, et leur dirent qu'ils n'oublieraient jamais les leçons d'humanité qu'ils avaient reçues chez eux. Pendant le voyage qu'ils firent pour retourner à Athènes, Zénocrate et Zénon, qui connurent plus particulièrement les bonnes qualités d'Elise et de Mira, en devinrent amoureux ; et les ayant demandées en mariage, ils furent écoutés, favorablement, et les épousèrent en arrivant à Athènes : comme ces deux fidèles esclaves ne voulurent point se séparer de leurs maîtres, quoi qu'ils eussent reçu leur liberté, ils furent chargés de la conduite de toute leur maison, et s'en acquittèrent avec un zèle et une fidélité qui peuvent servir d'exemple à tous ceux que la Providence a placés dans la servitude.

Hé bien ! ladi Charlotte, si nous étions dans l'île des esclaves, qu'est-ce qui nous arriverait ?

LADI CHARLOTTE.

Ma servante m'égratignerait, me donnerait un soufflet m'appellerait impertinente, insolente.

MADEMOISELLE BONNE.

Cela serait juste, ma chère; mais je n'en exige pas tant. Il faut pourtant punir cette faute. Demain je me trouverai chez vous à l'heure du dîner ; je ferai asseoir votre servante à votre place à table, et vous la servirez, s'il vous plaît. Vous frémissez, ladi Tempête.

LADI TEMPETE.

Oui, ma Bonne ; il me semble que je ne pourrais jamais me résoudre à faire cela : d'ailleurs ces créatures-là sont si insolentes, si prêtes à vous manquer de respect, que j'aurais peur de les autoriser.

MADEMOISELLE BONNE.

Vous êtes dans l'erreur, ma chère. Ce sont vos vices qui vous attirent le mépris de vos domestiques, et jamais ce que vous faites pour les réparer. J'ai connu une demoiselle Tomelle, qui avait été fille de la garde-robe de mademoiselle de Beaujolais, princesse du sang royal en France. Mademoiselle de Beaujolais avait le meilleur cœur du monde; mais elle était si vive, qu'il lui échappait souvent de dire des choses dures. Voici ce que mademoiselle Tomelle m'a raconté à ce sujet.

Un jour mademoiselle de Beaujolais mit sur sa toilette de l'eau de fleur d'orange dans une tasse à café. La pauvre Tomelle, qui était une grande rangeuse, voyant cette tasse à café hors de sa place, crut qu'on avait oublié de l'y remettre, et, sans sentir ce qui était dedans, elle jeta cette eau dans un bassin. Lorsque la princesse vint s'habiller, elle demanda son eau de fleur d'orange, et Tomelle, lui ayant avoué qu'elle l'avait prise pour de l'eau commune et qu'elle l'avait jetée, elle lui dit plusieurs paroles mortifiantes. Mademoiselle de Beaujolais avait une sœur plus jeune qu'elle, et qui avait épousé depuis le prince de Conti; cette dernière était douce comme un ange. Quand elle fut seule avec sa sœur, elle lui dit : En vérité, ma chère sœur, si j'avais fait une aussi grande faute que celle que vous avez commise ce matin, je ne dormirais pas cette nuit. Mademoiselle de Beaujolais, qui avait oublié sa brusquerie, demanda à sa sœur ce que c'était que ce gros péché qu'elle lui reprochait, et l'autre lui rappela sa brusquerie. N'est-ce que cela? lui dit la princesse aînée en riant. Ah! ma sœur, lui dit la cadette, vous m'affligez; appelez-vous petite faute une brusquerie qui a percé le cœur de la pauvre Tomelle? Depuis ce matin vous l'avez rendue malheureuse, et je suis sûre qu'elle n'a pas mangé un morceau de bon cœur. Les paroles de princes portent la joie ou le désespoir dans l'âme de ceux qui les approchent, et ils doivent prendre garde à ne jamais se permettre un terme dur et méprisant; c'est une épée tranchante qui déchire le cœur de celui à qui elle s'adresse, surtout si c'est une personne qui ait de l'affection pour nous. Hâtez-vous, ma sœur, de rendre la joie à cette pauvre fille en réparant votre faute à son égard. Ma sœur, répondit mademoiselle de Beaujolais, je vous ai une grande obligation de la réflexion que vous me faites faire : elle est bien juste, et je vous promets de prendre garde à ce que je dirai à l'avenir. Mais comment réparer le passé ? Vous ne voudriez pas sans doute que je demandasse excuse à cette femme, qui est moins que la dernière de mes femmes de chambre. Et pourquoi craindriez-vous de lui demander excuse, puisque vous l'avez offensée mal à propos ? lui répondit la princesse cadette. Croyez-moi, ma sœur, une personne de notre rang se dégrade et devient méprisable quand elle fait des fautes ; mais se remet à sa place et se fait estimer quand elle a le courage de les réparer. Vous avez beau dire que cette fille est bien au-dessous de vous ; cette différence n'est réelle qu'autant que vous avez plus de vertu qu'elle. Voilà ce que la raison m'a appris, ma chère sœur, et voilà ce que votre bon esprit vous découvrira si vous voulez faire attention. Effectivement, mademoiselle de Beaujolais sentit la vérité de ce que sa sœur lui disait. C'était la coutume en France que la personne la plus distinguée présentât la chemise à la reine ou aux princesses, quand elles s'habillaient ; et c'était ordinairement la première dame d'honneur. Quand mademoiselle de Beaujolais s'habilla le soir, elle dit à sa première dame de palais : Permettez, je vous prie, madame, que Tomelle me donne ma chemise ; je l'ai brusquée ce matin, et j'en ai un vrai regret. Cette pauvre fille se tenait cachée derrière les autres, et n'osait se montrer : quelle fut sa joie lorsqu'elle entendit sa maîtresse parler ainsi ? Après lui avoir donné sa chemise, elle se jeta à ses pieds et lui baisa la main que la princesse lui présenta, mais elle la mouilla de ses larmes, et elle me disait qu'elle était si humiliée, qu'elle eût voulu, pour reconnaître cette bonté, rentrer en terre, et qu'elle se reprochait comme un sacrilége les murmures qu'elle avait faits contre une si bonne maîtresse. Voilà, mesdames, l'effet que produit sur les domestiques la réparation de vos fautes ; elle les humilie ; elle les affectionne : ainsi j'espère que ladi Charlotte fera ce que je lui ai dit pour réparer sa faute.

LADI CHARLOTTE.

Oui, ma Bonne, je le ferai de tout mon cœur ; je ne suis pas aussi grande dame que cette princesse, pourquoi ne réparerais-je pas ma faute aussi bien qu'elle.

LADI SPIRITUELLE.

Où sont présentement ces deux princesses, ma Bonne?

MADEMOISELLE BONNE.

Elles sont mortes toutes deux assez jeunes, ma chère, et j'aurais mille bonnes choses encore à vous dire d'elles; mais il nous reste bien peu de temps, ainsi ce sera pour la première fois. Miss Molly, répétez votre histoire.

MISS MOLLY.

Salomon, se voyant tranquille dans son royaume, pensa sérieusement à bâtir un temple au Seigneur. Il demanda à Hiram, roi de Tyr, du bois de cèdre, qui est un bois précieux; et il s'en servit pour bâtir le temple, qu'il fit couvrir d'or en partie. Il y avait aussi un autel d'or, dix chandeliers, et une grande partie des vaisseaux du temple étaient d'une matière précieuse, ou admirable par leur travail. Après que cet édifice superbe fut achevé, Salomon y fit porter l'arche qui renfermait les tables de pierre où Dieu avait écrit sa loi. Ensuite Salomon fit la dédicace de ce temple en immolant un grand nombre de victimes : puis il pria le Seigneur de vouloir résider, c'est-à-dire, de demeurer d'une manière particulière dans cette maison qu'il lui avait bâtie, reconnaissant pourtant qu'elle n'était pas digne de celui que les cieux ne peuvent contenir. Il le pria d'écouter les vœux de ceux qui prieraient dans ce temple; et le Seigneur, voulant lui montrer qu'il exauçait sa prière, remplit le temple d'une nuée qui empêcha pendant quelque temps les prêtres de s'acquitter de leurs fonctions. Salomon, ayant béni le peuple qui était assemblé, se retira dans sa maison, et la même nuit Dieu lui apparut, pour lui dire qu'il avait exaucé ses prières, et pour lui commander encore une fois d'être fidèle à ses commandemens.

Salomon ensuite se bâtit un palais et un à son épouse; puis il s'appliqua à faire fleurir le commerce dans ses Etats; et il réussit si bien, que l'argent était aussi commun à Jérusalem que les pierres. Il établit aussi un si bel ordre dans sa maison, qu'on en parlait dans tout le monde. La reine de Saba quitta même son royaume pour venir à Jérusalem admirer la sagesse de ce grand roi. Mais Salomon, dans sa vieillesse, abandonna le chemin de la vertu ; et ce fut l'amour des femmes qui lui fit oublier ce qu'il devait au Seigneur. Il en eut jusqu'à mille, dont sept cents étaient princesses ; et comme il les avait prises parmi les nations qui n'avaient pas été détruites dans la terre promise, quoique Dieu eût expressement défendu ces mariages, ces femmes idolâtres exigèrent qu'il bâtit des autels à leurs faux dieux. Il fut assez lâche pour leur obéir, et même il sacrifia avec elles. Alors Dieu abandonna Salomon, et lui suscita des ennemis. Il envoya même un prophète vers un jeune homme nommé Jéroboam ; et le prophète lui ayant coupé son manteau en douze parts, lui dit : Prends dix morceaux de ce manteau ; de même je diviserai le royaume, et je t'en donnerai dix parts ; mais je donnerai le reste au fils de Salomon, à cause de David mon serviteur. Dieu apparut aussi une dernière fois à Salomon ; mais ce fut pour lui reprocher son ingratitude et lui annoncer le démembrement de son royaume : toutefois il lui dit que cela n'arriverait qu'après sa mort, à cause de David son père. Salomon, ayant appris qu'un prophète avait promis au moins la moitié de son royaume à Jéroboam, chercha à faire périr ce jeune homme, mais il se sauva en Egypte ; et ne revint qu'après la mort de Salomon, qui arriva quelque temps après. Or Salomon n'avait pas écrit seulement sur les arbres et sur les plantes, mais sur tous les animaux ; il avait aussi composé un livre de proverbes ou de belles sentences.

MADEMOISELLE BONNE.

Voyez, ladi spirituelle, le cas qu'il faut faire de la science, quand elle n'est pas accompagnée de la vertu.

LADI SPIRITUELLE.

Vous avez bien raison, ma Bonne, je suis bien affligée quand je pense que Salomon est devenu si méchant et si ingrat envers Dieu. Il y a une chose dans ce que miss Molly vient de nous rapporter qui me fait craindre qu'il ne soit mort dans son péché : c'est qu'au lieu de se soumettre aux ordres de Dieu, qui voulait partager son royaume entre son fils et Jéroboam, il voulut faire périr le dernier.

MADEMOISELLE BONNE.

Votre réflexion est bonne, ma chère, mais comme l'écriture ne l'a pas condamné, nous ne devons pas le condamner non plus. Continuez, ladi Mary.

LADI MARY.

Roboam, fils de Salomon, ayant assemblé le peuple pour se faire couronner roi, ses sujets lui dirent: Votre père nous a imposé de grands tributs, soulagez-nous un peu à présent que vous montez sur son trône. Roboam demanda trois jours pour répondre ; et ayant consulté les viellards dont son père suivait les conseils, ils lui répondirent: La demande du peuple est juste, et si vous lui cédez dans cette occasion, il vous obéira toujours fidèlement. Roboam consulta ensuite les jeunes gens avec lesquels il avait été élevé, et ils lui dirent : Gardez-vous bien de céder au peuple ; il faut lui répondre qu'au lieu de diminuer les taxes, vous les augmenterez ; alors vous serez craint, et personne n'osera vous résister. Roboam suivit ces mauvais conseils, et dix des tribus se révoltèrent, et choisirent Jéroboam pour leur roi : les seules tribus de Juda et de Benjamin restèrent fidèles à Roboam. Ainsi depuis ce temps, il y eut deux royaumes ; celui d'Israël, où régnait Jéroboam, et celui de Juda, où régna Roboam et sa postérité. Cependant Jéroboam dit en lui-même : Si je laisse aller le peuple sacrifier à Dieu dans Jérusalem, ils reprendront l'affection naturelle qu'ils ont pour le sang de David, et ils me feront mourir pour faire leur paix avec Roboam. Pour prévenir ce malheur, Jéroboam fit faire des veaux d'or qu'il exposa en public, et dit aux dix tribus. Voici les dieux qui vous ont tirés d'Egyte. Ainsi Jéroboam fit adorer ces faux dieux à son peuple. Un jour qu'il était auprès de l'autel pour y faire fumer l'encens, Dieu lui envoya un prophète qui lui dit : Il naîtra un fils du sang de David, qui aura nom

Josias : il arrosera cet autel du sang des sacrificateurs ; et comme vous pourriez douter que je fusse envoyé du Seigneur, je vais le prouver par un miracle : que cet autel se fende, et que la cendre qui est dessus se répande. Jéroboam étendit sa main pour faire signe qu'on arrêtât ce prophète, mais la main qu'il avait étendue se sécha, et l'autel se fendit. Jéroboam effrayé dit au prophète : Priez le Seigneur pour moi, afin qu'il me rende l'usage de ma main. L'homme de Dieu lui ayant accordé sa demande, la main du roi revint dans son premier état, et il pria le prophète d'entrer dans sa maison pour manger un morceau. Cet homme lui répondit : Quand vous me donneriez la moitié de votre royaume, je ne pourrais pas le faire ; car le Seigneur m'a défendu de manger un morceau jusqu'à ce que je fusse de retour chez moi. Il partit donc sur-le-champ ; mais un méchant prophète lui ayant dit sur le chemin que Dieu lui avait révélé son arrivée, et lui avait commandé de lui offrir à manger, il se laissa tenter, et mangea. Il en fut sévèrement puni, car quand il eut repris le chemin de sa maison, un lion sortit de la forêt qui l'étrangla, mais il ne toucha point à l'âme, et il resta auprès de ce corps mort sans y toucher, pour marquer que ce n'était pas la faim, mais l'ordre de Dieu qui l'avait fait sortir de cette forêt.

MADEMOISELLE BONNE.

Continuez, ladi Charlotte.

LADI CHARLOTTE.

Jéroboam n'ayant point corrigé sa mauvaise vie, Dieu frappa son fils d'une grande maladie, et le roi dit à sa femme d'aller consulter le prophète (qui lui avait promis le trône) sur la maladie de son fils ; mais il lui commanda de se déguiser. Elle le fit inutilement ; le prophète, à qui Dieu avait révélé sa venue, l'ayant entendue parler, lui dit : Entrez, femme de Jéroboam ; quand vous mettrez le pied sur le pas de votre porte, votre fils mourra. Il sera le seul de votre famille qui entrera dans le tombeau de ses pères, parce que Dieu a reconnu quelque chose de bon en lui. Pour ce qui regarde le reste de vos descendans, ceux qui mourront dans la ville seront mangés par les chiens, et ceux qui mourront à la campagne seront mangés par les oiseaux; parce que Jéroboam, au lieu de servir l'Eternel qui lui avait donné un royaume, a excité le peuple à servir des dieux étrangers. Dans la suite, cette parole de Dieu fut accomplie; car un nouveau prince s'éleva dans Israël, qui fit périr la famille de Jéroboam. Mais, ce nouveau roi n'ayant pas été plus fidèle à Dieu, un autre prince traita les siens comme il avait traité la famille de son maître. Il arriva encore d'autres changemens dans la succession des rois d'Israël, mais ils furent tous méchans, jusqu'à Achab, qui le fut encore plus que les autres, et qui épousa Jézabel, fille du roi des Sidoniens.

Les peuples de Juda ne furent pas plus fidèles à Dieu que les Israélites; comme eux ils adorèrent de fausses divinités; mais le petit-fils de Salomon qui se nommait Asia, et qui fut roi de Juda, marcha fidèlement dans la voie des commandemens du Seigneur; il ôta même la régence à sa mère, parce qu'elle avait une idole.

LADI SPIRITUELLE.

Il faut avouer, ma Bonne, que les Juifs étaient bien stupides, et avaient un grand penchant à l'idolâtrie. Quoi! après tous les miracles que Dieu avait faits en faveur de leurs pères, ils purent écouter tranquillement le discours de Jéroboam, qui leur disait en leur montrant les veaux d'or qu'ils avaient fabriqués: Voici les dieux qui vous ont tirés d'Egypte!

MADEMOISELLE BONNE.

Vous ne croyez pas sans doute que Jéroboam s'imaginât qu'il y eût aucune divinité dans ces veaux; mais l'ambition dont il était dévoré ne lui permettait pas de suivre les lumières de sa conscience. Les Israélites avaient beaucoup de penchant à l'idolâtrie; mais ce fut moins ce penchant que le mauvais exemple des peuples dont ils étaient environnés qui les y entraîna si souvent. Voyez-vous présentement, mesdames, la sagesse et l'équité des ordres que Dieu leur avait donnés en entrant dans la terre promise ? *Vous y exterminerez tous les peuples qui y habitent*. J'ai vu des gens qui osaient dire que cet ordre était cruel : c'est qu'ils n'avaient jamais réfléchi sur ce qui arriva aux Israélites pour avoir désobéi à cet ordre. C'est une chose certaine, mes enfans, qu'il serait plus avantageux aux pécheurs de mourir après le premier crime que de rester long-temps sur la terre pour en commettre de nouveaux. Je me suis déjà servie de cette comparaison, à ce que je crois. Ce serait une miséricorde mal placée, d'accorder la grâce à un homme qu'on aurait trouvé tuant les passans pour avoir leur argent. La charité pour tout le public, pour cet homme même, exige qu'on lui ôte la vie ; et un prince qui par une compassion mal placée, lui donnerait la vie et la liberté, aurait à se reprocher tous les meurtres qu'il ferait ensuite. Telle fut la compassison que conçurent les Israélites pour des peuples que Dieu avait condamnés justement, parce que leurs crimes étaient à leur comble ; parce qu'il savait qu'au lieu de se corriger à l'avenir, ils continueraient dans leurs méchancetés, et seraient une occasion de pécher aux Israélites en les poussant à devenir idolâtres, et par leurs conseils, et par leurs mauvais exemples. Que cela nous apprenne, mes enfans, à respecter les arrêts du Seigneur, quand même ils seraient contraires à nos petites lumières, persuadés qu'étant la justice même, il ne peut jamais avoir rien ordonné que de juste.

FIN DU SECOND ET DERNIER VOLUME.

LIMOGES ET ISLE,
IMP. MARTIAL ARDANT FRÈRES

www.ingramcontent.com/pod-product-compliance
Lightning Source LLC
LaVergne TN
LVHW010559110826
845149LV00003B/700

* 9 7 8 2 0 1 3 7 5 4 6 1 3 *